宇宙戦争

H・G・ウェルズ
小田麻紀＝訳

角川文庫
13816

The War of the Worlds
by
H.G.Wells

Translated by Maki Oda
Published in Japan by
Kadokawa Shoten Publishing Co., Ltd.

目次

第II部　火星人に支配された地球　

〈主な登場人物〉

ぼく　この物語の語り手。哲学方面の著述家

妻　ぼくの妻。ぼくとはなれてレザーヘッドに避難する

弟　ぼくの弟。医学生で、事件当時ロンドンにいた

オグルヴィ　天文学者。〝隕石《いんせき》〟の最初の発見者

ヘンダースン　ロンドンの新聞記者

ステント　王立天文台長

砲兵　火星人との最初の戦闘で戦った砲兵隊の生き残り

副牧師　ウェイブリッジの教会からきた避難民。ぼくと行動をともにする

ミセス・エルフィンストーン　ぼくの弟と行動をともにする女性

ミス・エルフィンストーン　ミセス・エルフィンストーンの義理の妹

だが、これらの世界に住民がいるとすれば、いったいどんな生き物なのだろう？
世界の主はわれわれなのか、それとも彼らなのか？
すべての事物が人間のためにつくられたとはかぎらないのではないか？

——ケプラー（ロバート・バートン『憂鬱《ゆううつ》の解剖』中に引用）

第Ⅰ部　火星人襲来

1　戦争前夜

十九世紀末の時点で、いったいだれがあんなことを想像していただろう？　この地球は、人間よりはるかにすぐれた頭脳をもつ生物によって監視されていたのだ。人間たちが日々の雑事にかまけていたあいだ、やつらは入念に観察と研究をつづけていた。ちょうど、ひとつぶの水滴のなかでうごめき繁殖する微生物を、人間が顕微鏡でじっくりと観察するように。

人間たちは、みずからの領土の安定にすっかり満足しきって、つまらない用事のためにこの惑星上で右往左往していた。顕微鏡の下でうごめく滴虫類がやっていることとなにも変わりはない。宇宙空間のもっと古い世界に人間をおびやかすものがあるとは考えもしなかったし、たとえそうした世界に思いをはせることがあっても、生物などいるわけはないという結論に達するのがおちだった。過ぎ去った日々のこととはいえ、人びとがそんなふうに考えていたというのはなんだかふしぎな気がする。たいていの地球人は、ひょっとしたら火星人はいるかもしれないと空想していたが、せいぜい、人間よりも劣った生物が導きを待っているという程度の認識でしかなかった。

ところが、宇宙の深淵《しんえん》の彼方《かなた》では、人間との知力の差が人間と家畜との差に匹敵する、冷酷かつ非情な知的生物が、羨望《せんぼう》のまなざしでこの地球を見つめながら、ゆっくり、着実に、その計画を進めていた。そしてとうとう、二十世紀のはじめに、ぼくたちにきびしい現実を突きつけることになったのだ。

わざわざ説明するまでもないが、火星は、平均して一億四千マイルの距離をおいて太陽のまわりをめぐっている。太陽から受けとる光と熱は、地球が受けとるそれの半分しかない。星雲説がいくらかでも正しいとすれば、地球よりも古くから存在していたことになる。地球が溶解状態を脱するずっとまえに、その地表では生物が進化をはじめていたのだろう。体積が地球のわずか七分の一しかないので、急速に温度がさがって、生命が誕生する条件がととのったのだ。空気や水といった、生物が生きていくために必要なものはすべてそろっている。

だが、人間はあまりにもうぬぼれが強く、十九世紀の末になるまで、地球人よりもすぐれた知的生物がそんな遠い世界にいる可能性について言及した著述家はひとりもいなかった。そもそも、そんなものが存在するとは考えもしなかったのだ。火星は地球よりも古く、表面積はわずか四分の一で、太陽からの距離も遠いのだから、より長い歴史をもつだけではなく、より終末に近づいているのは当然なのだが、それもまた一般に理解されてはいなかった。

いずれは地球を襲うにちがいない永遠の寒冷化が、火星ではずっとまえから進行していたのだ。物的状況についてはいまだに謎の部分が多いが、赤道地帯でさえ、真昼の気温が地球の真冬のそれに届いていないことはわかっている。空気は地球のそれよりはるかに薄く、海は表面積の三分の一にまで収縮し、ゆるやかな季節の移り変わりにつれて、両極付近では広大な雪冠があらわれてはまた溶けて、温暖な地域に周期的に洪水をもたらしている。こうした終末的な状況は、地球人にとっては遠い未来のできごとだが、火星の住民にとっては差し迫った問題となっているのだ。追いつめられた火星人たちは、知力をとぎすまし、もてる能力を高め、情けを捨てた。そして、地球人には想像もつかないすぐれた頭脳で生みだした器具をもちいて宇宙の彼方を見わたし、いちばん近いときなら太陽の方向にわずか三千五百万マイルしか離れていない、希望に満ちた明けの明星を、より温暖な地球という惑星を見つけだした。緑色にひろがる植物、灰色にひろがる水、世界の肥沃《ひよく》さを物語る雲のかかった大気。ただよう雲のすきまにちらりとのぞく、おびただしい数の生物が暮らす大地、船舶がひしめく海。

しかも、火星人にとって、この惑星に住む生物は、少なくとも地球人にとってのサルと同じくらい異質で低級なものに見えるはずだ。地球人は、生きるとは存在をつづけるための絶え間ない闘いだと理解しているが、どうやら火星人も同じように考えているらしい。火星では寒冷化が進行しているというのに、地球にあふれている生物は、火星人から見ればずっと下等な動物でしかない。世代をかさねるたびに忍び寄ってくる破滅からのがれるには、太陽により近い惑星に対して戦争をしかけるしかないのだ。

火星人をきびしく批判するまえに、ぼくたち人間がどれほど冷酷かつ徹底的な破壊をもたらしてきたかを思いださなければならない。絶滅したバイソンやドードー鳥といった動物だけではなく、同じ人類で自分たちよりも劣る種族を殺戮《さつりく》してきたのだ。タスマニア先住民は、人間となにもちがいがないのに、ヨーロッパからの移民が起こした絶滅戦争によって、わずか五十年で完全に死に絶えてしまった。火星人が同じような戦争をしかけてきたとしても、ぼくたちはそれを批判できるほどの慈悲の使徒といえるだろうか？

火星人は、侵略作戦をおどろくほど綿密に計算し——彼らの数学の知識は地球人のそれをはるかに上まわっている——ほぼ全員の合意のうえで準備を進めていたようだ。こちらの観測機器がもっと高性能だったなら、十九世紀のずっと早い段階で、こうした危機が迫りつつあることを察知できたかもしれない。スキャパレリをはじめとする天文学者たちは、この赤い惑星を——奇妙なことに、火星は遠いむかしから〝戦いの星〟とみなされていた——きちんと観測して、その表面に見られる変化を記録していたにもかかわらず、それを正しく解釈することができなかった。そのあいだずっと、火星人は準備をととのえていたにちがいない。

一八九四年、火星が太陽と正反対の方向にきた衝《しょう》のあいだに、その明るい円盤の表面で強い光が輝くのが目撃された。はじめはリック天文台、つぎがニース天文台のペロタンで、その後も大勢の人びとがこれを目にした。イギリスでは、ネイチャー誌の八月二日号ではじめてそれを知ることができた。思うに、この輝きは大砲の発射が原因だったのではないだろうか。火星の大地に掘った巨大な縦穴から、地球めがけて発砲をおこなったのだ。その後の二回の衝のあいだには、強い光が輝いた地点のそばで、いまだに説明のつかない奇妙な模様が目撃された。

こうした騒ぎがあったのはいまから六年まえのことだ。火星が衝に近づいたとき、ジャワ島のラヴェルが、惑星の表面に光り輝くガスの大規模な噴出をみとめ、胸をどきどきさせながら、おどろくべき発見を天文情報交換所へ打電した。十二日の真夜中に近いころだった。ラヴェルがすぐに分光器で調べてみたところ、おもに水素からなる燃えるガスのかたまりが、とてつもない速度で地球へとむかっていた。この炎のかたまりは、真夜中を十五分ほどすぎたころに見えなくなった。ラヴェルは、これを火星から激しく噴きだした巨大な炎と対照させて、「大砲から飛びだした燃えるガス」と表現した。

のちに証明されたとおり、それは異様なほど的確な表現だった。だが、翌日の新聞では、デイリー・テレグラフ紙に小さな記事がのっただけだったので、世界の人びとは、この人類をおびやかす最大級の危機についてなにも知ることはなかった。ぼく自身も、オターショーで有名な天文学者のオグルヴィと会っていなければ、火星の噴火について耳にすることはなかっただろう。オグルヴィはこのニュースにひどく興奮しており、今夜は交替で赤い惑星を観測しようと誘ってくれたのだった。

その後さまざまな事件があったというのに、あの夜を徹しての観測のことははっきりとおぼえている。静まりかえった真っ暗な観測所。部屋の隅の、おおいのついたランタンからもれるかすかな光。望遠鏡の時計がたてるカチコチという音。天井にひらいたほそいスリット――そこから見える、星くずの流れる深い闇。歩きまわるオグルヴィの姿は見えず、聞こえるのは足音だけだった。望遠鏡をのぞくと、まるく切り取られた藍色《あいいろ》のなかに、小さな惑星がうかんでいた。それはとても小さく、明るく、じっとしていて、表面にはうっすらと横縞《よこじま》があり、完全な円形ではなくわずかに縦につぶれて見えた。とにかくちっぽけで、銀のようなあたたかみがあり、光り輝くピンの頭といった風情だった！　かすかにふるえているように見えたが、それは、望遠鏡が火星を視野にとらえつづけるために時計じかけで動いていて、その震動が伝わっていただけだった。

じっと見ていると、火星は大きくなったり小さくなったりした。こちらに近づいたり逆に遠ざかったりしているようでもあったが、それはぼくの目が疲れたせいだった。地球からの距離は四千万マイル――四千万マイルを超える虚空。宇宙の塵《ちり》がただようその空間の広大さを実感できる者は、ほとんどいないだろう。

火星のそばで、三つの点がうっすらと光っていた。望遠鏡でしか見えない、無限の彼方にある三つの星。そのまわりに、からっぽの空間が底知れぬ闇をひろげていた。凍《い》てつく夜の星空でそうした闇がどんなふうに見えるかはご承知のとおり。望遠鏡を使うと、それがさらに深遠なものに見える。まだあまりにも遠方だったので見ることはできなかったが、そのときすでに、火星人が送りだした物体が、信じがたいほどの距離をわたり、分速数千マイルという高速で着実に接近していたのだった。地球にとてつもない戦乱と苦難をもたらした、あの物体が。望遠鏡をのぞいていたときは、そんなこととは夢にも思わなかった。あんな正確無比な飛翔体を想像した者は、地球上にはひとりもいなかったのだ。

あの夜、遠い火星ではまたもやガスの噴出があった。ぼくがこの目で見たのだ。ちょうどクロノメーターが十二時をさしたとき、ふちのあたりで赤みがかった閃光《せんこう》がひらめき、輪郭がわずかに盛りあがった。ぼくはオグルヴィにそのことを伝えて、席を交替した。暑苦しい夜で喉《のど》が渇いていたので、両脚をぎこちなくのばしてから、暗闇のなかを手さぐりで進み、ポットが置いてある小さなテーブルへとむかった。オグルヴィのほうは、地球へむかって噴出するガスを見て歓声をあげていた。

もうひとつの目に見えない飛翔体が、地球めがけて火星から発射されたのだ。最初のそれから二十四時間後で、ずれは一秒かそこらだった。暗闇のなかでテーブルにむかってすわっていると、目のまえを緑と赤の斑点《はんてん》が泳いでいた。タバコをつけるための火はないかと思っていただけで、そのとき見たちっぽけな閃光のもつ意味や、それがのちに自分にどんな影響をおよぼすかなど想像もつかなかった。オグルヴィは午前一時まで観測をつづけ、そこであきらめた。ぼくたちはランタンを手にオグルヴィの家へとむかった。眼下の暗闇のなかでは、オターショーとチャーツィーの町に暮らす数百の人びとがやすらかな眠りについていた。

オグルヴィは、火星の状態についてさまざまな推測をおこない、そこに住民がいて地球へ信号を送っているのではないかという低俗な考えを笑いとばした。火星の地表に隕石《いんせき》が大量にふりそそいでいるか、さもなければ、大規模な火山活動が進行しているのではないかというのがオグルヴィの考えだった。そして、となりあうふたつの惑星で生物が同じような進化をすることはまずありえないのだと指摘した。

「人間に似た生物が火星に存在する可能性は百万分の一だね」オグルヴィはいった。

その夜、何百人もの観測者が炎を目撃した。翌日も、そのまた翌日も、やはり真夜中ごろに炎が見られた。それが十日間つづいたのだ。十日目がすぎるとこの現象は起こらなくなったが、その理由はだれも説明ができなかった。発射のときに噴きだすガスにより、火星人の生活に不都合が生じたのかもしれない。地球上の高性能な望遠鏡では小さな灰色の斑点に見える、濃密な煙か塵の雲が、火星の澄みきった大気のなかにひろがり、いつもの見なれた姿をぼやけさせてしまっていた。

ようやく、日刊紙もこの異変に気づきはじめて、火星の噴火にまつわる大衆むけの記事をいたるところで見かけるようになった。まじめでしかも滑稽《こっけい》な雑誌、パンチは、それをネタにした政治漫画を載せていた。こうして、だれにも気づかれないうちに、火星人が発射した複数の飛翔体は、地球をめざして飛びつづけ、からっぽの宇宙空間を秒速数マイルの速度で刻々と接近していたのだった。いま考えると信じられない気がするが、破滅が急速に襲いかかろうとしていたのに、人間はいつもどおり日々の雑事にかまけていた。マーカムなどは、あのころ編集していたイラスト入り新聞のために火星の新しい写真を確保できたといっておおよろこびしていた。いまの人びとにはわからないだろうが、十九世紀の新聞は数も多くて進取の気性に富んでいたのだ。ぼく自身、自転車の練習でかなりの時間をとられながらも、そうした新聞紙上で、文明の進歩にともなう道徳観の発展の可能性についてせっせと論じていた。

ある夜（最初の飛翔体はすでに千万マイルまで近づいていたはずだ）、ぼくは妻といっしょに散歩にでかけた。星がよく見えたので、十二宮について説明し、火星を指さした。その明るく光る惑星は、無数の望遠鏡に追いかけられながら、天頂めざしてじりじりと移動しているところだった。あたたかな夜だった。自宅へもどろうとすると、チャーツィーかアイズルワースからやってきたらしい一団の人びとが、声をあげて歌い、音楽をかなでながらすれちがっていった。家々の二階の窓に明かりがともっていたのは、もう住人がベッドにはいっていたからだろう。遠くにある鉄道の駅から、列車の入れ換えがおこなわれている音が聞こえてきた。ゴロゴロというやわらかな響きは、まるで美しい旋律のようだった。妻が、夜空を背にうかぶ明るい赤、緑、黄の信号灯を指さした。とても平和で静かな夜だった。

2　流れ星

それから、あの最初の流れ星の夜がやってきた。明け方近くに、ひとすじの炎が、ウィンチェスターの上空を東へむかって突き進んでいったのだ。目撃者は何百人もいたはずだが、だれもがふつうの流れ星だとしか思わなかった。アルビンは、それは緑色の尾を引きながら数秒にわたって輝いていたと説明した。隕石の研究ではもっとも権威があるデニングは、はじめて姿をあらわしたときの高度は九十から百マイルで、自分がいた場所からおよそ百マイル東へ落下したように見えたと語った。

その時刻、ぼくは書斎で書きものをしていた。フランス窓はオターショーの方角に面していたし、当時は夜空を見あげるのが好きだったので鎧戸もあけてあったのに、なにも見なかった。それでも、かつて宇宙から地球へ飛来した物体のなかでもっとも奇妙なこの流れ星は、まちがいなくぼくが書斎にすわっていたときに落下したのだから、顔をあげさえすれば見ることができたはずなのだ。何人かの目撃者は、シューッという音をたてて飛んでいったと語っているが、ぼくはそんな音は聞かなかった。バークシャー、サリー、ミドルセックスの各州で、大勢の人びとが流れ星を目撃したが、また隕石が落ちたんだなと思ったくらいだった。その夜のうちに落下した物体をさがしにいこうとした者はひとりもいなかったようだ。

だが、オグルヴィは、やはり流れ星を目撃したあと、ホーセル、オターショー、ウォーキングのあいだの公有地に隕石が落下したものと考え、まだ暗いうちから起きだして現場を見つけようとした。そして、夜が明けてすぐに、砂採り場の近くでそれを発見した。落下の衝撃で巨大なくぼみができていて、砂や小石があたりの荒れ地にごっそりと飛びちり、一マイル半離れたところからでも見える小山をつくりあげていた。東の方角でヒースの茂みが燃えて、青い煙が夜明けの空にうっすらと立ちのぼっていた。

物体そのものは、落下時にばらばらになったモミの木の破片のまんなかで、ほぼ完全に砂に埋まっていた。あらわになっていた部分は大きな円筒形で、全体をおおう焦げ茶色の分厚いうろこのようなものが、その輪郭をやわらかく見せていた。直径はおよそ三十ヤード。近づこうとしたオグルヴィは、大きさにもおどろいたが、なによりそのかたちに度肝をぬかれた。ほとんどの隕石は、ほぼ完全な球形をしているものなのだ。ただ、空中を飛んできたあとでまだ高熱を発していたので、そばまで近づくことはできなかった。円筒の内部からなにやら音がしていて、オグルヴィはそれを、表面の温度のさがりかたが均一ではないせいだろうと考えた。そのときはまだ、内部が空洞だとは思いもよらなかったのだ。

オグルヴィは、物体が大地にうがったくぼみのへりに立ち、その奇妙な姿をながめた。見なれない色と形におどろきをおぼえながらも、そのときすでに、物体が飛来した目的について漠然とした推測をめぐらしていた。早朝の荒れ地はしんと静まりかえり、ウェイブリッジの方角にあるマツ林の上に顔をのぞかせた太陽が、早くも大気をあたためはじめていた。本人の記憶によれば、鳴きかわす小鳥もなく、風もそよとも吹いておらず、聞こえるのは焼け焦げた円筒のなかから響くかすかな物音だけだったという。その公有地にいたのはオグルヴィただひとりだったのだ。

そのとき、オグルヴィはあることに気づいてぎょっとした。円筒の端のところで、隕石の表面をおおう灰色の付着物がぽろぽろと剝《は》がれていた。それは粉々に崩れて落下し、砂の上にふりそそいでいた。かたまりがふいに剝がれ落ちて大きな音がしたときには、心臓が口のなかへせりあがるような気がしたほどだった。

なにが起きているのかわからなかったので、熱がすさまじかったにもかかわらず、オグルヴィはくぼみのなかへ這《は》いおりて、もっとよく見ようと物体に近づいた。そのときでさえ、円筒の冷却が原因だろうと考えていたのだが、理解できないのは、灰が円筒の端からしか落下していないことだった。

しばらくして、円筒のてっぺんがごくゆっくりと回転していることに気づいた。あまりにも緩慢な動きだったので、五分まえに自分の近くにあった黒いよごれが円周の反対側へ移動しているのを見なければ、回転しているとはわからなかっただろう。そのあとでさえ、なにが起きているのかをちゃんと理解したのは、小さなきしみを耳にし、黒いよごれが一インチかそこらせりあがっているのを見たときだった。オグルヴィは、はっと思い当たった。この円筒は人工物で、なかは空洞になっていて、その端がらせん状に回転しているのだ！　円筒の内部にいるなにかが、蓋《ふた》をあけようとしているのだ！

「たいへんだ！」オグルヴィは叫んだ。「このなかには人がいる——きっと何人も。熱で死にかけて、脱出しようとしているんだ！」

その瞬間、目のまえの物体と火星の閃光《せんこう》とが頭のなかでむすびついた。

生き物が閉じこめられているというおそろしい思いにとらわれたとたん、オグルヴィは熱さを忘れ、円筒に近づいて蓋をまわすのを手伝おうとした。さいわい、真っ赤に輝く金属で両手をやけどするまえに、押し寄せる放射熱が行く手をはばんでくれた。どうしたものかとちょっと考えてからきびすをかえして、大急ぎでくぼみから這いだし、ウォーキングめざして全力で走りだした。時刻は六時ごろだったはずだ。荷馬車に出くわしたので、なにがあったかを御者に説明したのだが、話の内容も身なりも——帽子はくぼみのなかで落としてしまっていた——激しく乱れていたので、荷馬車はそのまま走り去ってしまった。ホーセル橋では、ちょうど酒場のドアの鍵《かぎ》をあけている男がいたが、やはり相手にしてはもらえなかった。病院を抜けだした頭のおかしい男が酒場へ逃げこもうとしていると思われたのだ。これで、オグルヴィはすこし冷静になった。ヘンダースンというロンドンの新聞記者が自宅の庭にいるのを見かけたときには、垣根越しに声をかけてゆっくり話しはじめた。

「ヘンダースン。ゆうべの流れ星を見たか？」

「え？」

「あれがホーセル公有地にあるんだ」

「へえ！　落ちた隕石か！　そいつはすごい」

「ただの隕石じゃないぞ。あれは中空の円筒だ——人工物なんだよ！　しかも、なかになにかがいる」

　ヘンダースンはシャベルを手にしたまま立ちあがった。「なんだって？」彼は片耳が聞こえないのだ。

　オグルヴィは、見てきたことをひととおり説明した。ヘンダースンは一分ほどでなにが起きたかを理解した。そして、シャベルをほうりだし、ジャケットをつかんで、すぐに道路へ出てきた。ふたりが大急ぎで公有地へ引き返してみると、円筒はまだ同じところにあった。内部から聞こえていた音はすでにやんでいて、円筒の蓋と本体とのあいだに、明るく輝く金属のほそい輪があらわれていた。その部分から空気がはいるかもれるかしていたらしく、シューシューというかすかな音がしていた。

　ふたりは耳をすまし、灼熱《しゃくねつ》のうろこのような金属を棒きれで叩《たた》いてみたが、返事がなかったので、なかにいる者は気を失ったか死んだにちがいないと判断した。

　もちろん、ふたりだけではどうしようもなかった。かならずもどると励ましのことばをかけてから、人手を集めるためにふたたび町へと引き返した。ちょうど商店が鎧戸《よろいど》をひらき寝室の窓があけられようとしている時刻に、砂まみれになったふたりの男が、ひどく興奮し、とり乱した様子で、明るい日射しに照らされた狭い通りを駆けぬけていったのだ。ヘンダースンはただちに鉄道の駅へ駆けこみ、ロンドンへ電報を打った。火星がらみの記事がつづいていたので、読者にはこのニュースを受け入れる心の準備ができていたのだ。

八時には、大勢の少年や仕事のない男たちが、〝火星からやってきた死者〟を見物しようと公有地へむかいはじめていた。そういうかたちで噂がひろがっていたのだ。

ぼく自身は、八時四十五分ごろに、デイリー・クロニクル紙を配達してきた少年からこの話を聞かされた。そして当然のごとく仰天し、すぐに外へ出ると、オターショー橋をわたって砂採り場へとむかった。

3　ホーセル公有地にて

二十人ほどのやじうまが、円筒がある大きなくぼみの周囲に集まっていた。すでに説明したあの巨大な物体が、地中に埋まっていた。あたりの雑草や砂利が、爆発でもあったかのように黒焦げになっていた。落下の衝撃で炎がぱっとひろがったのだ。ヘンダースンとオグルヴィはいなかった。とりあえず手の打ちようがないので、ヘンダースンの自宅へ朝食をとりにいっていたのだろう。

くぼみのへりに四、五人の少年がすわりこみ、足をぶらぶらさせながら、巨大な物体に石を投げつけて遊んでいた。ぼくが声をかけてそれをやめさせると、少年たちは集まった見物人のあいだで鬼ごっこをはじめた。

見物人のなかには、自転車でやってきたふたりの男や、ぼくもときどき仕事を頼んでいる庭師や、赤ん坊を抱いた娘や、肉屋のグレッグとその息子や、よく鉄道の駅のあたりでぶらついているなまけ者とゴルフのキャディが何人かいた。話し声はほとんど聞こえなかった。当時のイングランドでは、天文学についてきちんとした知識をもっている者はごくわずかだったのだ。見物人の多くは、大きなテーブルのような円筒の蓋を黙ってながめていた。それは、オグルヴィとヘンダースンが離れたときと同じ状態だった。やじうまたちは、黒焦げになった死体の山でも期待していて、ぴくりとも動かない円筒にがっかりしたのだろう。さっさと立ち去る者もいれば、あらたに集まってくる者もいた。ぼくがくぼみに這いおりてみたところ、足の下にかすかな震動を感じた。てっぺんの蓋の回転は止まったままだった。

そこまで近づいてようやく、物体の異様さがはっきりとわかるようになった。最初に目にしたときは、ひっくりかえった馬車とか道路に倒れた木を見た程度のおどろきしかなかった。いや、そこまですらいかない。まるで錆《さ》びついた灯浮標のようだ。物体をおおう灰色のうろこがふつうの酸化物ではないことや、蓋と本体とのすきまにのぞく黄白色の金属が見なれない色をしているということを見抜くには、それなりの科学的素養が必要だった。〝地球外〟ということばは、ほとんどの見物人にとってはなんの意味ももたなかった。

そのころには、ぼくはこの物体は火星からやってきたのだと確信していたが、内部に生き物がいるとは思えなかった。蓋は自動的に回転しているのだろうと。オグルヴィに反対されはしたが、ぼくはまだ火星に人間がいると信じていたので、あれこれ想像をめぐらした。円筒のなかに文書がはいっているかもしれないとか、それを翻訳するのは困難だろうとか、貨幣や模型が見つかるにちがいないとか。ただ、それにしては円筒はすこしばかり大きすぎた。早く蓋がひらくところを見たかった。十一時ごろになってもなにも起こらなかったので、こうした考えで頭をいっぱいにしたまま、メイベリーにある自宅へと引き返した。だが、いつもの理論的な研究にもどるのはむずかしかった。

午後になって、公有地の状況は大きく変化した。夕刊各紙の早版が、大きな見出しでロンドンを仰天させたのだ。

火星からのメッセージ
ウォーキングで起きた大事件

――などなど。さらに、オグルヴィが天文情報交換所へ打った電報が、三王国のあらゆる天文台で騒ぎを引き起こしていた。

砂採り場のわきの道路には、ウォーキングの駅からやってきた貸し馬車が五、六台、チョバムからきた二輪馬車が一台、それとずいぶん立派な二頭立ての四輪馬車がとまっていた。自転車もかなりの台数がならんでいた。さらに、この暑さにもかかわらず、ウォーキングやチャーツィーから大勢が歩いてやってきたらしく、ひっくるめるとたいへんな数の人びとが集まっていた。きれいに着飾った貴婦人もひとりかふたりまじっていた。

ひどい暑さだった。空には雲ひとつなく、風はそよとも吹かず、日射しをさえぎるものといえばところどころにあるマツの木だけ。ヒースの茂みはもう燃えていなかったが、オターショーへとつづく平坦《へいたん》な地面は、見わたすかぎり黒焦げで、まだあちこちで煙を立ちのぼらせていた。チョバム・ロードの商売熱心な菓子屋が、息子を送りこんで、手押し車に積みこんだ青リンゴとジンジャービアを売らせていた。

くぼみに近づいてみると、そこには五、六人の男が陣取っていた。ヘンダースンも、オグルヴィもいた。背の高い金髪の男は、あとで教えてもらったのだが、王立天文台長のステントだった。数名の作業員がシャベルやつるはしをふるっていた。ステントは、よくとおる高い声で指示をだしていた。だいぶ温度がさがったらしく、円筒の上にそのまま立っていた。顔を真っ赤にして、汗で湯気をたて、なにかにいらだちをおぼえている様子だった。

円筒は大部分が掘りだされていたが、下の端だけはまだ地中に埋まっていた。オグルヴィは、くぼみのへりに集まったやじうまのなかにぼくの姿を見つけると、下へおりてこいと呼びかけてきた。そして、このあたりの地主であるヒルトン卿《きょう》のところまで使いを頼まれてくれないかといった。

増えつづける群衆、とりわけこどもたちが、発掘作業のさまたげになっているとのことだった。簡単な柵《さく》を設置して人びとが近づけないようにしたいと。円筒の内部からのかすかな物音はまだときどき聞こえていたのだが、作業員たちは蓋《ふた》をあけることができなかった。手がかりがまったくないのだ。物体はとてつもなく分厚いので、外で聞こえる音がかすかでも、なかではたいへんな騒ぎになっているのかもしれなかった。

ぼくはよろこんでその頼みを引き受けて、これから設置される柵のなかで見物するという特権を手に入れた。ヒルトン卿はあいにく不在だったが、ウォータールーを六時に出発する汽車でロンドンからもどる予定になっているとのことだった。まだ五時十五分だったので、いったん家に帰り、お茶を飲んでから、ヒルトン卿を出迎えるために歩いて駅へむかった。

4　円筒がひらく

公有地へもどったときには、日が暮れかけていた。ウォーキングの方角からはあいかわらず人びとが急ぎ足で集まってきており、帰っていく者はごくわずかだった。くぼみを取り巻く群衆はますます増えていて、レモン色の空を背に黒々と浮きあがって見えた。おそらく二百人はいただろう。話し声も大きくなり、くぼみの近くではなにやら争いまで起きているようだった。妙な想像が脳裏をよぎった。さらに近づくと、ステントの声が聞こえてきた。

「さがれ！　近づくな！」

ひとりの少年がぼくのほうへ走ってきた。

「動いてるよ」少年はすれちがいざまにいった。「蓋がぐるぐるまわってる。気味がわるいから、うちに帰るんだ」

ぼくは群衆のなかへとびこんだ。何百人もの人びとが押しあいへしあいをしていた。ちらほらとまじっている貴婦人たちも、すこしも負けてはいなかった。

「あいつ、穴へ落ちたぞ！」だれかが叫んだ。

「さがれってば！」あちこちで声があがった。

群衆がざわめき、ぼくは人をかきわけて押し進んだ。みんなひどく興奮していた。くぼみからはブーンという異様な音が響いていた。

「おい!」オグルヴィが叫んだ。「このばかどもをさがらせてくれ。なかにどんなものがはいっているかわからないんだぞ!」

たしかウォーキングで店員をしているひとりの若者が、円筒の上に立ち、くぼみから這《は》いだそうとしていた。群衆に押されて落ちたのだろう。

円筒の蓋が内部からまわされて、外へ突きだしていた。きらきら輝くねじの部分が二フィート近くあらわになっていた。だれかに押されて、ぼくはあやうく蓋の上にころげ落ちそうになった。あわてて身をひねったとき、ねじがまわりきったらしく、円筒の蓋が砂利の上に落下して派手な音を響かせた。ぼくは背後にいるだれかを肘《ひじ》でおさえつけて、ふたたびその物体に顔をむけた。いっとき、円筒の内部は真っ黒に見えた。沈む太陽がまぶしかったのだ。

だれもが人間があらわれることを予想していたと思う。地球人とはすこしちがうかもしれないが、基本的には人間といえるものだろうと。ぼくだってそう思っていた。影のなかをのぞきこむと、そこではなにかがうごめいていた。重なりあった灰色のうねり、それと明るい円盤がふたつ——あれが目だろうか。それから、ステッキほどの太さの、小さな灰色の蛇のようなものが、うねりのなかから突きだし、こちらにむかってゆらりとのびてきた——一本、また一本と。

ふいに寒けが押し寄せてきた。背後で女が悲鳴をあげた。ぼくはなかば体をまわし、つぎつぎと触手が突きでてくる円筒に視線を張りつけたまま、くぼみのへりからじりじりと後退をはじめた。まわりの人びとの表情はおどろきから恐怖へと変わりつつあった。ことばにならない叫び声がいたるところであがっていた。全体があとずさりをはじめていた。さっきの店員はまだくぼみのへりでもがいていた。いつのまにか、ぼくはひとり取り残されていた。くぼみのむこう側にいた人びとも走りだしていて、そのなかにはステントの姿もあった。あらためて円筒に目をむけると、おさえようのない恐怖にとらわれた。目をそらすこともできず、立ちすくむしかなかった。

クマほどの大きさがある、灰色のまるいかたまりが、ゆっくりと、苦しそうに円筒から這いだしてきた。太陽の光をあびて、それはぬれた革のように光っていた。

ふたつの大きな黒い目が、ぼくをじっと見つめていた。目をとりまく頭は、まるいかたちをしていて、顔らしきものがあった。目の下には口があり、唇のないそのへりが、ふるえ、あえぎ、よだれをたらしていた。全体がビクビクと脈打つさまは、けいれんでも起こしているかのようだ。ひょろりとした一本の触手が円筒のへりをつかみ、もう一本が空中でゆらめいた。

生きて動いている火星人を見たことがなければ、その外見がもたらす異様な恐怖はまず想像がつかないだろう。奇妙なV字形の口は、上のへりがとがって、下のへりがくさび形になっていた。眉《まゆ》の隆起はなく、突きだした顎《あご》もなく、口は絶えずふるえ、ゴルゴン（訳注：頭髪がヘビで、その姿を見た者を石に変えると言われる怪物）のような触手がゆらめく。慣れない大気のせいで肺は騒々しい呼吸音をたてていたし、動作があきらかに重く苦しそうだったのは、火星よりも地球のほうが重力が大きいからだ。そしてなにより、あの巨大なふたつの目のとてつもなく激しい輝き。なにもかもが、生々しく、強烈で、非人間的で、不恰好《ぶかっこう》で、怪物じみていた。ぬめぬめした茶色の皮膚はキノコのそれを思わせ、それがのろのろとぎこちなくうごめく様子は、ことばにならないほど気味がわるかった。この最初の出会いのときから、ぼくは嫌悪と恐怖に圧倒されてしまった。

突然、怪物が姿を消した。円筒のふちで体勢を崩し、分厚い革の束がどさっと落ちるような音をたてて、くぼみの底へ墜落したのだ。怪物が奇怪な叫び声をあげると、すぐに、円筒の開口部の深い暗闇のなかにべつの一匹がゆらりと姿をあらわした。

ぼくはくるりとむきを変え、百ヤードほど離れたところにある木立をめざして必死に駆けだした。だが、背後にあるものから目を離すことができなかったので、まっすぐ走れず、何度もつまずいてしまった。

マツの若木とハリエニシダのならぶ木立へとびこみ、足を止めて、息をととのえながら、その後のなりゆきを見守った。砂採り場のまわりにはぽつぽつと人が残っていて、ぼくと同じように恐怖と好奇心で立ちすくんだまま、例の生き物たちを、というか、やつらがいるくぼみのへりに盛りあがった砂利をじっと見つめていた。すると、さらにおそろしいことに、黒くてまるいものがへりからひょいと突きだした。それはくぼみに落下した店員の頭で、きつい西日を背にしていたため小さな黒い物体にしか見えなかったのだ。店員は、肩と膝《ひざ》をへりの上にのぞかせたが、そこでまたずり落ちて、頭だけしか見えなくなった。それから、ふっと姿が消えて、かすかな悲鳴が聞こえたような気がした。一瞬、引き返して店員を助けようという衝動に駆られたが、怖くて動くことができなかった。

すべては円筒の落下によってできた深いくぼみと砂利の山に隠されてしまい、もはやなにも見ることはできなかった。

チョバムやウォーキングからやってきた人びとは、この光景にさぞかし仰天しただろう。だいぶ減ったとはいえ、まだ百人ほどが大きな輪をえがくようにしてくぼみを取り巻き、溝のなかや、茂みの陰や、門や垣根のうしろで、おたがいにほとんど口をきくこともなく、ときおり興奮した叫び声をあげながら、砂利の山をまじまじと見つめていた。ジンジャービアを積んだ手押し車が、燃えあがる夕陽を背に黒々と浮きあがり、砂採り場のなかに放置された馬車の列では、馬たちが飼い葉袋の餌を食べたり、前足で地面をかいたりしていた。

5 熱線

火星人たちが地球への旅に使った円筒から姿をあらわすのを見たあと、ぼくは茫然《ぼうぜん》として身動きができなくなった。膝までの高さがあるヒースの茂みでじっとたたずみ、火星人たちの姿を隠す砂利の山をただ見つめるだけだった。胸のうちでは恐怖と好奇心とがせめぎあいをつづけていた。

くぼみへもどる勇気はなかったが、そのなかを見てみたいという気持ちは強かった。そこで、大きく迂回《うかい》するように歩きだし、地球への新来者たちがひそむ砂利の山に視線を張りつけたまま、観察するのに都合のいい場所をさがした。いちど、タコの脚のような黒くてしなやかなものが夕陽のなかでさっとひらめいたが、すぐにまた引っこみ、そのあとは、継ぎ目のあるほそい棒が、先端にある円盤をゆらゆらさせながら、すこしずつ上にのびていった。いったいなにが起きているのだろう?

見物人の大半はふたつのグループにわかれていた。ひとつはウォーキングの方角、もうひとつはチョバムの方角にかたまっていた。だれもが同じような葛藤《かっとう》をかかえていたのだろう。近くにはほとんど人影はなかった。名前は知らないが近所に住んでいる男がいたので、そばへ寄って声をかけてみた。だが、まともな話のできる状況ではなかった。

「なんて醜いけだものだ！　ちくしょう！　なんて醜いけだものだ！」男は同じことばを何度もくりかえしていた。

「くぼみに落ちた男を見ましたか？」ぼくはたずねたが、返事はなかった。

ぼくたちはそのまま黙りこみ、しばらくじっと様子をうかがっていた。たぶん、おたがいの存在が慰めになっていたのだろう。それから、すこしでも見やすいようにと思って、ぼくは一ヤードかそこら高くなっている場所へ移動した。ふと目をやると、さっきの男はウォーキングの方角へ歩きだしていた。

太陽が沈んで薄暗くなってきても、それ以上はなにも起こらなかった。ウォーキングの方角にかたまっている群衆は、また数が増えたようで、かすかに話し声が聞こえていた。チョバムの方角に集まっていたわずかな人びとは、すでにちりぢりになっていた。くぼみのほうにはなんの動きも見られなかった。

なによりもそのことが人びとを勇気づけた。ウォーキングから新手《あらて》が加わったことも、自信をとりもどす役に立ったのだろう。いずれにせよ、闇が深まるにつれて、砂採り場ではまたすこしずつ人びとが動きはじめ、なおも円筒のまわりが静まりかえったままだとわかると、その数はどんどん増えていった。何人かで連れ立った黒い人影が、前進し、立ち止まり、様子をうかがって、また前進する。そうした人影は、ほそながくつらなってゆがんだ三日月のかたちになり、いずれはその先細りの両端でくぼみを包囲することになりそうだった。ぼくもくぼみにむかって歩きだした。

やがて、何人かの御者と、そのほかの人びとが、大胆にも砂採り場のなかへ踏みこんでいった。ひづめの音や車輪のきしみが聞こえてきた。青年がリンゴを積んだ手押し車を押していくのが見えた。そのとき、くぼみから三十ヤードほどのところに、ホーセルの方角から進んでいく一団の黒い人影があることに気づいた。先頭の男は白旗をふっていた。

それが代表団だった。大急ぎで協議がおこなわれて、見た目が不快でも火星人たちはあきらかに知性を有しているのだから、なにか合図をしながら接近することで、こちらも知性をもっていることをしめすべきだという結論になったのだ。

白旗が、まず右に、ついで左にふられた。ぼくの位置からでは遠すぎて、ひとりひとりの見分けはつかなかったが、あとになって聞いたところでは、オグルヴィ、ステント、ヘンダースンもこの対話の試みに加わっていた。代表団が、いまやほぼ完全な円形になった人の輪をつっきってその内側へはいりこむと、いくつもの黒っぽい人影が慎重に距離をたもったままあとをついていった。

そのとき突然、閃光《せんこう》がひらめいて、光り輝く緑色の煙がぱっぱっと三度噴きだし、風のない大気のなかへまっすぐに立ちのぼった。

その煙は（いや、炎というほうが適切かもしれない）あまりにも明るかったために、頭上の深い青色の空も、チャーツィーへむかってぼんやりとひろがる褐色の公有地も、ふいに暗さを増したように思われ、煙が消えたあともその暗さが薄らぐことはなかった。同時に、シューシューというかすかな音が聞こえてきた。

くぼみのむこう側では、先頭に白旗をかかげた一団が、この現象に目を奪われて立ちすくんでいた。黒い地面に立つ、小さな黒いまっすぐな影の群れ。緑色の煙が噴きだすと、ならんだ顔がうっすらと緑色にうかびあがり、煙が消えるとふたたび消えた。それから、シューシューという音がじわじわと強さを増し、長く尾をひくやかましい騒音へと変わった。こぶのようなかたちをした物体が、くぼみからゆらりと立ちあがったかと思うと、そこから光線がぱっとのびた。

すぐさま、立て続けにまばゆい輝きがひらめき、ばらばらに集まっていた人びとのあいだから炎が立ちのぼった。なにかの見えない噴流が群衆にぶちあたり、白熱する炎に変わったかのようだった。ひとりひとりが瞬時に炎につつまれていた。

人びとがよろめき、倒れる様子が、その身を焼きつくす炎の光によってうかびあがると、あとについていた連中がいっせいに逃げだした。

その光景を目にしても、遠くに見える群衆のなかで人がつぎつぎと命を落としているということは実感できなかった。とても奇妙なことが起きているとしか思えなかった。まばゆい閃光が音もなくひらめくたびに、人がばったり倒れて動かなくなる。見えない熱線がさっと通過するたびに、マツの木立が燃えあがり、乾燥したハリエニシダの茂みがボッというにぶい音をたてて炎のかたまりに変わる。遠くナップヒルの方角でも、木々や垣根や木造の建物がいきなり火に包まれるのが見えた。

この死の炎は、目に見えずのがれようのない熱の剣は、すばやく、着実にあたりをなぎはらっていった。つぎつぎと燃えあがる茂みによって、熱線がぼくのほうに近づいてきていることはわかったが、あまりのことに茫然として動くことさえできなかった。砂採り場のなかでは炎がぱちぱちと音をたて、ふいに響きわたった馬のいななきもぷっつりと途絶えた。見えなくても強烈な熱を発する指が、ぼくと火星人たちとのあいだのヒースの茂みをさっとなでたかのようだった。砂採り場を取り巻くようなかたちで、黒く変色した大地が煙をあげてぱちぱちと鳴っていた。左手のずっと遠く、ウォーキング駅からの道が公有地につながるあたりで、なにかが大きな音をたてて落下した。同時に、シューシューという音が途絶え、黒々としたドームのような物体がゆっくりとくぼみのなかへ沈みこんで視界から消えた。
なにもかも、あっというまのできごとだった。ぼくは閃光に目がくらみ、度肝をぬかれてじっと立ちすくんでいただけだった。もしもあの死の熱線がぐるりと一周していたら、不意打ちをくらってまちがいなく命を落としていただろう。だが、熱線はとぎれてぼくは死をまぬがれ、あとには、急に暗くなった見なれない夜だけが残った。

起伏のある公有地はいまや一面真っ黒になり、道路だけが深い青色の空の下でうっすらと灰色にのびていた。あたりは暗く、人影はなかった。頭上には星があらわれており、まだ光が残る西の空は緑がかった青色だった。マツの木のこずえやホーセルの町の屋根が、その残照を背に黒々とうかびあがっていた。火星人とその機械装置はまったく見えなかったが、ほそく突きだしたマストの先端では、鏡が休むことなくゆらゆらと動いていた。そこかしこで、茂みや木々がまだ煙をあげて赤く輝いていたし、ウォーキング駅のほうでは、ならんだ家々が静まりかえった夜気のなかへ炎の尖塔《せんとう》を突き立てていた。

そうした光景と、激しい心の動揺をべつにすれば、なにも変わってはいなかった。白旗をかかげた代表団の黒い小さな影もすっかりかき消されていたので、ぼくの目には、夜の静寂はすこしも乱された様子はなかった。

ふと気がつくと、ぼくは暗い公有地のなかで、身を守るすべもなく、ひとりきりになっていた。すると突然、どこからともなく物が落ちてくるように、恐怖がふりかかってきた。

ぼくは力をふりしぼって身をひるがえし、ヒースの茂みのなかをよろよろと走りだした。

あのとき感じていたのは、理にかなった恐怖ではなく、パニックからくる恐怖だった。火星人だけではなく、あたりの暗闇と静寂が怖くてたまらなかった。あまりのことにすっかり意気をくじかれ、ぼくはこどものように静かにすすり泣きながら走りつづけた。いったん逃げだしてからは、背後をふりかえる勇気はなかった。

いまでもおぼえているが、ぼくは妙な確信にとらわれていた。自分はもてあそばれているのだと。あとすこしで逃げのびられるところまでいったら、円筒があるくぼみから謎めいた死の手が――光のようにすばやく――追いかけてきて、ぼくを打ち倒すにちがいないと。

6　チョバム・ロードの熱線

火星人がどうやってあれほどすばやく、しかも音もなく人間を虐殺できたのかは、いまだに解明されていない謎だ。多くの人びとは、ほぼ完全な非伝導性の容器の内部で、なんらかの方法により強烈な熱を発生させることができるのではないかと考えている。その強烈な熱を、未知の素材を用いたつるつるのパラボラ鏡を使って平行なビームに変え、標的めがけて投射するのではないかと。ちょうど、灯台のパラボラ鏡が光のビームを投じるように。もっとも、こまかな仕組みについてきちんと解明した者はまだいない。どうやって実行されたにせよ、使われたのが熱のビームであることはたしかだろう。目に見える光ではなく、目に見えない熱だ。それがふれると、可燃物はぱっと燃えあがり、鉛は溶けて水のように流れ、鉄はやわらかくなり、ガラスはひび割れて融解し、水はたちまち蒸気に変わる。

あの夜、くぼみのまわりでは、四十名近くの人びとが、見分けがつかないほど黒焦げになって、星明かりのなかに横たわっていた。そして、ホーセルからメイベリーまでひろがる公有地は、動くものひとつなく、ただ赤々とした輝きをはなっていた。

大虐殺の知らせは、チョバム、ウォーキング、オターショーにほぼ同時に届いたようだ。ウォーキングでは、悲劇が起きたころには、商店はすでに閉まっていたので、噂に興味をひかれた大勢の人びとが、ホーセル橋をわたって垣根のあいだにのびる道を公有地めざして歩きだしていた。一日の仕事を終えて身づくろいをした若者たちが、なにか目新しいことがあればいつでもそうするように、この事件を口実に連れだって遊びに出かけようとしたのは当然のことだろう。夕暮れどきの道路に沿って大勢の声がにぎやかに流れている様子を思いうかべてみるといい……。

だが、いうまでもなく、ウォーキングの人びとは円筒の蓋《ふた》があいていることを知らなかった。ヘンダースンだけは、夕刊に間に合わせるための特別電報を持たせて、使いの者を自転車で郵便局へと走らせていた。

見物人たちが連れだって広場までたどり着いてみると、そこかしこに寄り集まった人びとが、興奮してことばをかわしながら、砂採り場に突きだした回転する鏡をながめていた。新しく到着した連中も、たちまちその興奮にのみこまれたにちがいない。

代表団が虐殺された八時半ごろには、道路を離れて火星人に近づいていった者のほかに、おそらく三百人を超える人びとが広場に集まっていた。警官も三人いて、そのうちのひとりは馬に乗っていた。彼らは、ステントから指示を受けて、見物人が円筒に近づかないようにせいいっぱい手を尽くしていた。人が集まるとばか騒ぎをせずにいられない、身勝手で興奮しやすい連中から、ときおり野次が飛んでいた。

ステントとオグルヴィは、こうした騒ぎを予期して、火星人があらわれるとすぐにホーセルから兵舎へ電報を打ち、この奇妙な生物を暴力から守るために部隊の派遣を依頼した。そのあとで、現場へもどってあの悲劇の行進の先頭に立ったのだ。彼らが死んだときの様子は、群衆も目撃していたのだが、それはぼく自身が見たものとほぼ同じだった、三度立ちのぼった緑色の煙、低いブンブンという音、燃えあがった炎。

だが、その群衆のほうが、ぼくよりもはるかにきわどい目にあっていた。ヒースの茂った砂利の山が熱線の下側の部分をさえぎってくれたおかげで、かろうじて難をのがれたのだ。パラボラ鏡の位置があと数ヤード高かったら、だれひとり生きのびて目撃談を語ることはできなかっただろう。彼らは、閃光《せんこう》とともに人びとがばたばたと倒れ、見えない手によって茂みに火が放たれ、それが薄暗がりのなかをどんどん近づいてくるのを見た。そして、くぼみから聞こえていた低いうなりをかき消すほどのかん高いヒューンという音とともに、熱線が頭上を通過して、道路沿いにならぶブナの木のこずえを焼き、角にいちばん近い家のレンガを砕き、窓ガラスを破り、窓枠を燃えあがらせ、切り妻屋根の一部をばらばらにしたのだった。

突然の激しい物音と、燃えたつ木々の輝きに、パニックに襲われた人びとはいっときその場でおろおろしていたようだ。火花と燃える小枝が道路にふりそそぎ、木の葉の一枚ずつが炎のかたまりと化していた。帽子や服に火が燃えうつった。そのとき、公有地から悲鳴が聞こえてきた。阿鼻叫喚の大騒ぎのなか、ふいに、馬に乗った警官が、頭上で両手を握りあわせ、大声で叫びながら疾走してきた。

「やつらがくるのよ！」ひとりの女がわめくと、群衆がいっせいにきびすをかえして、まえにいる者を押しのけながらウォーキングへ逃げもどろうとしはじめた。まるで羊の群れのように、だれもがただやみくもに走っていた。道が高い土手にはさまれて、狭く、暗くなっていたところでは、壮絶な押し合いがくりひろげられた。全員が逃げのびることはできなかった。少なくとも三人が——女がふたりと少年がひとり——そこで群衆に踏みつぶされて命を落とし、恐怖と暗闇のただなかに取り残されたのだ。

7 帰宅

ぼく自身はといえば、逃げていたときのことで記憶にあるのは、何度も木にぶつかり、ヒースの茂みでころんだということだけだ。火星人に対する目に見えない恐怖は圧倒的だった。あの無慈悲な熱の剣があちこちでひらめき、頭上から勢いよくふりおろされて、いまにもぼくの命を奪うのではないかという気がしてならなかった。十字路とホーセルとをむすぶ道路に出たので、そこを走って十字路をめざした。

やがて、それ以上はどうにも先へ進めなくなってしまった。激しい興奮と必死の逃走ですっかり疲れはてて、よろよろと道ばたに倒れこんだ。そこはガス工場のそばの運河にかかっている橋の近くだった。ぼくは倒れたままじっと横たわっていた。

かなり長いあいだそうしていたのだろう。

体を起こしたときには、妙に頭が混乱していた。いっとき、自分がどうやってそこにたどり着いたのかよくわからなかった。恐怖心は服をぬぐように消え失せていた。帽子はなくなっていたし、カラーは留め具からもぎとられていた。ほんの数分まえには、ぼくにとっての現実は三つしかなかった。夜と空間と自然の広大さ、自分の弱さと苦しみ、それと迫りくる死。それがいまや、なにかが裏返しになったかのように、ものの見方がいきなり変わってしまった。あまりにも唐突な精神状態の変化だった。いきなりいつもの自分に、慎みのある平凡な一市民にもどっていたのだ。しんとした公有地も、逃げだしたいという衝動も、燃えあがる炎も、すべて夢でしかなかったかのようだった。あれは現実に起きたことだったのか？　そう自問してみても、まったく確信はもてなかった。

立ちあがり、傾斜のきつい橋をふらふらとのぼりはじめた。頭のなかはおどろきでいっぱいだった。筋肉や神経はすっかり力をなくしていた。酔っぱらいのようにふらふらしていたにちがいない。橋のアーチのむこうに頭がのぞき、かごを手にした作業員があらわれた。幼い少年がすぐそばを足早に歩いていた。すれちがうとき、作業員がこんばんはと声をかけてきた。ぼくは返事をしようとしたが、できなかった。意味不明にもごもごとつぶやいて、そのまま橋をわたっていった。

メイベリーの陸橋の上を、火明かりに輝く白い煙をもくもくと吐きだし、明かりのともる窓を長々とならべた汽車が、南をめざしてガタン、ゴトン、ガタン、ゴトンと飛ぶように走り去っていった。かわいらしい切り妻屋根の家がならぶオリエンタル・テラスという場所で、人びとが門のそばに集まっているのがぼんやりと見えた。それはあまりにも現実的で、あまりにも見なれた光景だった。それなのに、ぼくの背後にあったものといえば！　狂乱だ！　狂乱ばかりだ！　あんなことが現実であるはずはなかった。

たぶん、ぼくはすこし例外的な人間なのだろう。自分の経験がどのていど一般的なものなのかはわからない。ときおり、自分自身やまわりの世界から切り離されたような奇妙な感覚をおぼえることがある。すべてを外側からながめているような気がするのだ。想像もつかないほど遠くから、時間にも、空間にも、あらゆる抑圧や悲劇にもとらわれることなく。あの夜は、その感覚がきわめて強かった。これもまた、ぼくの夢の一面だった。

だが、困ったことに、こうした心の静けさと、二マイルと離れていない場所で人びとが唐突に死んだという事実とは、まったく釣り合いがとれなかった。ガス工場からは作業の音が聞こえていて、電球が残らずともっていた。ぼくは集まっている人びとのそばで足を止めた。

「公有地からなにか知らせは届いていますか？」ぼくは声をかけた。

門のところにいたのは、男がふたりと女がひとりだった。

「なんだって？」男のひとりがふりかえった。

「公有地からなにか知らせは？」

「あんたはいままでそこにいたんじゃないのか？」

「公有地の件では、みんなおかしなことばかりいうのよ」門のむこう側にいる女が口をはさんだ。「いったいなにが起きているの？」

「火星人のことを聞いていないんですか？」ぼくはいった。「火星からやってきた異様な生物のことを？」

「さんざん聞かされたわ。もうたくさん」

そして三人は声をあげて笑った。

ばかにされたような気がして、腹がたった。見たものを説明しようとしたが、うまく話すことができなかった。ぼくがまごまごしているのを見て、三人はまた笑った。

「いずれくわしいことがわかりますよ」そういって、ぼくは自宅へと歩きつづけた。

戸口で顔をあわせたとき、妻はぼくの疲れはてた姿を見てびっくりした。ぼくは食堂にはいり、腰をおろして、ワインをすこし飲み、なんとか気を取りなおすと、見てきたことを妻に話した。冷たい夕食がすでに用意されていたが、ぼくはそれには手もつけずに、ひたすら話をつづけた。

「ひとつだいじなことがある」おそろしい話がつづいたので、ぼくは雰囲気をやわらげようとした。「やつらの這《は》いまわる様子は、いままで見たこともないほどのろのろしていた。くぼみにこもって、近づいてくる相手を殺すことはできるかもしれないが、あそこから外へ出ることはできない……。それにしても、ほんとにとんでもない連中だよ！」

「もうやめて！」妻は眉《まゆ》をひそめて、手をぼくの手にかさねた。

「オグルヴィは気の毒に！　死んであそこに野ざらしになっているんだからな！」

妻は、少なくとも、ぼくの体験を荒唐無稽《むけい》なものとみなしたりはしなかった。妻がひどく真っ青な顔をしているのを見て、ぼくはぴたりと口をつぐんだ。

「ここへくるかもしれないのね」妻は何度もくりかえした。

ぼくは妻にワインを飲ませて、元気づけようとした。「やつらはほとんど動けないんだ」

それから、妻だけでなく、ぼく自身の心をなだめるために、オグルヴィから聞かされた、火星人が地球上で生きていくのは不可能だという話をそのままくりかえしてみた。とりわけ強調したのは、重力がきつすぎるという点だった。地球の重力は、火星のそれより三倍も大きい。となると、火星人は自分の惑星にいたときと比べて体重が三倍になるわけだが、筋肉の力に変わりはない。鉛の服を着こんでいるようなものだ。じつをいえば、それはきわめて一般的な見解だった。なにしろ、翌朝のタイムズ紙でもデイリー・テレグラフ紙でも、まさにそのとおりの説明がなされていたのだ。ただ、どちらの新聞も、ぼく自身と同じように、重力の影響を軽減するふたつの明白な要素があることを見落としていた。

周知のとおり、地球の大気には、火星と比べてはるかに多くの酸素が含まれている（いいかたを変えると、はるかにアルゴンが少ない）。こうした過剰な酸素はまちがいなく火星人を元気づけるので、体重の増加を埋め合わせるのにおおいに役立つだろう。ぼくたちがもうひとつ見落としていたのは、あれだけの機械の知識をもつ火星人なら、いざとなれば筋肉をはたらかせずにすますことができるという事実だった。

だが、あのときのぼくは、そんなことは思いつきもしなかったので、侵略者にもチャンスがあるという可能性は考慮の対象外になっていた。ワインと食事、自宅のテーブルについているという安心感、それと妻を安心させなければという事情により、ぼくはほんのすこしずつ勇気と自信をとりもどしていった。

「やつらもばかなことをしたもんだ」ぼくはワイングラスをいじりながらいった。「なんで危険かといえば、やつら自身が恐怖のあまり混乱しているからだ。たぶん、生物がいるとは思っていなかったんだろう――ましてや、知性をもった生物がいるとは。それに、最悪の事態になったら、あのくぼみに砲弾を撃ちこめば、それでやつらは全滅さ」

いろいろなできごとでひどく興奮していたため、ぼくの知覚は過敏な状態になっていたようだ。いまでも、あの夕食のテーブルのことはしっかりと記憶に残っている。ピンク色のランプシェードの下からぼくをのぞき見る、愛する妻の美しく不安そうな顔。銀やガラスの食器がならぶ白いテーブルクロス――当時は、哲学方面の著述家でも、ちょっとしたぜいたくを楽しむくらいのゆとりはあったのだ――グラスのなかの赤紫色のワイン。いずれも写真のように鮮明に思いだすことができる。食事がすむと、ぼくはタバコで気持ちをしずめながら、オグルヴィの無謀な行動をなげき、火星人たちの近視眼的な臆病《おくびょう》さをこきおろした。

それは、モーリシャス島のご立派なドードー鳥が、自分の巣のなかでふんぞりかえり、動物の肉を求めて上陸してきた情け知らずの水夫たちについて語っているようなものだった。「心配ないよ、明日になったら、おれがあいつらをつつき殺してやるから」

当時は知る由もなかったが、ぼくが文明人らしい夕食をとることができたのはそれが最後だった。あのあと、予想もしなかったおそろしい日々が長くつづくことになったのだ。

8　金曜日の夜

あの金曜日に起きた数々の異様なできごとのうち、なによりもおどろかされたのは、社会秩序をすっかり崩壊させる一連の大事件が勃発《ぼっぱつ》していたにもかかわらず、市民生活がなにごともなく進んでいたことだった。金曜日の夜に、コンパスを使って、ウォーキングの砂採り場を中心とする半径五マイルの円を描いたとしたら、その線の外側には、火星からの訪問者によって感情面や生活面ですこしでも影響を受けた者はほとんどいなかった。例外は、公有地で命を落としたステントや遠方から駆けつけた一部の人びとの親戚《しんせき》くらいだろう。もちろん、円筒の噂を耳にした人びとは大勢いて、おもしろ半分に話題にしてはいたが、ドイツへの最後通告が宣言されるほうがよほど大きな騒ぎにはなっていたはずだ。

ロンドンでは、ヘンダースンが送った円筒の蓋《ふた》が徐々にひらいていく状況を説明した電報は、デマとみなされていた。新聞社は、確認を求める電報を送っても返事がなかったので――当人は死んでいたのだ――特別版の発行をとりやめにした。

半径五マイルの円のなかでさえ、大多数の人びとの反応はにぶかった。ぼくが話しかけた男女の態度については、すでに説明したとおりだ。この地区のどこでも、人びとはふつうに夕食をとっていた。一日の仕事を終えた労働者は庭いじりをし、こどもはベッドにはいり、若者は愛をささやきながら路地をぶらつき、学生は書物の上にかがみこんでいた。

町の通りでは噂話が流れ、酒場ではこの目新しい事件が話題の中心となっていた。そこかしこで話を聞いた者やじっさいの目撃者が興奮の渦を引き起こしたため、悲鳴をあげたり、おろおろと走りまわったりする連中もいた。だが、おおかたの人びとは、何年もまえからずっとそうしてきたように、仕事や食事や睡眠といった日常生活を淡々とつづけていた――まるで、空に火星など存在しないかのように。ウォーキング駅やホーセルやチョバムにおいてさえ、そんな状況だったのだ。

ウォーキングの乗換駅では、夜遅くまでずっと、列車が到着し、発車し、あるいは側線へと引きこまれ、乗客も列車から降りてはつぎの列車を待っていた。なにもかもいつもどおりの風景だった。町からやってきた少年は、スミスの縄張りにまではいりこみ、午後の記事をのせた新聞を売りさばいていた。貨車がガチャンと連結される音や、機関車が鳴らすかん高い汽笛に、「火星から来た人間!」と叫ぶ売り子たちの声がまじっていた。

九時ごろに、信じがたいニュースに興奮した人びとが駅へ流れこんできたが、酔っぱらいが起こすほどの騒ぎにもならなかった。ロンドン方面へむかう客車の窓から暗闇をのぞいても、ホーセルの方角に弱々しい火の手があがり、赤い輝きとうっすらとひろがる煙が夜空に流れているのが見えるだけだったので、荒れ地で火事が起きているくらいにしか思えなかった。公有地の近くにさしかかると、ようやく、騒ぎが起きているのがわかるようになった。ウォーキングの町はずれで、五、六軒の住宅が燃えていたのだ。三つの町の公有地に面した側では、どの家も明かりをともしていて、人びとは夜明けまでずっと起きたままだった。

好奇心の強い連中がまだぐずぐずと残っていて、つねに人の出入りがあったものの、チョバム橋でもホーセル橋でも人だかりがなくなることはなかった。あとでわかったことだが、むこうみずな男がひとりかふたり、暗闇につつまれた公有地へ忍びこんで火星人のすぐそばまで近づいたようだった。彼らは二度ともどってこなかった。ときおり、戦艦のサーチライトに似た光のすじが公有地をさっと照らして、そのあとに例の熱線がつづいたからだ。それをべつにすると、広大な公有地は静まりかえって動くものもなく、焼け焦げた死体は、その夜も、そのつぎの日もずっと野ざらしのまま横たわっていた。くぼみから聞こえるカンカンという音だけは、大勢の人びとが耳にしていた。

金曜日の夜のありさまはこんなところだった。中心にあったのは、この地球という惑星の皮膚に毒矢のように突き刺さった円筒だ。けれど、その毒はまだほとんど効果をあらわしていなかった。そのまわりの静まりかえった公有地では、ところどころで煙があがり、いくつかの黒っぽい物体がねじくれた姿勢のまま横たわっていた。まだ燃えている茂みや木もあった。公有地を取り巻く一帯では興奮した騒ぎが起きていたが、その時点では、もっと先までひろがっているわけではなかった。世界のほかの部分では、遠いむかしからずっとそうだったように、生命の流れがとぎれることなくつづいていた。血管をつまらせ、神経を麻痺《まひ》させ、脳を破壊する戦争熱が高まるのは、もっとあとのことだった。

火星人たちは夜どおしカンカンと音をたてていた。眠りもせずに、ひたすら機械の準備を進めていたのだ。ときおり、緑がかった白い煙が星のまたたく夜空へ噴きあがっていた。

十一時ごろに、一団の兵士たちがホーセルを抜けてやってきて、公有地のへりに沿って非常線を張った。その後、べつの一団がチョバムを通過し、公有地の北側に展開した。もっと早い時間に、インカーマン兵舎から数名の士官が公有地に派遣されていて、そのうちのひとり、イーデン少佐が行方不明になっていた。連隊長もチョバム橋へやってきて、真夜中にせっせとやじうまに質問をあびせた。軍当局はあきらかに事態の深刻さに気づいていた。翌朝の新聞各紙の報道によれば、十一時ごろには、一騎兵大隊、マキシム式機関銃二挺《ちょう》、それとカーディガン連隊のおよそ四百名の歩兵たちがオールダーショットを出発していたのだ。

十二時をすこしすぎたころ、チャーツィー街道やウォーキングに集まっていた人びとは、北西方向のマツ林に空から星が落ちるのを目撃した。緑がかった色で、夏の稲妻のように音もなく明るく輝いていたという。それが第二の円筒だった。

9　戦闘開始

ぼくの記憶のなかには、土曜日はまさに戦慄《せんりつ》の一日として残っている。けだるく、蒸し暑い日で、聞くところによると、気圧計は激しく上下していたそうだ。妻は眠れたが、ぼくはほとんど眠れず、早くから起きだしてしまった。朝食まえに庭へ出て、耳をすましてみたが、公有地の方角からはヒバリの鳴き声しか聞こえなかった。

牛乳配達はふだんどおりにやってきた。馬車の音がしたので、横手の門へまわり、なにか新しいニュースはないかとたずねた。夜のあいだに火星人たちは軍隊に包囲され、いずれ大砲も到着する予定になっているとのことだった。そのとき、耳なれた心強い音が聞こえてきた。ウォーキングをめざして走る汽車の音だ。

「火星人を殺す気はないそうです」牛乳配達はいった。「やむをえない場合以外は」

隣家の主人が庭いじりをしていたので、すこし話をしてから、朝食をとるためにぶらぶらと家のなかへもどった。ごくありきたりの朝だった。隣家の主人は、軍隊ならその日のうちに火星人を生け捕りにするか殺すかするだろうといっていた。

「やつらがあんなに敵対的なのは残念だねえ。よその惑星での暮らしぶりを知ることができればすばらしいのに。いろいろと学ぶことがあるかもしれない」

　隣家の主人は垣根に近づき、手にいっぱいのイチゴを差しだしてきた。庭いじりに熱心なだけでなく、とても気前のいい男なのだ。それから、彼はバイフリート・ゴルフ場でマツ林が燃えたことを教えてくれた。

「あのいまわしいしろものがもうひとつ、ゴルフ場に落ちたらしい。第二号というわけだ。ひとつでもたくさんだというのに。なにもかも片付くまでに、保険会社はえらい損害をこうむるだろうね」彼はこのうえなく上機嫌に語りながら、声をあげて笑った。そして、林はまだ燃えているのだといって、うっすらと見える煙を指さした。「マツの葉や芝生が分厚い層になっているから、これからしばらくは足の下が熱くてたいへんだ」それから、真顔になってつけくわえた。「オグルヴィは気の毒に」

　朝食のあと、ぼくは仕事にとりかかるのをやめて、公有地のほうへ歩いていってみることにした。鉄道橋の下に一団の兵士の姿があった。おそらく工兵だろう。小さなまるい帽子をかぶり、よごれた赤い上着のボタンをはずして青いシャツをのぞかせ、黒っぽいズボンと、ふくらはぎまでの長さのブーツをはいていた。工兵たちから運河をわたるのは禁止されているといわれたので、道路の先のほうにある橋に目をやると、カーディガン連隊の歩兵がひとり見張りに立っていた。そこで、しばらく工兵たちと話をして、まえの晩に火星人を見たときの様子を教えてやった。工兵たちはだれひとり火星人を見ておらず、どういうものか想像もつかなかったので、あれこれと質問をあびせてきた。軍隊の出動を命じたのがだれかわからないらしく、はじめは近衛《このえ》騎兵連隊で内紛が起きたのかと思ったらしい。たいていの工兵は、ふつうの兵士よりもはるかに高度な教育を受けているので、これから起こるかもしれない奇妙な戦闘について、かなり正確な見通しを立てていた。ぼくが例の熱線について説明すると、工兵たちはすぐに議論をはじめた。

「遮蔽物《しゃへいぶつ》をかぶってこっそり近づいてから、一気に突撃するか」ひとりがいった。

「ばかいえ！」べつのひとりがいった。「こんな熱線を相手に遮蔽物がなんになる？　まとめて焼かれちまうよ！　地形を利用してできるだけ接近して、塹壕《ざんごう》を掘るんだ」

「なにが塹壕だよ！　おまえはすぐに塹壕を掘りたがるな。ウサギにでも生まれたほうがよかったんじゃないか」

「やつらには首がねえのか？」三人目がふいに口をはさんだ。小柄でもの静かな、肌の黒い男で、パイプをふかしていた。

ぼくはもういちど説明した。

「タコみてえだな」その男はいった。「ふつうは漁をするのは人間だが――魚のほうが漁をしようってわけか！」

「そんな怪物を殺しても殺人にはならないな」最初の男がいった。

「さっさと大砲を撃ちこんで始末したらどうなんだ？」肌の黒い男がいった。「なにをやらかすかわかったもんじゃねえんだから」

「どこに大砲があるんだよ？」最初の男がいった。「時間がないんだ。とにかく大急ぎで手を打たないと。一気にケリをつけるんだ」

　そんな調子だった。しばらくたって、ぼくはその場を離れ、できるだけたくさんの朝刊を手に入れるために鉄道の駅へとむかった。

　だが、あの長かった朝と、もっと長かった午後についてくどくど述べて読者のみなさんを退屈させるつもりはない。結局、ぼくは公有地の様子を見ることはできなかった。ホーセルやチョバムにある教会の塔さえ、軍隊によって占拠されていたのだ。ぼくが話をした兵士たちはなにも知らなかった。士官たちはいわくありげだったが、忙しすぎて話にならなかった。軍隊が来たことで、町の人びとはずいぶんおちつきをとりもどしたようだった。タバコ屋のマーシャルからは、公有地での犠牲者のなかに息子がまじっていたことをはじめて聞かされた。兵士たちの指示により、ホーセルの町はずれの住民はすでに戸締まりをして避難していた。

　二時ごろに昼食をとるために帰宅したとき、ぼくはとても疲れていた。まえにもいったとおり、ひどく暑くてけだるい日だったのだ。さっぱりするため、食事のあとで冷水浴をした。四時半ごろ、鉄道の駅へ出かけて夕刊を買いこんだ。ステントやヘンダースンやオグルヴィなどの死について、朝刊の記事ではくわしいことがわからなかったのだ。だが、目新しい情報はほとんどなかった。火星人はまったく姿を見せていなかった。くぼみのなかでなにかやっているらしく、カンカンという音が響き、絶え間なく煙が立ちのぼっているとのことだった。戦闘の準備を進めているのはあきらかだった。どの新聞にも、「連絡をとるための試みがくりかえされたが、いずれも失敗だった」といった記事がのっていた。工兵たちの話では、だれかが塹壕のなかで長い棹《さお》につけた旗をふってみたらしい。その誘いかけに対する火星人の反応は、ぼくたちが牛の鳴き声を聞いたときの反応と変わりなかった。

正直いって、こうした軍隊の動きには興奮をおぼえた。好戦的な想像がわきあがり、ぼくは頭のなかでさまざまな手段をもちいて侵略者を打ち負かした。戦いや英雄に対するこどものころのあこがれがもどってきたのだ。互角の戦いになるとは思いもしなかった。くぼみにいる火星人はあまりにも無力に見えた。

三時ごろに、チャーツィーかアドルストーンの方角から、一定の間隔でドンという大砲の音が響きはじめた。第二の円筒が落下した黒焦げのマツ林に対して砲撃が開始されたのだ。蓋《ふた》があくまえに円筒を破壊しようとしたのだろう。しかし、最初の火星人たちを攻撃するための野戦砲がチョバムに到着したときには、もう五時近くになっていた。

六時ごろ、妻といっしょに庭のあずまやで腰をおろして紅茶を飲みながら、これからはじまる戦いについて熱心に話をしていたら、公有地からこもった爆発音が聞こえてきて、すぐに一陣の突風が吹きつけてきた。それを追いかけるように、すぐ近くでガシャンという激しい音がして大地がふるえた。芝生に飛びだしてみると、オリエンタル・カレッジのあたりで木々のこずえが真っ赤に燃えあがり、そのとなりにある小さな教会の塔がくずれ落ちていた。モスクの尖塔《せんとう》は消え失せ、カレッジ自体の屋根の輪郭は百トン砲の攻撃をうけたようなありさまになっていた。うちの煙突も砲弾が命中したかのように砕け散り、その破片がタイルの上にばらばらとふりそそいで、書斎の窓のそばにある花壇に赤いかけらが山積みになった。

ぼくは妻といっしょに茫然《ぼうぜん》とたたずんでいた。しばらくして、カレッジがあんなふうに吹き飛ばされてしまうのであれば、このメイベリー・ヒルのてっぺんも火星人の熱線の射程内にあるにちがいないと気づいた。

ぼくは妻の腕をつかみ、ものもいわずに道路へ駆けだした。それから、二階の部屋に荷物があると騒ぐ家政婦を、あとでとってきてやるからとなだめて外へ連れだした。

「ここでじっとしているわけにはいかない」ぼくがそういったとき、公有地でふたたび砲撃がはじまる音がした。

「でも、どこへ行けばいいの？」妻が怯《おび》えた声でいった。

ぼくは困って考えこんだ。そして、妻のいとこたちがレザーヘッドに住んでいることを思いだした。

「レザーヘッドだ！」突然の轟音《ごうおん》に負けじと、ぼくは声をはりあげた。

妻は丘の下のほうへ目をむけた。人びとがおどろいて外へ出てきていた。

「どうやってレザーヘッドまで逃げるの？」妻はたずねた。

丘のふもとでは、騎兵の一隊が鉄道橋の下を駆けぬけていた。三騎はオリエンタル・カレッジのひらいた門を全速力でとおりぬけた。べつのふたりは馬をおりて、家から家へと走りまわりはじめた。太陽は、木々のこずえから立ちのぼる煙のむこうで赤々と輝き、見たこともないどぎつい光であたりを照らしていた。

「動かないで。ここにいれば安全だから」そういって、ぼくは酒場の〈ぶち犬〉へと走りだした。そこの主人が馬と二輪馬車をもっていることを知っていたからだ。すぐに、丘のこちら側にいる人びとがいっせいに動きはじめるにちがいなかった。主人は店にいたが、自分の家の背後でなにが起きているかまったく気づいていなかった。男がひとり、こちらに背をむけて主人と話をしていた。

「一ポンドはいただかないと」酒場の主人がいった。「ただし、人手がないんではこぶのは御自分で」

「二ポンドだそう」ぼくは見知らぬ男の肩越しにいった。

「なんですって?」

「真夜中までには返しにくるから」

「こりゃまた!」主人はいった。「なにをあわてているんです? わたしゃ豚を売る話をしてるんですよ。二ポンド払って、しかも返してくれるって? いったいどういうことです?」

ぼくは、家を立ち退くために二輪馬車が必要なのだと急いで説明した。あの時点では、酒場の主人が逃げださなければならないほど事態が切迫しているとは思えなかったのだ。その場で話をつけたあと、馬車を駆って自宅へ引き返し、いったん妻と家政婦にあずけてから、家にとびこんで、銀食器など貴重品の荷造りにとりかかった。家の下にあるブナの木立に火がうつり、道路沿いの柵《さく》が真っ赤に燃えあがった。ぼくが作業に没頭していたあいだに、馬をおりた騎兵のひとりがふもとから駆けあがってきた。家から家へとまわって、避難しろと呼びかけていたのだ。テーブルクロスでつつんだ貴重品を引きずって玄関を出たとき、騎兵がそばをとおりかかったので、ぼくは大声で呼びかけた。

「なにか情報は？」

騎兵はふりかえり、「皿の蓋みたいなものが這《は》いだしてきた」とかなんとか怒鳴ると、丘のてっぺんにある家の門をめざして走り去った。ふいに道を横切って流れてきた黒煙が、その姿をさっとおおい隠した。ぼくはとなりの家へ駆け寄り、念のためにドアを叩《たた》いてみた。夫婦そろって戸締まりをしてロンドンへ出かけているはずなのだ。それから、約束をはたすために、もういちど自分の家へはいり、家政婦の荷物を持ちだした。二輪馬車のうしろの席にいる家政婦のわきへその荷物をどさりとのせてから、すでにまえの席にすわっていた妻のとなりに乗りこんだ。ぼくたちは馬車をとばして煙と喧噪《けんそう》から抜けだし、メイベリー・ヒルの反対側の斜面をオールド・ウォーキングめざして駆けくだっていった。

行く手には太陽の光がふりそそぐ静かな風景がひろがっていた。道の両側には小麦畑がつづき、〈メイベリー・イン〉の看板が風にゆれていた。前方には医師の馬車が見えた。丘のふもとで、くだってきた斜面をふりかえってみた。赤い炎がちらちらとのぞく黒煙が、あちこちでおだやかな空気のなかへ立ちのぼり、東のほうの緑のこずえに暗い影を落としていた。煙はすでに東西にひろがっていた——東はバイフリートのマツ林、西はウォーキングまで。路上には、こちらへむかって走ってくる人びとの姿があった。だいぶ遠くなったとはいえ、静まりかえった暑い空気をとおして、いまは沈黙している機関銃のうなりや、断続的なライフルの銃声をはっきりと聞くことができた。火星人は、熱線の射程内にあるものをすべて燃やそうとしているようだった。

ぼくは熟練した御者ではないので、すぐに馬に注意をもどした。もういちど背後をふりかえったときには、黒煙はふたつめの丘のむこうに隠れていた。馬にむちをくれて、騒乱の場が遠く離れるまで手綱はゆるめたままにしておいた。ウォーキングとセンドの中間あたりで、医師の馬車を追い越した。

10　嵐

レザーヘッドはメイベリー・ヒルから十二マイルほど離れたところにある。パイアフォードをすぎると、干し草のにおいがただよう青々とした牧草地がひろがり、道の両側の垣根は生い茂る野バラではなやかに彩られていた。メイベリー・ヒルをくだっていたときに聞こえていた激しい砲撃音は、はじまったときと同じくらい唐突にやんで、平和で静けさにつつまれた夕暮れだけが残っていた。九時にはなにごともなくレザーヘッドにたどり着いたので、馬に一時間の休息をあたえ、そのあいだに、いとこたちといっしょに夕食をとり、妻をあずかってもらうことにした。

妻は、馬車を走らせているあいだ妙に黙りこくっていた。悪いことが起こりそうな気がして暗くなっていたのだろう。ぼくは妻をはげまし、火星人はあのくぼみに閉じこめられたままで、すこし這いだすのがせいいっぱいなんだと説明した。だが、返ってきたのはそっけないことばだけだった。もしも酒場の主人との約束がなかったら、妻は、その晩はむりにでもぼくをレザーヘッドにとどまらせただろう。ぼくだってそうしたはずだ！　いまでもおぼえているが、別れたとき、妻の顔は真っ青だった。

ぼくのほうは、一日じゅう興奮しっぱなしだった。ときおり文明社会を席巻する戦争熱とよく似たものが、血管に、心臓にはいりこんでいたため、夜のうちにメイベリーへもどらなければならないこともそれほどつらくはなかった。それどころか、あのとき聞こえてきた一斉射撃で火星からの侵略者が全滅したのではないかと心配になったくらいだ。いってしまえば、最後の場面に立ち会いたいという心境だったのだ。

帰路についたときには十一時近くになっていた。予想外に暗い夜だった。いとこたちの家の明るい廊下から出てきただけに、あたりは真っ暗といっていいほどで、おまけに昼間と変わらないくらい蒸し暑かった。上空では雲がぐんぐん流れていたのに、あたりの低木をゆらす風はまったくなかった。いとこの使用人が馬車のランプに火をつけた。さいわい、ぼくはそのあたりの道のことをよく知っていた。妻は明かりのもれる戸口に立ち、ぼくが馬車に乗りこむのをじっと見守っていた。それから、ふいに身をひるがえし、ならんで見送りをしているいとこたちを残して、家のなかへはいってしまった。

妻の不安が伝染して、はじめはすこし気が重かったが、じきに、思いは火星人たちへともどった。そのときは、夕方の戦闘がどうなったのか見当もつかなかった。どういう状況で衝突が起きたのかさえわからなかった。オッカムを通過したとき（帰りはセンドやオールド・ウォーキングはとおらずに、そちらの道を選んだのだ）、西の地平線に血のように赤い輝きが見えた。近づくにつれて、輝きはじわじわと空を這いのぼっていった。嵐のさきぶれとなる雷雲が、黒と赤の煙にまじりあっていた。

リプリー・ストリートはがらんとしていて、明かりのともったいくつかの窓をべつにすると、まったく人けがなかった。ところが、パイアフォードへの曲がり角で、ぼくはあやうく事故を起こしかけた。一団の人びとがこちらに背をむけて立っていたのだ。馬車が通過しても反応はなかった。彼らは丘のむこうで起きていたことをどれだけ知っていたのだろう。それまでにとおりすぎた家々が静まりかえっていたのは、住人がおとなしく眠っていたせいなのか、避難してもぬけのからになっていたせいなのか、それとも、困惑しておそろしい夜をじっと見つめていたせいなのか。

リプリーをすぎてパイアフォードを通過するまではウェイ川の谷間を走ったので、赤い輝きを見ることはできなくなった。パイアフォード教会の先で小さな丘をのぼると、輝きがふたたび視界にはいってきて、あたりの木々が近づいてくる嵐の気配にふるえだした。そのとき、背後のパイアフォード教会から真夜中を告げる鐘の音が響き、メイベリー・ヒルの輪郭が見えてきた。木々のこずえや家々の屋根が、真っ赤な空を背に黒々とうかびあがっていた。

その光景に目を奪われていたあいだにも、どぎつい緑色の光が道を照らし、遠くアドルストーンの方角に見える森をうかびあがらせた。手綱がぐいと引かれるのを感じた。突然、緑色の炎のすじが流れる雲をつらぬき、その混沌《こんとん》とした表面を明るく照らしながら、ぼくの左手の畑のなかへ落下した。それが第三の流れ星だった！

流れ星の出現とほぼ同時に、迫りくる嵐の最初の稲妻が、対照的な青紫色の光をまばゆくひらめかせ、打ち上げ花火のような雷鳴をとどろかせた。馬が手綱を引きちぎるような勢いで走りだした。

メイベリー・ヒルのふもとまでのゆるやかなくだり坂を、馬車はガラガラと駆けおりた。いったんはじまってしまうと、稲妻は見たこともないほど立て続けにひらめいた。激しい雷鳴が、奇妙なパチパチという雑音をともないながら、ほとんど間をおかずに響きわたった。ふつうの爆発するような反響音ではなく、巨大な発電機が作動しているような音だった。明滅する光の激しさは頭がくらくらするほどで、坂道をくだるぼくの顔には、こまかな雹《ひょう》がばらばらと叩きつけてきた。

はじめは行く手の道だけしか目にはいらなかったのだが、ふと気づくと、メイベリー・ヒルの反対側の斜面をすばやく移動しているものがあった。ぬれた屋根かとも思ったが、立て続けにひらめく雷光によって、それが急速に回転していることがわかった。なんともとらえどころのない幻影だった。混沌とした暗闇がおりたかと思うと、真昼のように明るい光が輝いて、丘のてっぺん近くにある養護施設の赤いレンガが、マツの木々の緑のこずえが、移動する謎めいた物体が、まばゆく、くっきりと姿を見せるのだ。

その物体ときたら！　どうすれば説明できるだろう？　たいていの家よりも高さのある三本脚の怪物が、マツの若木をまたぎ越し、そのついでに横へなぎ倒していた。きらきらと光る金属製の歩く機械は、いまやヒースの茂みをつっきっていた。関節のある鋼鉄のロープが何本もたれさがり、ガチャンガチャンという歩行音がやかましい雷鳴といりまじった。閃光《せんこう》がひらめいたとき、ふたつの足を宙にうかせてかたむいたその姿がくっきりとうかびあがり、いったん消えたかと思うと、すぐにまた、数百ヤード接近した位置で閃光のなかに出現した。乳しぼり用の三脚腰かけが、ななめにかたむいたままごろごろところがっている様子を想像できるだろうか？　ひらめく閃光のなかに見えたのはそんな感じだった。ただ、三脚の上にのっていたのは腰かけではなく、巨大な機械のかたまりだった。

突然、前方のマツ林がぐいと押し分けられた。人間がきゃしゃなアシの茂みでもつっきるように、マツの木がへし折られ、突き倒されて、第二の三脚が出現し、こちらめがけてまっしぐらに突き進んできた。あろうことか、ぼくのほうはそいつにむかって全速力で疾走していたのだ！　第二の怪物の姿を見て、ぼくはすっかり怖《お》じ気《け》づいてしまった。二度とそちらへは目をむけずに、馬の頭をぐいと右へひねると、つぎの瞬間、馬車が馬の上にのしかかった。車軸がバキッと折れて、ぼくは横へほうりだされ、浅い水たまりに落下した。

あわてて這《は》いあがり、足を水のなかにつっこんだまま、ハリエニシダの茂みの下にうずくまった。馬はじっと横たわったままで（かわいそうに、首の骨を折ってしまったのだ！）、つぎつぎとひらめく雷光により、ひっくりかえった二輪馬車の黒々とした車体と、まだゆっくりと回転している車輪のシルエットを見ることができた。すぐに、巨大な機械がぼくのかたわらをとおりすぎ、パイアフォードめざして丘をのぼっていった。

近くで見ると、そいつはとてつもなく奇妙なしろもので、ただ機械が駆動しているわけではなかった。機械にはちがいないのだが、金属音を響かせて歩きながら、きらきら光る長くて柔軟な触手（そのうちの一本はマツの若木をつかんでいた）を、奇怪な胴体のまわりでゆらめかせていたのだ。道を選んでずんずん進み、てっぺんの真鍮色《しんちゅういろ》のフードを前後左右にゆらしている様子には、どうしても頭があたりを見まわしているような印象があった。胴体のうしろの部分には、漁師が使うかごのような白い金属の大きなかたまりがあり、ぼくのかたわらをとおりすぎたとき、それぞれの関節からは緑色の煙が噴きだしていた。それはあっというまに遠ざかっていった。

ぼくが見たのはそれだけだった。ひらめく雷光のなか、交互におとずれる目のくらむような輝きと真っ暗な闇とのせいで、なにもかもあいまいなままだった。

そいつは、雷鳴をかき消すほど大きな「アルー、アルー」という勝ち誇った雄叫びをあげながら通過していき、一分後には、半マイルほど先にいた仲間と合流して、畑のなかにあるなにかの上にかがみこんでいた。あのとき畑のなかにあったのは、火星人が地球めがけて発射した十本の円筒のうち三番目のものだったにちがいない。

それからしばらく、ぼくは雨に打たれながら暗闇のなかでじっと横たわり、断続的な光をたよりに、金属でできた怪物たちが遠くで動きまわるのを垣根越しに見つめていた。こまかな雹がふりだしていて、その強さが変わるたびに、怪物たちの姿がかすんだりはっきり見えたりした。ときおり雷光がとぎれると、夜の闇がそいつらをのみこむのだった。

上からふりそそぐ雹と足の下の水たまりで、ぼくは全身ずぶぬれだった。はっとわれにかえって、水たまりからすこしは乾いたところへ這いだし、差し迫った危機について思いをめぐらせるようになったのは、だいぶあとのことだった。

それほど遠くないところに、ささやかなジャガイモ畑にかこまれた、一部屋しかない小さな木造の小屋があった。ぼくはやっとのことで立ちあがり、上体をかがめ、身を隠せるものをなるべく利用しながら小屋をめがけて走った。ドアをばんばん叩《たた》いてみたが、たとえそこに人がいたとしても、返事は聞こえなかった。しばらくたったところで、小屋にはいるのはあきらめて、ほとんどの道のりで溝のなかに身を隠しながら這い進み、機械の怪物に見つかることなく、メイベリーへとつづくマツ林まで逃げこむことに成功した。

そのままマツの木々を隠れみのにして、ずぶぬれでガタガタふるえながら、自分の家をめざした。木立のなかを、できるだけ小道をたどって歩きつづけた。あたりは真っ暗だった。雷光はごくたまにしかひらめかなくなっていたし、激しくふりそそぐ雹が、みっしり茂る木の葉のすきまから列をなして流れ落ちていた。

そのとき見たものがなにを意味しているかちゃんと理解していたなら、ぼくはすぐにまわれ右をし、バイフリートからチョバム・ロードへ出て、レザーヘッドにいる妻のもとへ引き返していたはずだ。だが、あまりにも異様なできごとがつづいていたし、体もぼろぼろだったので、頭がはたらかなかった。あざだらけで、疲れはて、びしょぬれになって、嵐のせいで耳も目もきかなくなっていたのだ。

あのときのぼくを動かしていたのは、自分の家に帰り着きたいというぼんやりした思いだけだった。ふらふらと木立を抜け、溝に落ちて板に両膝《りょうひざ》をぶつけ、やっとのことで、宿屋の〈カレッジ・アームズ〉へつづく路地に水しぶきをあげてとびだした。嵐で丘の砂が流され、濁流となっていたのだ。暗闇のなかで、ひとりの男がうっかりぼくにぶつかってきた。ぼくはよろよろとあとずさった。

男は怯《おび》えた悲鳴をあげて、さっとわきへとびのき、ぼくが気を取りなおして話しかけるより先にさっさと走り去ってしまった。そのあたりは嵐がきつく、丘をのぼるのはたいへんな重労働だった。左手の垣根に体を寄せ、とがった杭《くい》をつかんでなんとか進みつづけた。

頂上まであとすこしのところで、なにかやわらかいものにつまずいた。雷光がぱっとひらめいたとき、両足のあいだに黒ラシャの布地のかたまりとひと組の靴が見えた。その男がどんなふうに倒れているのかたしかめる間もなく、雷光は消えた。ぼくはその場にたたずんで、つぎの稲妻を待った。ふたたび雷光がひらめくと、男のがっしりした体つきと、安っぽいがみすぼらしくはない服装を見ることができた。頭はねじ曲がって胴体の下にあり、垣根につっこむかたちで倒れていた。まるで勢いよく叩きつけられたかのように。

いちども死体にふれたことがなかったので、当然のごとく強い嫌悪をおぼえながら、かがんで男の体をあおむけにし、胸の動悸《どうき》をたしかめた。完全に死んでいた。首の骨が折れているようだった。また稲妻がひらめき、光のなかに男の顔がぱっとうかびあがった。ぼくはぎょっとして体を起こした。それは〈ぶち犬〉の主人だった。ぼくは、結果的に彼から馬車を奪うことになってしまったのだ。

そろそろと死体をまたいで、丘をのぼりつづけた。警察署と〈カレッジ・アームズ〉のわきをとおりすぎて、自分の家をめざした。丘のあたりでは火事は起きていなかったが、公有地はあいかわらず赤々と輝き、ふりしきる雹に負けることなくもうもうと煙を噴きあげていた。ひらめく雷光のなかで見るかぎり、周囲の家はほとんど無傷だった。〈カレッジ・アームズ〉のそばで、道路に黒いかたまりがひとつ横たわっていた。

メイベリー橋のほうへのびる道路では人声と足音がしていたが、呼びかけたり、そこまで脚をのばしたりする気力はなかった。玄関の鍵《かぎ》をあけて家にはいり、ドアを閉じて、ふたたび鍵をかけてかんぬきまで差してから、よろよろと階段の下へ歩み寄り、腰をおろした。頭のなかにあるのは、歩きまわる金属製の怪物たちと、垣根に叩きつけられた死体のことばかりだった。

ぼくは階段の下でうずくまり、背中を壁に押しつけて、激しく体をふるわせた。

11　窓辺にて

まえにもいったように、ぼくはどんなに激しく動揺しても、いつのまにか冷静さをとりもどしてしまう。しばらくすると、自分がびしょぬれで冷えきっていて、階段のカーペットには小さな水たまりができていることに気づいた。ほとんど無意識に立ちあがり、食堂にはいってウイスキーをすこし飲んでから、服を着替えにいった。

そのあと、二階にある書斎へむかったのだが、なぜそんなことをしたのかは自分でもわからない。書斎の窓からは、ホーセル公有地のほうの木々と鉄道線路を見わたすことができる。あわてて出発したので、窓はあけっぱなしになっていた。廊下は暗かったし、窓枠で仕切られた外の風景との対比により、部屋のなかも真っ暗に見えた。ぼくは戸口で足を止めた。

激しい嵐は去っていた。オリエンタル・カレッジの塔とそれを取り巻くマツの木々はそっくり消え失せ、はるか遠くには、あざやかな赤い輝きに照らされて、公有地の砂採り場のあたりが見えていた。その光のなかで、奇怪な姿をした三つの大きな黒い影がせかせかと動きまわっているのだった。

その方角にある大地すべてが燃えているかのようだった。広大な丘の斜面では、いくつもの小さな炎の舌が、遠ざかる嵐のなごりの風を受けてちろちろとゆらぎ、頭上を駆けていく雲を赤々と照らしていた。ときおり、もっと近くで起きている火事の煙が窓の外を流れて、火星人たちの姿をおおい隠した。やつらがなにをしているのかは見えなかったし、その姿や、忙しくいじくりまわしている黒い物体もはっきりと見ることはできなかった。近くで起きているらしい火事も見えなかったが、その炎が投げかける影は書斎の壁や天井でおどっていた。あたりには樹脂の燃えるつんとくるにおいがただよっていた。

音をたてずにドアをしめて、そっと窓辺に近づいた。すると、視界が大きくひらけて、片側はウォーキング駅のあたりの家々まで、反対側はバイフリートの黒焦げになったマツ林まで見わたせるようになった。丘のふもとへ目をやると、陸橋のあたりの線路の上に光がひとつ見えた。メイベリー街道や駅の近くの通りにならぶ家が何軒も焼け落ちていた。はじめは、線路の上の光がなんなのかわからなかった。明るく輝く黒いかたまりがひとつあって、その右手に黄色い長方形がならんでいた。しばらくして、それが列車の残骸《ざんがい》だと気づいた。前方の部分は破壊され炎上していたが、後方の客車はまだ線路にのっていたのだ。

これら三つのおもだった光――家々、列車、チョバムの方角で燃えている野原――のあいだには、暗い田園地帯がまだらにひろがっていて、ところどころ、煙を立ちのぼらせるぼんやりした輝きによって分断されていた。黒々とした大地が火の手をあげているさまはいかにも奇怪だった。その光景は、なによりも、陶器製造のさかんな夜のポッタリーズを思わせた。目をこらしてみても、はじめは人間の姿は見当たらなかった。だが、しばらくすると、ウォーキング駅の明かりを背にたくさんの黒い人影がつぎつぎと線路を横切っていくのが見えた。

ぼくが長年にわたって平和に暮らしてきた小さな世界が、いまや炎につつまれた混沌《こんとん》と化していたのだ！　不在だった七時間のあいだになにがあったのかはわからなかった。それに、うすうす察しがついていたとはいえ、あの機械じかけの巨人と、円筒から這《は》いだしてきたぶよぶよのかたまりとの関係もはっきりはしなかった。ぼくはおかしな好奇心にかられて、机の椅子をくるりと窓のほうへむけ、腰をおろし、暗い大地をじっとながめた。とりわけ、砂採り場の近くで火明かりのなかを動きまわる三つの巨大な影を。

そいつらはひどく忙しそうだった。ぼくはその正体について思いをめぐらしはじめた。知性をもった機械だろうか？　そんなものが存在するとは思えなかった。あるいは、火星人が乗りこんで指揮をとっているのだろうか？　ちょうど人間の脳が肉体をあやつっているように。それから、人間が作った機械とあれこれ比較をしてみて、軍艦や蒸気機関が低レベルの知能を有する動物たちにどんなふうに見えるのだろうかと、生まれてはじめて自問した。

嵐が去って空が晴れわたり、燃える大地から立ちのぼる煙のむこうで、ピンの先ほどの火星が光を失って西の地平線に沈もうとしたとき、ひとりの兵士が庭にはいりこんできた。垣根がこすれる音がしたので、下へ目をむけると、ぼんやりした人影がとがった杭《くい》を乗り越えようとしていた。自分以外の人間の姿を見て、ぼくははっとわれにかえり、窓から勢いよく身を乗りだした。

「しーっ！」ぼくはささやき声でいった。

男はいぶかしげに動きを止めた。それから、芝生を横切って建物の角まで近づいてきた。上体をかがめ、足音をたてないようにして。

「だれかいるのか？」男は、やはりささやき声で呼びかけて、窓の下からこちらを見あげた。

「どこへ行こうとしているんだ？」ぼくはたずねた。

「わからん」

「隠れようとしているのか？」

「そうだ」

「なかへはいってくれ」

下の階へおりて、ドアの鍵をあけ、男を招き入れてから、また鍵をかけた。男の顔は見えなかった。帽子はかぶっておらず、上着のボタンもとめていなかった。

「やれやれ！」男は奥へ進みながらいった。

「なにがあったんだ？」ぼくはたずねた。

「ありとあらゆることさ」暗がりのなかでも、男が絶望の身ぶりをするのは見てとれた。「やつらはおれたちを一掃した――あっさりと一掃したんだ」

男は、ほとんど機械的にぼくのあとをついてきて食堂にはいった。

「ウイスキーをすこし飲むといい」そういって、ぼくはきついのを一杯ついでやった。

男はそれを飲んだ。そして、ふいにテーブルのまえですわりこむと、両腕で頭をかかえこみ、激情に駆られるまま幼いこどものように泣きじゃくりはじめた。ぼくのほうは、なぜか自分自身の絶望をすっかり忘れて、男のかたわらに茫然《ぼうぜん》とたたずんでいた。

だいぶたってから、男は気を取りなおして質問にこたえられるようになったが、話の内容はたどたどしく、まとまりがなかった。男は砲兵隊に所属する御者で、戦闘に加わったのは七時ごろだった。そのころには、すでに公有地への砲撃がはじまっていて、火星人たちの最初の一団が、金属製の楯《たて》の下に身を隠してじりじりと第二の円筒へ這い寄っていた。

あとになって、この楯が三本の脚をのばしてゆらゆらと立ちあがり、ぼくが見た第一の戦闘機械になったのだ。男が馬でひいてきた大砲は、砂採り場を攻撃するためにホーセルの近くで射撃態勢をととのえ、この大砲の到着が戦闘にいっそう拍車をかけることになった。砲手たちが大砲の背後にまわりこんだとき、男が乗っていた馬がウサギ穴につまずいて倒れ、男は地面のくぼみに投げだされた。その瞬間、背後で大砲が爆発して、弾薬が炸裂《さくれつ》し、あたりは火の海になった。気がついたとき、男は山積みになった砲手や馬の死体の下敷きになっていた。

「おれはじっと横たわっていた」男はいった。「死んだ馬にのしかかられたまま、腰を抜かしていたんだ。部隊は一掃されてしまった。それにあのにおい――ちくしょう！　肉の焼けるにおいだ。落馬したときに背中をぶつけていたから、痛みがひくまでは動こうにも動けなかった。ほんの一分まえまでは閲兵式みたいだった――それから、ドスン、バタン、シュッ！　たちまち全滅さ」

男は、長いあいだ死んだ馬の下に隠れて、こっそりと公有地をのぞいていた。カーディガン連隊の兵士たちは、命令を受けて例のくぼみへ突撃していたが、あっさり一掃されていた。やがて、怪物が立ちあがり、わずかな生存者のあいだをゆったりと歩きだした。頭に似たフードを、ずきんをかぶった人間の頭そっくりに左右へまわしながら。腕のようなものが、緑色の閃光《せんこう》をはなつ複雑な金属製の箱をはこんでいた。この箱の漏斗のようになった部分から、あの熱線が発射されていたのだ。

数分後、男の目の届くかぎり、公有地に生き物の姿はまったくなくなり、茂みも木も、すでに黒焦げの骸骨《がいこつ》になってしまったもの以外はすべて炎につつまれていた。盛りあがった地面のかげにいた騎兵たちも、あとかたもなくなっていた。火星人たちがガチャガチャと歩きまわる音がしばらく聞こえていたが、やがてそれも聞こえなくなった。ウォーキング駅とその周辺の家々は最後まで残っていたが、ひとたび熱線がそこをとらえると、町全体があっというまに燃える廃墟《はいきょ》と化してしまった。金属製の巨人は熱線をとめて、この砲兵に背をむけると、第二の円筒が落下した煙のくすぶるマツ林をめざしてよたよたと歩きだした。すると、きらきら輝く第二の巨人がくぼみのなかから立ちあがった。

第二の怪物が仲間のあとを追っていくと、男はまだ熱いヒースの灰のなかを、ホーセルの方角にむかってそろそろと這いずりだした。なんとかぶじに道路わきの溝までたどり着き、そこからウォーキングへと脱出した。ここから先、男の話は絶叫のようになった。町をとおりぬけることはできなかった。わずかながら生き残っているものもいたようだが、ほとんどは正気を失っていたし、多くはひどい火傷《やけど》を負っていた。男は火の手を避けて、崩れた壁の黒焦げになった残骸のなかに身を隠した。火星の巨人が引き返してきたのだ。そいつはひとりの男を追いかけて、鋼鉄の触手でつかまえると、マツの木の幹に頭から叩《たた》きつけた。太陽が沈んだあと、砲兵は隠れ家から駆けだして、線路がのびる土手を越えた。

そこからは、身を隠しながらメイベリーをめざした。ロンドンのほうへむかえば危険からのがれられるのではないかと思ったのだ。町の人びとは溝や地下室に隠れていて、生存者の多くがウォーキングやセンドをめざして避難をはじめていた。喉《のど》の渇きに苦しんだのは、鉄道の陸橋のそばで水道管が破裂しているのを見つけるまでだった。水が泉のように噴きだして、道路の上にあふれていた。

男のとぎれとぎれの話をまとめると、こういったところだった。自分が見たものをなんとかぼくに伝えようとするうちに、男はだんだんおちつきをとりもどした。昼からなにも食べていないと聞いていたので、ぼくは食品棚から羊肉とパンをすこしとってきた。火星人の注意をひかないようにランプはつけなかったので、おたがいの手がときどきパンや肉の上でぶつかった。話を聞いているうちに、まわりのものが暗闇のなかからぼうっとうかびあがり、窓の外の踏みにじられた茂みや折れたバラの木が見分けられるようになった。かなり大勢の人間や動物が芝生を走りぬけたようだ。やっと見えるようになった男の顔は、黒くよごれてげっそりしていたが、ぼくだって同じような顔をしているはずだった。

食事が終わると、ふたりで二階の書斎へあがり、ぼくはふたたびあけっぱなしの窓の外をながめた。一夜のうちに、谷間は灰で埋めつくされていた。火の手はすでに弱まっていた。炎が見えていたところには煙のすじがのびていた。だが、夜のあいだは隠れていた無数の破壊された家の残骸や、なぎ倒され黒焦げになった木々が、いまは容赦ない夜明けの光によってその無惨な姿をさらしていた。それでも、あちらこちらに、運よく難をのがれたものがあった。こちらには鉄道の信号が、あちらには温室の端が、残骸のなかに白々と浮かびあがっていた。歴史上のいかなる戦争においても、これほど無差別かつ全面的な破壊がおこなわれたことはなかった。そして、明るさを増す東からの光をあびて、きらきらと輝く金属製の三体の巨人が例のくぼみのあたりにたたずみ、みずからがつくりだした廃墟を見わたすかのように、フード状の頭を回転させていた。

くぼみは以前より大きくなっているように見えた。ときおり、そこからあざやかな緑色の蒸気が噴きだして、夜明けの空へと立ちのぼった。噴きあがり、渦を巻き、崩れて消えていく。

そのむこう、チョバムのほうへ目をやると、炎の柱がいくつも立ちあがっていた。朝の最初の光があたると、それは血の色をした煙の柱へと姿を変えた。

12　ウェイブリッジとシェパートンの惨状

朝の光が明るさを増すと、ぼくたちは窓から火星人をながめるのをやめて、静かに下の階へおりた。

この家にとどまるべきではないという点で、ふたりの意見は一致した。男は、ロンドンの方角へむかい、自分が所属する第十二騎馬砲兵隊にもどりたいといった。ぼくのほうは、すぐにレザーヘッドへ引き返すつもりだった。火星人のすさまじい力に圧倒されていたので、妻を連れてニューヘイヴンまで行き、一刻も早く国外へ脱出しようと心に決めたのだ。あんな怪物どもを退治しようとすれば、ロンドン一帯が悲惨な戦場になるのは目に見えていた。

とはいえ、ぼくたちとレザーヘッドとのあいだには第三の円筒が横たわっており、そこには護衛の巨人たちがひかえていた。ぼくひとりだったら、いちかばちか野原をつっきっていたにちがいない。だが、男のことばがぼくを思いとどまらせた――「立派な奥さんを未亡人にしちゃいけないよ」というわけで、ぼくも男といっしょに行動することになった。木立で身を隠しながら北へむかい、チョバム・ロードにたどり着いたところで男と別れるのだ。その先は、大きくまわり道をしてエプソムからレザーヘッドへとむかうことになる。

ひとりならすぐに出発しただろうが、連れは現役の軍人だったので、どうするべきか心得ていた。ぼくに家のなかをくまなくさがさせて携帯用の酒瓶を見つけだし、そこにウイスキーを入れた。使えるポケットにはビスケットの包みと薄切りの肉をぎっしり詰めこんだ。それから、ふたりでこっそりと家を出て、まえの晩にぼくがとおったデコボコ道をできるだけ急いで駆けおりていった。どの家にも人けはなかった。道の上には、熱線にやられて黒焦げになった三つの死体が寄り添うように横たわっていた。そこかしこに、人びとが落とした品物がころがっていた——時計、スリッパ、銀のスプーンといった、ささやかな貴重品だ。郵便局への曲がり角には、箱や家具をどっさり積みこんだ小型の荷馬車が、馬を失い、片側の壊れた車輪のほうへかたむいたまま放置されていた。大急ぎでこじあけられた金庫が、がらくたのなかにほうりだされていた。

まだ燃えている養護施設の寮をべつにすると、ここではどの家もたいした被害は受けていなかった。熱線は煙突のてっぺんをかすめただけだったのだ。それでも、メイベリー・ヒルには生きている人間はひとりも残っていないようだった。大半の住民が、オールド・ウォーキング街道——ぼくがゆうべレザーヘッドへ馬車を走らせたときに使った道——をとおってすでに脱出してしまったか、さもなければどこかに隠れていたのだろう。

ぼくたちは小道を進み、ゆうべふった雹《ひょう》でずぶぬれになった例の黒服を着た死体のかたわらをすぎて、丘のふもとで林のなかへ分け入った。林をつっきって鉄道線路をめざしたが、そのあいだだれにも会うことはなかった。線路のむこう側の林は、黒焦げになった林の残骸にすぎなかった。木はほとんどが倒れていたが、一部はまだ立っていて、陰気な灰色の幹に、緑ではなく暗褐色の葉をつけていた。

　線路のこちら側では、火事は手近の木々を焦がしていただけだった。足がかりを確保するのに失敗したらしい。ある場所では、土曜日に木こりたちが作業をした跡があった。切り倒され、枝を落とされたばかりの木々が空き地にならび、製材機とその発動機のまわりにはおがくずが山積みになっていた。すぐ近くに仮設小屋あったが、やはり人はいなかった。この日の朝は風がそよとも吹かず、あらゆるものが異様に静まりかえっていた。小鳥たちさえ黙りこんでいた。ぼくたちはせかせかと歩きながらも、ことばをかわすときには声をひそめ、ときどき肩越しにふりかえっていた。一度か二度は、足を止めて耳をすましたりもした。

　しばらくたって街道が近づいてくると、ひづめの音が聞こえてきて、木々の幹のあいだから、ウォーキングをめざしてゆっくりと馬を進める三人の騎兵の姿が見えた。呼びかけると馬が止まったので、ぼくたちは急いでそこへ駆け寄った。第八騎兵隊の中尉と部下たちで、測量器のようなものをたずさえていた。砲兵が、あれは日光反射信号機《ヘリオグラフ》だと教えてくれた。

「今朝、この道で出会ったのはきみたちがはじめてだ」中尉がいった。「いったいなにが起きている？」

　中尉は口ぶりも表情も熱意にあふれていた。背後にひかえる部下たちも興味津々だった。砲兵が土手から道へとびおりて敬礼した。

「昨夜、大砲が破壊されました。それからずっと隠れていました。砲兵隊へ復帰しようとしていたのです。この道をあと半マイルほど進むと、火星人たちが視界にはいるはずです」

「そいつらはどんな姿をしているのだ？」中尉がたずねた。

「よろいをつけた巨人です。背丈は百フィート。三本脚で、胴体はアルミニウムのように見えました。巨大な頭にはフードがかぶさっています」

「やめろ！　なにをばかげたことを」

「いずれわかります。やつらは箱みたいなものを持っていて、そこから発射される炎が人間を一撃で倒すのです」

「なんだそれは——銃か？」

「ちがいます」

砲兵は熱線について生き生きと説明をはじめた。中尉が途中で話をさえぎり、ぼくに顔をむけた。ぼくはまだ道路わきの土手に立っていた。

「なにもかもほんとうのことです」ぼくはいった。

「となると、そいつを見るのもわたしの任務のうちだろうな。ところで」中尉は砲兵に顔をもどした。「われわれがここへ派遣されたのは、付近の住民を避難させるためだ。きみたちはこのまま進んで、マーヴィン准将のもとへ出頭し、知っていることを残らず報告してくれ。いまはウェイブリッジにおられる。道はわかるか？」

「わかります」ぼくがこたえると、中尉は馬をふたたび南へむけた。

「半マイルといったな？」中尉はいった。

「遠くてもそれくらいです」そういって、ぼくは南のほうにある木々のこずえのむこうを指さした。中尉は礼をいって馬を進めた。その後、二度と彼らと会うことはなかった。

そのまま歩きつづけると、三人の女とふたりのこどもからなる一行が、道路沿いにある労働者の住まいからせっせと荷物をはこびだしているところに出くわした。小さな手押し車に、うすよごれた包みやみすぼらしい家具を積みあげていた。だれもが作業に熱中していて、ぼくたちがとおりすぎても声さえかけてこなかった。

バイフリート駅の近くでマツ林を離れると、朝日をあびた静かで平和な風景がひろがっていた。そのあたりは熱線の射程から遠く離れていたので、放棄されて静まりかえった家や、騒がしく荷造りをしている家や、跨線橋《こせんきょう》の上に立ってウォーキングの方角を見つめている一団の兵士たちの姿がなかったら、いつもの日曜日となんの変わりもなく見えただろう。

アドルストーンへとつづく街道を、何台かの農家の馬車がぎしぎしと進んでいた。そのとき突然、農場の門のむこうにひろがる平坦《へいたん》な牧草地に、十二ポンド砲が六門、ウォーキングの方角をむいて等間隔できちんとならんでいるのが見えた。砲手たちがそのかたわらに立ち、弾薬を積んだ荷車をそばに待機させていた。だれもが査閲でも受けているかのように気をつけをしていた。

「こいつはいい！」ぼくはいった。「いずれにせよ、一発くらいは命中するだろう」

砲兵は門のところでためらった。「このまま先へ進もう」

ウェイブリッジめざしてさらに歩いていくと、橋をわたったところで、白い作業服を着た大勢の男たちが、長い防壁をきずき、その背後にさらに大砲を据えつけていた。

「どのみち、弓矢で稲妻に立ちむかうようなものだ」砲兵はいった。「あいつらはまだ熱線を見ていないからな」

作業にたずさわっていない士官たちは、南方の木々のこずえのむこうを見つめていた。穴を掘っている男たちも、ときどき手をやすめては、同じ方角へ目をむけるのだった。

バイフリートは大騒ぎだった。荷造りをつづける住民たちを、騎兵たちが、馬をおりて、あるいは馬に乗ったまま、せっせと追いたてていた。白い円のなかに十字が描かれた、政府の黒塗りの大型馬車が三、四台と、古い乗合馬車が一台、ほかの車にまじって町の通りで住民を積みこんでいた。集まった大勢の人びとは、その大半が、休暇旅行にでも出かけるように一張羅を着こんでいた。兵士たちはたいへんな苦労をして、事態の深刻さを人びとに理解させようとしていた。大きな箱と二十を超えるランの鉢を持ちだしたしわだらけの老人が、それを置き去りにしようとする伍長《ごちょう》と口論をしていた。ぼくは立ち止まり、老人の腕をつかんだ。

「むこうでなにが起きているか知っていますか？」そういって、ぼくは火星人たちの姿を隠しているマツ林を指さした。

「ああ？」老人がこちらに顔をむけた。「わしはな、これがどんなに貴重なものか説明していたんだ」

「死ぬんですよ！」ぼくは怒鳴った。「死が迫っているんです！　死が！」

いわんとすることが伝わったかどうかはわからなかったが、ぼくはそのまま連れのあとを追った。曲がり角でふりかえると、伍長はすでにその場を離れていた。老人のほうは、蓋《ふた》の上にランの鉢をならべた箱のかたわらにたたずみ、ぼんやりとマツ林を見つめていた。

ウェイブリッジにいた人びとは、だれひとりとして本部のある場所をぼくたちに教えることができなかった。町全体が見たこともないほどの混乱状態にあった。いたるところに荷車や馬車があり、乗り物と馬とがすっかりごちゃまぜになっていた。町の上流階級の住民は、男たちはゴルフ用やボート用の服に、女たちはきれいなドレスに身をつつんで、荷造りをすすめていた。川辺にたむろするなまけ者たちは熱心にそれを手伝っていたし、こどもたちはおおはしゃぎだった。ほとんどの人びとが、いつもとまったくちがう日曜日が体験できるとおおよろこびしていたのだ。これだけの混乱のただなかでも、立派な牧師さんは勇敢に朝の礼拝をとりおこない、騒ぎに負けじと鐘を打ち鳴らしていた。

ぼくと砲兵は、水飲み場の石段に腰をおろし、持参した食料で充分に満足のいく食事をとった。見まわりの兵士たち――もう騎兵ではなく白服姿の手榴弾兵《しゆりゆうだんへい》だった――が、いますぐ避難しないのなら、砲撃がはじまった時点ですぐに地下室に隠れろと警告していた。鉄道用の陸橋をわたってみると、どんどん増える群衆が駅の内外にぎっしりと集まり、ホームには箱や包みが山積みになっていた。兵士たちと大砲をチャーツィーへはこぶために、通常の列車の運行は止まっていた。あとになって特別列車が用意されたが、その席を確保しようとして、かなり荒っぽい争いがくりひろげられたとのことだった。

ぼくたちは昼ごろまでウェイブリッジにとどまり、その時刻にはウェイ川とテムズ川が合流するシェパートン・ロックの近くにいた。途中で、ふたりの老女が小さな二輪馬車に荷物を積みこむのを手伝ったりもした。合流点のウェイ川は幅が三倍になっていて、ボートを雇うこともできたし、川をわたるための渡し船もあった。シェパートンの側には芝生にかこまれた宿屋があり、そのむこうには、シェパートン教会の塔――いまでは尖塔《せんとう》にかわっている――が、木々のこずえよりも高くそびえていた。

ここでは、避難民の群れが興奮して騒ぎたてていた。まだパニック状態にまではいたっていなかったものの、集まった人びとの数は、川を行き来する船をぜんぶ使ってもはこびきれないほどになっていた。だれもが重い荷物をかかえ、息をきらしてやってきた。ある夫婦は、小ぶりの納屋の扉に家財道具を積みあげてはこんでいた。べつの男は、シェパートン駅から汽車で脱出するつもりだといっていた。

怒号がとびかっていたとはいえ、なかには軽口を叩《たた》いている男もいた。そこに集まった人びとは、火星人のことをおそろしい人間としか思っておらず、町を襲撃して略奪をするかもしれないが、結局は退治されるものと思いこんでいたようだ。ときおり、ウェイ川の対岸、チャーツィーの方角にひろがる牧草地へ不安そうな視線をむけていたが、そこはなにごともなく静まりかえっていた。

テムズ川をわたってみると、船着き場以外は平穏そのもので、サリー側の岸とはおおちがいだった。ボートからおり立った人びとは、重い足どりで小道を歩きだしていた。大型の渡し船がちょうど到着したところだった。三、四人の兵士が、宿屋の芝生の上で避難民をながめていたが、手を貸すどころか、物笑いの種にしていた。そのときは禁酒時間だったので、宿屋は閉まっていた。

「なんだありゃ?」ひとりの船頭が叫んだ。

「黙ってろ、このバカ!」ぼくの近くにいた男が、吠《ほ》えたてる犬にむかって怒鳴った。

するとこんどはチャーツィーの方角から、ズンというこもった音が聞こえてきた——大砲の音だ。

戦闘がはじまっていた。ほぼ同時に、川向こうの、こちらから見て右手のほうで、木立に隠れた大砲の列が、つぎつぎと重い砲声をとどろかせはじめた。女が悲鳴をあげた。唐突にはじまった戦闘に、だれもが茫然《ぼうぜん》と立ちすくんでいた。すぐ近くとはいえ、戦闘の様子が目に見えるわけではなかった。視界にはいるのは、なだらかな牧草地と、のんきに草をはむ雌牛たちと、あたたかな日射しのなかで銀色に輝く、枝を刈りこまれたヤナギの木だけだった。

「きっと兵隊さんたちがくいとめてくれる」ひとりの女が、ぼくのとなりで自信なさそうにいった。木々のこずえの上がうっすらとかすんでいた。

そのとき、ずっと上流のほうで、ふいに煙が高々と噴きあがり、そのまま空中にとどまった。すぐさま、足の下で大地がせりあがり、重々しい爆発音が大気をふるわせて、近くの家の窓ガラスを何枚か打ち砕いた。だれもがあっけにとられていた。

「来たぞ!」青いジャージ姿の男が叫んだ。「あそこだ! やつらが見えるか? ほら!」

一体、また一体と、よろいをつけた火星人たちが姿をあらわした。ぜんぶで四体だ。チャーツィーの方角へむかってひろがる牧草地のずっと遠く、小さな木立のあたりを、川へむかってずんずん近づいてきていた。はじめは、フードをかぶった小さな姿が、ころがるような動きで進んでくるように見えた。鳥が飛ぶほどの速さだった。

やがて、五体目のやつが、こちらへむかってななめに牧草地をつっきってきた。よろいをつけた火星人たちは、その胴体を太陽の光にきらめかせながら、大砲の列にむかって急速に接近していた。それにつれて、目に見える姿もどんどん大きくなっていった。左端の、ぼくたちからいちばん遠い位置にいたやつが、大きな箱を空中へ高々と差しあげると、金曜日の夜に見たあのおそろしい熱線が、チャーツィーの方角へすっとのびて、町を打ちのめした。

この俊敏なおぞましい怪物たちをまのあたりにして、川べりにいた人びとは、一瞬だけ恐怖ですくんでしまったようだった。悲鳴も叫び声もなく、ただ静寂だけがひろがっていた。それから、しゃがれたつぶやき声がもれ、ばしゃばしゃと水を跳ねちらかす足音が聞こえた。ひとりの男が、あまりの恐怖に、かついでいた旅行かばんをおろすのも忘れてさっと身をひるがえし、その拍子にかばんの角をぶつけてぼくをよろめかせた。べつの女は、手でぼくを押しのけて走りだした。ぼくもまわりの人びとと同じように身をひるがえしたが、なにも考えられないほど怯《おび》えていたわけではなかった。頭のなかには、あのおそろしい熱線のことがあった。水のなかにもぐるんだ！　それしかない！

「水のなかにもぐれ！」ぼくは叫んだが、だれも耳を貸さなかった。

ぼくはもういちどまわれ右をして、近づいてくる火星人にむかって走りだし、砂利だらけの岸辺をつっきってそのまま水中へ駆けこんだ。ほかの連中も同じようにしていた。ぼくが走っていくのと同時に、ボートで引き返そうとしていた人びとが川へとびこんだ。足の下の小石は泥まみれでぬるぬるしていた。川は浅かったので、二十フィートほど進んでも、腰までの深さにしかならなかった。そのとき、二百ヤードも離れていないところに火星人がそびえたっていることに気づいて、ぼくはまえのめりに水中へ身を投げた。ボートから川へとびこむ人びとがたてる水音が、耳のなかで雷鳴のように響いた。川の両側で、人びとが大急ぎで岸へあがろうとしていた。

だが、火星人の機械は、さしあたり、逃げまどう人びとのことをまったく気にとめていないようだった。人間が、足で蹴飛《けと》ばしたアリの巣の混乱ぶりを気にとめないのと似たようなものだ。ぼくが窒息しそうになって水中から頭をだしたとき、火星人のフードは、まだ川越しに砲撃をつづけている大砲の列のほうをむいていた。そいつは前進をつづけながら、熱線の発射装置と思われる箱をゆらゆらさせていた。

火星人はあっというまに土手へたどり着き、ひとまたぎで川を半分わたってしまった。対岸の土手で先を行く二本の脚の膝《ひざ》を深く曲げたかと思うと、つぎの瞬間にはふたたびぬっと立ちあがり、シェパートンの村のすぐそばまで迫っていた。そのとたん、右岸にいた人びとからは村の周辺部に隠れて見えなかった六門の大砲が、いっせいに砲撃を開始した。間近でいきなり砲声がとどろいたので、ぼくの心臓はとびあがった。怪物はすでに熱線を発射する箱を差しあげていたが、そのフードの六ヤードほど上で、最初の砲弾が炸裂《さくれつ》した。

ぼくはおどろいて叫び声をあげた。ほかの四体の怪物のことは、目にもはいらなかったし考えもしなかった。目のまえのできごとにだけ注意を奪われていた。同時に、ほかの二発の砲弾が胴体の近くで炸裂し、火星人はフードをひねってその爆風を受けとめたが、四発目の砲弾をかわすには時間が足りなかった。

砲弾はそいつの顔面で炸裂した。フードがふくれあがり、火花をはなち、ぐらりと落下して、真っ赤な肉片ときらめく金属片をまきちらした。

「当たった！」ぼくは叫んだ。悲鳴と歓声がごちゃまぜになっていた。

まわりの水のなかにいた人びとが、それにこたえて叫び声をあげた。いっときの歓喜に突き動かされて、ぼくはあやうく水中からとびだしそうになった。

頭をなくした怪物は、酔っぱらった大男のようによろめいたが、倒れはしなかった。奇跡的に体勢を立て直すと、もはや足もとに気をつけることもなく、熱線を発射する箱をしっかりとかかげたまま、ふらつく足どりでシェパートンへと突進していった。フードのなかにいた、生きている火星人は、砲撃で殺されて風に四散した。怪物そのものは、いまや単なる複雑な金属製の機械と化し、まっしぐらに破滅をめざしていた。もはや方向を定めることもできず、ただ一直線に進んでいくだけだ。やがて、怪物はシェパートン教会の塔に激突し、破城槌《はじょうつい》のようにそれを打ち倒すと、わきへそれてやみくもに突き進み、すさまじい勢いで川のなかに倒れて視界から消えた。

激しい爆発音が空気をゆるがし、噴きあがった水が、蒸気が、泥が、粉々になった金属片が、空高く舞いあがった。熱線の発射装置が水中に落下すると、水はあっというまに蒸気に変わった。つぎの瞬間、泥まじりの潮津波のようだが、じっさいにはやけどするほど熱い大波が、川の湾曲部をめぐって上流へと押し寄せてきた。人びとが必死になって岸へあがろうとしていた。川水が激しくわきたつ音と、断末魔の怪物の咆哮《ほうこう》にまじって、人びとの悲鳴や怒鳴り声がかすかに聞こえていた。

いっとき、ぼくは水の熱さを忘れ、自分の身を守ることも忘れた。荒れ狂う水のなかをばしゃばしゃと駆けぬけ、同じ方向へ行く黒服の男を押しのけて、湾曲部のむこうが見えるところまでたどり着いた。放棄されたボートが五、六隻、騒然とした波の上で行く当てもなくゆれていた。倒れた怪物の姿が下流のほうに見えていた。川を横切るように倒れこみ、その大部分が水没していた。

残骸《ざんがい》からは濃密な蒸気がもうもうと立ちのぼっていた。その激しく渦巻くかすみをとおして、巨大な脚が水をかき乱し、泥まじりのしぶきを空中へはねあげているのが、ときおりぼんやりと見えていた。金属製の触手が生き物の腕のようにゆらゆらとうごめくさまは、その動きにまったく目的がないことをべつにすれば、怪我をした動物が波の合間で必死にもがいているかのようだった。大量の赤茶色の液体が、機械のなかから音をたてて噴きだしていた。

ぼくは、こうした怪物の最後のあがきからふっと注意をそらした。工業都市でサイレンと呼ばれているものに似た、すさまじい叫び声が聞こえてきたのだ。ひとりの男が、引き船道にほど近い、膝までの深さがある水のなかで、よく聞きとれないことばを口走りながら、なにかを指さしていた。ふりかえると、ほかの火星人たちが、チャーツィーの方角から巨大な歩幅で川の土手をこちらへ近づいてきていた。シェパートンにならぶ大砲も、こんどはむなしく砲声を響かせただけだった。

これを見て、ぼくはすぐさま水中へもぐり、じっと息を止めたまま、できるだけ長く水面下をじたばたと進んでいった。周囲の水がざわめき、どんどん熱くなってきた。

つかのま水面に頭をだして、息継ぎをし、髪をかきあげ、目から水をぬぐったときには、蒸気が渦巻く白い霧となって立ちのぼり、火星人たちの姿を完全にかき消していた。騒々しい音で耳が聞こえなくなりそうだった。すこしたつと、やつらの姿がぼんやりとあらわれた。その巨大な灰色の影は、霧によってさらに拡大されていた。火星人たちはすでにぼくのそばをとおりすぎていて、そのうちの二体が、激しく泡を立てる仲間の残骸の上にかがみこんでいた。

第三と第四の火星人も、近くで水のなかに立っていた。一体はぼくから二百ヤードほど離れたところ、もう一体はレイラムの方角だった。発射装置を高々とふりかざし、シュッという音とともにあちこちへ熱線をほとばしらせていた。

大気のなかは音でいっぱいで、混乱したやかましい騒音がせめぎあいをつづけていた。火星人はガチャガチャと動きまわり、建物はガラガラとくずれ落ち、木や垣根や小屋はぼっと燃えあがり、炎はパチパチとはぜ、うなりをあげた。噴きだす真っ黒な煙が、川から立ちのぼる蒸気といりまじっていた。熱線がウェイブリッジのあちこちに襲いかかるたびに、白熱する閃光《せんこう》がひらめき、その場所ではたちまち黒煙とともに炎がおどりだした。もっと近くにある家々は、やがてくる破滅のときを待ちながら、あちこちであがる火の手を背に、蒸気のなかで影のようにぼんやりとたたずんでいた。

ほんの一瞬だったと思うが、ぼくはその場に立ちつくしていた。胸までの深さがある沸騰しかけた水のなかで、自分の置かれた立場に茫然とし、脱出の希望すら失って。蒸気をとおして、いっしょに川のなかにいた人びとが土手へ這《は》いあがり、アシの茂みをかきわけていくのが見えた。人の足音におどろいた小さなカエルが、あわてて草のなかを逃げていくように。引き船道の上にも、うろたえて走りまわる人びとの姿があった。

すると突然、白く輝く熱線がぼくのいるほうへ近づいてきた。家々が溶けてくずれ落ち、ぱっと炎を噴きあげた。木々は轟音《ごうおん》とともに炎のかたまりと化した。熱線は引き船道の上をひらひらと行き来して逃げまどう人びとをなぎ倒すと、ぼくが立っている場所から五十ヤードと離れていない水ぎわへおりてきた。熱線はそのまま川面をかすめてシェパートンへとわたっていったが、その通り道では、水がみみずばれのようにわきたち、蒸気を噴きあげていた。ぼくは岸辺へ顔をむけた。

つぎの瞬間、ほとんど沸点まで達した巨大な波がどっと押し寄せてきた。ぼくは大声で悲鳴をあげ、やけどを負い、なかば視力を失い、苦しみもだえながらも、しゅうしゅうとわきたつ熱湯のなかを岸辺へむかってよろよろと進んだ。つまずいて倒れたらそれまでだった。ウェイ川とテムズ川の合流地点に突きだす、ひろびろとしたむきだしの砂州の上では、火星人から身を隠すすべもなかった。ぼくを待つのは死だけだった。

火星人の足が、ぼくの頭から二十ヤードと離れていないところを踏みつけたことは、ぼんやりと記憶に残っている。それは、ゆるい砂利のなかにまっすぐ沈みこみ、あちこちへ砂をはねとばしてから、ふたたび上昇していった。緊張のひとときがすぎたあと、四体の怪物は、協力して仲間の残骸をかかえあげ、煙のとばりをとおして、あるときはくっきりと、あるときはぼんやりとその姿を見せながら、無限とも思えるほどの時間をかけて広大な川と牧草地を横切り、視界の外へ消えていった。それから、ごくゆっくりと、ぼくは自分が奇跡的に生きのびたことを実感したのだった。

13　副牧師との出会い

地球の武器がもつ威力について思いがけない教訓を得たあと、火星人たちは最初の拠点であるホーセル公有地まで退却した。急いでいたし、破壊された仲間の残骸をはこばなければならなかったので、ぼくのようなとるに足らない難民はわざわざ相手にしなかったのだろう。やつらがもしも仲間を残して前進をつづけていたら、あの時点ではロンドンまでのあいだには十二ポンド砲をそなえた砲兵隊しか配置されていなかったのだから、接近を悟られることなく首都まで到達していたにちがいない。突然の、おそろしい、破壊的な出現は、一世紀まえにリスボンを壊滅させた大地震と同等の惨禍をもたらしたことだろう。

だが、火星人たちはあわてなかった。円筒がつぎつぎと惑星間を飛来し、二十四時間ごとに援軍が到着していたのだ。そのいっぽうで、陸軍および海軍当局も、敵のすさまじい戦力を認識して、応戦準備に没頭していた。大砲がつぎつぎと配置され、日が暮れるまでに、キングストンとリッチモンドの丘陵地では、どの雑木林にも、どの住宅のかげにも、戦いを待つ黒い砲口がひそむことになった。そして、火星人の陣地があるホーセル公有地を取り巻く黒焦げの荒れ地――ぜんぶひっくるめると二十平方マイルにはなるだろう――や、緑の木々のあいだに点在する焼かれて廃墟《はいきょ》となった村や、一日まえにはマツ林だった煙をあげる黒々としたアーケードのなかで、献身的な偵察兵たちが、火星人の接近を砲兵に知らせるためのヘリオグラフを手にひっそりと動きまわっていたのだった。だが、火星人は地球の大砲の威力を知り、人間に近づくのは危険だと理解していた。人間のほうも、命を捨てるつもりでなければ、あの円筒の一マイル以内に立ち入る気にはなれなかった。

あの巨人たちは、午後の早いうちに、アドルストーンのゴルフ場に落ちた第二の円筒とパイアフォードに落ちた第三の円筒から、必要なものをすべて、本拠地であるホーセル公有地のくぼみへ移したようだった。そのあとは、一体だけが見張りに立って、遠くひろがる黒焦げのヒースや破壊された建物を見おろし、残りの連中は、巨大な戦闘機械を離れてくぼみのなかへおり、そこで夜遅くまで作業にいそしんだ。くぼみから立ちのぼる濃い緑色の煙は、メロウ周辺の丘からだけでなく、バンステッドやエプソム・ダウンズからも見えたという。

こうして、背後では火星人たちがつぎの侵攻の準備をすすめ、前方では地球人が戦闘にそなえて集結しているとき、ぼくは、果てしない苦痛と疲労に耐えながら、炎上するウェイブリッジの火と煙をのがれてロンドンをめざしていた。

乗り捨てられた小さなボートが、下流へとただよっているのを見つけたので、びしょぬれになった服をほとんどぬぎ捨てて、それを追いかけ、つかまえて、破壊された一帯からようやく脱出した。オールはなかったが、やけどした両手を使ってどうにかこうにか水をかき、ハリフォードとウォールトンをめざして川をくだっていった。絶えず背後に気をくばりながら、うんざりするほどのろのろと。川をたどることにしたのは、まんがいちあの巨人たちがもどってきたときに、生きのびられる可能性がいちばん高かったからだ。

火星人が倒れた場所から流れてきた熱湯が、ボートといっしょに下流へむかっていたために、立ち上る蒸気ではじめの一マイルほどは左右の岸辺もほとんど見えなかった。それでも、いちどだけ、ウェイブリッジの方角から来たひとつらなりの人影が、せかせかと牧草地をつっきっていくのを見かけた。ハリフォードはまったく人けがなく、川に面した家が何軒か燃えていた。日射しのきつい青空の下、ふしぎなほどおだやかな、静かな光景だった。煙と、ちろちろゆらめく炎のすじが、午後の熱気のなかへまっすぐ立ちのぼっていた。やじうまにじゃまされずに火事を目のあたりにしたのは、あのときがはじめてだった。すこし離れたところでは、土手の上の乾いたアシが煙をあげていた。陸地のほうでは、炎の前線が牧草地を着実に前進していた。

ずいぶん長いあいだ川を流れていた。さんざんひどい目にあって痛みと疲れがひどかったし、川の上は熱気が強烈だった。そうこうするうちに恐怖がよみがえってきたので、ふたたび水をかきはじめた。太陽の光がむきだしの背中をじりじりと焼いた。流れが曲がって、ようやくウォールトンの橋が視界にはいってきたときには、暑さでぼうっとして恐怖がうすらいでいたので、ミドルセックスの側の土手にあがって、深い草地のなかへ死んだように倒れこんだ。たしか四時か五時ごろだったと思う。しばらくたって、起きあがり、だれにも出会うことなく半マイルほど歩いてから、こんどは生け垣の陰で横になった。最後の力をふりしぼっていたときには、なにやらとりとめなく口走っていたのをおぼえている。喉《のど》の渇きもひどく、もっと水を飲んでおかなかったことを悔やんだ。おかしなことに、あのときは妻に対して怒りをおぼえていた。理由はわからないが、レザーヘッドに行かなければと考えるのがつらくてたまらなかったのかもしれない。

副牧師があらわれたときのことはよくおぼえていないので、たぶん居眠りをしていたのだろう。ふと気がつくと、シャツの袖《そで》をすすで真っ黒にした男がそばにすわりこみ、きれいに髭《ひげ》をそった顔をあおむけて、空でゆらめくかすかな光をじっと見つめていた。そこにひろがっていたのは、いわゆるイワシ雲だった。羽毛のような雲が何列もつらなって、真夏の夕陽にかすかに赤く染まっていた。

ぼくが体を起こすと、その音を聞きつけて、男がさっとこちらに顔をむけた。

「水を持ってないか？」ぼくはいきなりたずねた。

男は首を横にふった。「この一時間、あなたは水のことばかりきいていました」

ぼくたちはちょっと黙りこみ、おたがいの値踏みをした。ぼくのほうはさぞかしおかしな恰《かっ》好《こう》に見えただろう。着ていたのはぬれたズボンと靴下だけで、ひどいやけどをし、顔も肩も煙で真っ黒だった。男の顔は弱々しく、顎《あご》はひっこみ、髪はちりちりで、せまいひたいには薄茶色に近くなったふさがたれていた。大きめの目は薄い青色で、うつろに見ひらかれていた。男はその目をぼんやりとそらして、ふいに口をひらいた。

「どういうことです？　これらのできごとはなにを意味しているのです？」

ぼくは無言で男を見つめた。

男は白くてきゃしゃな手をのばし、不平を訴えるような口ぶりでいった。

「なぜこんなことが許されるのです？　わたしたちがどんな罪をおかしたというのです？　朝の礼拝がすんだあと、午後にそなえて頭をすっきりさせるために表通りを散歩していたら——火事が、地震が、死が！　まるでソドムとゴモラでした！　わたしたちの労力はすべて無に帰したのです、地震が、なにもかも——。あの火星人というのはいったい何者なんです？」

「ぼくたちは何者なんだ？」ぼくはせきばらいをして、こたえた。

男は両膝《りょうひざ》をつかみ、ふたたびこちらに顔をむけた。そして三十秒ほど、なにもいわずにぼくを見つめていた。

「頭をすっきりさせようと大通りを歩いていたんです」男はいった。「そうしたら突然——火事が、地震が、死が！」

男はまた黙りこみ、顎を両膝につきそうなほど沈めた。しばらくすると、こんどは手をふりまわしはじめた。

「すべての労力が——すべての日曜学校が——。わたしたちがなにをしたというのです——ウェイブリッジがなにをしたというのです？　なにもかもなくなりました——なにもかも破壊されてしまいました。教会さえも！　つい三年まえに建てなおしたばかりなのに。消えてしまったのです！　あとかたもなく！　なぜなんです？」

またちょっと黙りこんでから、男は気でもちがったようにまくしたてた。

「教会が燃える煙が、どこまでも、どこまでものぼっていく！」

目をぎらぎらさせながら、男はほそい指でウェイブリッジの方角をさししめした。

このころには、ぼくにも男がどういう状態なのかわかってきた。とてつもない悲劇に襲われたせいで――まちがいなくウェイブリッジからの難民だった――ほとんど理性をなくしかけていたのだ。

「サンベリーまではまだ遠いのか？」ぼくは事務的な口調でたずねた。

「わたしたちはどうすればいいのです？　あの怪物たちはどこにでもいるのですか？　地球はやつらに占領されてしまったのですか？」

「サンベリーまではまだ遠いのか？」

「きょうの朝、礼拝をすませたのに――」

「状況が変わったんだ」ぼくは静かにいった。「冷静にならないと。まだ希望はある」

「希望！」

「ああ。たくさんの希望がある――どれだけ破壊されたとしても！」

ぼくは自分たちの置かれた状況について意見をのべた。男は、はじめは耳をかたむけていたが、話がつづくうちに興味が失せたらしく、もとのうつろな目つきにもどってしまい、視線がさまよいはじめた。

「これは終末のはじまりにちがいありません」男はぼくの話に割りこんだ。「この世の終わりです！　神の偉大なる、おそるべき日です。人びとが山と岩にむかって呼びかけるのです――わたしたちの上におおいかぶさってくれと――玉座にすわっておられる主の顔からかくまってくれと！」

どうしようもなかった。ぼくは骨の折れる説明をきりあげて、よろよろと立ちあがり、男のそばに立って、その肩に手を置いた。

「しっかりしろ！　きみは恐怖のあまり理性を失っている！　災難にあってすべてが崩壊するようでは、なんのための宗教だ？　地震や洪水が、戦争や火山の爆発が、人間になにをしたか考えてみるんだ。神がウェイブリッジを特別あつかいしたと思っているのか？　神は保険会社とはちがうんだ」

男はしばらくじっとすわりこんでいたが、急に口をひらいた。「でも、どうやって逃げるんです？　やつらは不死身です。しかも情けを知りません」

「不死身ではないし、たぶん情け知らずでもないだろう。敵が強ければ強いほど、こちらは冷静かつ慎重にならなければならない。三時間ほどまえに、やつらのひとりが殺されたよ」

「殺された！」男はあたりを見まわした。「神の使いが殺されるわけがないでしょう」

「この目で見たんだ」ぼくは説明をつづけた。「たまたま戦闘のどまんなかに居合わせたからな。それだけのことさ」

「空でちらちらしているのはなんです？」男はふいにたずねた。

ぼくは、あれはヘリオグラフによる信号だと教えてやった。人間が助け合い、努力しているあかしが、空にあらわれているのだと。

「どんなに静かでも、ここは戦場のどまんなかなんだ。空でちらちらしている光は、嵐が近づいていることをぼくたちに教えている。むこうの方角には火星人がいるし、ロンドンの方角の、リッチモンドやキングストンの丘陵地では、林を隠れみのにして、土塁が築かれ、大砲が据えつけられている。じきに、火星人たちはまたこの道を侵攻してくるはずだ」

まだ話が終わらないうちに、男はさっと立ちあがり、身ぶりでぼくを制した。

「聞いて！」男はいった。

対岸につらなる低い丘のむこうで、にぶい砲声が響きわたり、遠くからぶきみな叫び声が聞こえてきた。それから、なにも聞こえなくなった。コフキコガネが生け垣を越えてブーンと飛んできて、ぼくたちのそばをとおりすぎていった。西の空高くで、三日月がかすかな白い光をはなっていた。ウェイブリッジとシェパートンにただよう煙にも、いまだに輝きを失わない夕陽にもかき消されることなく。

「この道を先へ進むほうがいいだろう」ぼくはいった。「北へ――」

14　ロンドンにて

火星人たちがウォーキングにおりたったとき、ぼくの弟はロンドンにいた。医学生で、間近に迫った試験の準備で忙しかったため、火星人の到来を知ったのは土曜日の朝になってからだった。土曜日の朝刊には、火星という惑星や、そこに住む生物などに関する長文の特集記事にくわえて、短くて漠然とした電文も掲載されていたが、こちらは簡潔なだけにいっそう強烈な印象を残した。

火星人は、群衆が押し寄せたために危険を感じ、速射砲で大勢の人びとを殺した――というのが記事の内容だった。電文の締めくくりはこうだ。「火星人たちはいかにもおそろしげに見えるが、落下したくぼみから動いておらず、どうやら動けないように思われる。これは、地球の重力エネルギーが火星よりも強いからであろう」この最後の点について、論説委員はとても読者の励みになる主張を展開していた。

もちろん、弟がその日出席した生物学のクラスの学生たちは、これにおおいに興味をしめしたが、一般の人びとがふだんより騒いでいるような気配はどこにもなかった。夕刊各紙は、大きな見出しで断片的なニュースをおおげさに書きたてた。その記事でわかったのは、公有地周辺の軍隊の動きと、ウォーキングとウェイブリッジのあいだでマツ林が八時まで燃えつづけたということくらいだった。その後、セントジェイムズ・ガゼット紙の夕刊最終版で、電信連絡が途絶したという事実だけが報道された。これについては、燃えたマツの木が電線に倒れかかったことが原因と思われた。ぼくがレザーヘッドまで馬車で往復した夜にどのような戦闘があったのかについては、なにもわからなかった。

弟は、新聞を読んで、円筒がぼくの家から優に二マイルは離れた地点に落下したことを知ったので、ぼくたち夫婦のことはまったく心配しなかった。その夜のうちにぼくのところをたずねてみようと思ったのは、本人の弁によると、火星人たちが殺されないうちにひと目見ておきたかったからだそうだ。四時ごろに訪問を知らせる電報を送ったらしいが、ぼくのところへは届かず、その後はミュージックホールですごした。

土曜日の夜は、ロンドンでも激しい雷雨だったので、弟は辻《つじ》馬車でウォータールー駅まで行った。いつも真夜中の列車が出発するホームでしばらく待ったあと、その夜は事故のため列車がウォーキングまでは行けないと知らされた。どんな事故なのかをたしかめることはできなかった。じつをいえば、鉄道当局もその時点ではくわしいことを知らなかったのだ。駅ではほとんど騒ぎは起きていなかった。駅員たちは、バイフリートとウォーキングのあいだが通行不能になったということしか知らされておらず、ふだんはウォーキングを経由する劇場客用の列車を、ヴァージニア・ウォーターまたはギルフォード経由で運行していた。サウサンプトンやポーツマスへむかう日曜周遊列車のルート変更のためにさまざまな手配が必要なので、駅員たちは大忙しだった。夜勤の新聞記者が、ぼくの弟のことを、すこしだけ似ている旅客主任と見まちがえて、取材を試みようとした。鉄道の職員以外でこの事故が火星人に関係があると考えている者はごくわずかだった。

　これら一連のできごとについては、日曜日の朝に〈ロンドン全市がウォーキングからのニュースに震撼《しんかん》〉という記事で読むことができた。現実には、そこまで派手な見出しをつけるほどのことはなかった。ロンドン市民の多くは、月曜日の朝にパニックになるまで、火星人のことなど知りもしなかった。話を聞いた者も、日曜日の新聞に大急ぎで掲載された電文の内容をきちんと理解するまでには、しばらく時間がかかった。ロンドン市民の大多数は日曜日の新聞は読まないのだ。

　おまけに、ロンドン市民は、自分の身は安全だという気持ちが心に染みついているし、新聞にショッキングな記事がのるのはごくあたりまえのことなので、なにを読もうが不安になることはなかった。〈昨夜七時ごろ、火星人が円筒から姿をあらわし、金属製のよろいを着て移動しながら、ウォーキング駅を近隣の人家もろとも完全に破壊し、カーディガン連隊を壊滅させた。詳細については不明。マキシム式機関銃は火星人のよろいにはまったく通用せず、野戦砲は破壊された。現在は騎兵部隊がチャーツィーへ急行している。火星人はチャーツィーおよびウィンザーへむかってゆっくりと侵攻中。ウェスト・サリーはたいへんな不安におちいっており、火星人のロンドン方面への接近をふせぐために土塁が築かれている〉以上が、日曜日のサン紙に掲載された記事の内容だ。レフェリー紙の気のきいた〝ハンドブック〟欄は、さっそくこの事件をとりあげて、村へ逃げだしたサーカスの動物たちにたとえていた。

ロンドンでは、よろいを着た火星人についてのはっきりした情報がなく、ひどく動きがのろまだと思われていたので、当初の報道では〝這《は》いずる〟とか〝苦しげによろめき歩く〟とかいった表現がほとんどだった。どの電文も、じっさいに火星人の動きを見た者が書いたわけではなかったのだ。日曜日の新聞は、あらたな情報がはいるたびに増刷され、なにも情報がないのに増刷されることさえあった。だが、午後も遅くなるまではとりたてて報じることはなく、当局がようやく通信社に手持ちの情報を公開したときも、ウォールトンとウェイブリッジ一帯の住民がロンドンへむかう道路にあふれていると伝えただけだった。

朝になると、ぼくの弟は、まえの晩に起きたできごとをなにも知らないまま、児童養育院の教会へ出かけた。そこで、火星人の侵攻について聞かされ、平和のための特別な祈りを捧《ささ》げることになった。教会を出たあと、弟はレフェリー紙を買った。そして事態の重大さにおどろき、ふたたびウォータールー駅へ行って、鉄道が復旧したかどうかをたしかめることにした。乗合馬車、四輪馬車、自転車、そしてきれいな服を着て歩いている大勢の人びと。いずれも、新聞売り子がひろめている奇妙なニュースにはほとんど影響を受けていないようだった。だれもが興味はそそられていた。心配していた者もいたかもしれないが、それは現地の住民の身の上を案じていただけだった。駅に着いてはじめて、ウィンザーやチャーツィーへの路線が不通になっていることがわかった。ポーターたちの話では、朝になってバイフリートとチャーツィーからおどろくべき電文が何度か届いたようだが、それっきり連絡が途絶えてしまったとのことだった。要するに、あまりくわしい話は聞けなかったのだ。ポーターたちが知っていた情報はそれくらいだった。

「ウェイブリッジのあたりで戦闘が起きている」

列車の運行のほうは大混乱におちいっていた。たいへんな数の人びとが、サウス・ウェスタン鉄道網の各駅からやってくるはずの友人を出迎えようと、駅の周辺に集まってきていた。白髪頭の老紳士が、弟のまえで、サウス・ウェスタン鉄道をこきおろしはじめた。「これはおおやけに糾弾しなければ」

リッチモンド、パトニー、キングストンから数本の列車が到着した。日帰りのボート遊びに出かけた乗客たちが、水門が閉ざされて緊迫した雰囲気がただよっているのを感じただけで帰ってきたのだ。青と白のブレザーを着た男が、ぼくの弟にあれこれ話しかけてきた。

「たいへんな数の人が、軽馬車や荷馬車に荷物や貴重品を積んで、キングストンへ流れこんでいる。モールセイやウェイブリッジやウォールトンから逃げてきてるんだが、そいつらの話だと、チャーツィーでは大砲の音がしていて、馬に乗った兵隊が、火星人がやってくるからすぐに逃げろといったらしい。おれたちもハンプトン・コート駅で大砲の音を聞いたけど、雷だと思ったんだ。いったいどういうことなんだろうな？　火星人は穴から出られないんだろ？」

弟はなにもこたえられなかった。

そのあとは、地下鉄の乗客もなんとなく不安そうだったし、日曜日の行楽客もサウス・ウェスタン沿線のバーンズ、ウィンブルドン、リッチモンド・パークといった遊び場から、まだ早い時間なのにもどりはじめていた。だが、漠然とした噂以上のなにかを伝えられる者はひとりもいなかった。その終着駅にやってくる者は、だれもが不機嫌な顔をしていた。

五時ごろに、駅に集まった人びとが騒ぎはじめた。ふだんはほとんど閉鎖されている、サウス・イースタン鉄道とサウス・ウェスタン鉄道とのあいだの連絡線がひらかれ、大型砲を積んだ貨車や兵士をぎっしり詰めこんだ客車が通過しはじめたのだ。これらの大砲は、キングストンを守るためにウリッジとチャタムからはこばれてきたものだった。兵士と群衆は軽口を叩《たた》きあっていた。「みんな食われちまうぞ！」「こっちは猛獣使いだからな！」それからしばらくたつと、警官隊が駅へやってきて、群衆をホームから追い出しにかかったので、弟はふたたび町へ出た。

教会の鐘が夜の祈りの時刻を告げていた。救世軍の少女たちが歌をうたいながらウォータールー・ロードを近づいてきた。橋の上では、暇な連中が大勢集まって、川面を流れてくる奇妙な茶色の浮きかすをながめていた。太陽が沈もうとしていて、ビッグベン時計台と国会議事堂が、およそ想像できるかぎりもっとも平和な空を背にそびえていた。赤紫色の雲で横縞《よこじま》がついた、金色の空。死体が流れているとの噂もあった。予備兵を自称するひとりの男は、弟にむかって、西の方角でヘリオグラフがきらめくのを見たといった。

ウェリントン・ストリートでは、フリート・ストリートから駆けだしてきた屈強なふたり組に出くわした。インクも乾いていない新聞と派手なプラカードを手にしていた。「おそるべき大惨事！」ふたりは口々に叫びながらウェリントン・ストリートを歩きだした。「ウェイブリッジで戦闘！　詳細はこちら！　火星人を撃退しよう！　ロンドンに危機が迫っている！」弟は三ペンス払ってその新聞を買った。

このときはじめて、弟はこの怪物たちがもつおそるべき力についていくらか知ることができた。敵はひとにぎりの小さくてのろまな動物などではなく、巨大な機械の体をあやつる知的生命体だった。すばやく動きまわることもできたし、地球のもっとも強力な大砲でさえたちうちできない攻撃力をそなえていた。

記事にはこんなふうに書かれていた。〈大きな蜘蛛に似た機械で、高さは百フィートに近く、急行列車なみのスピードで走り、強烈な熱線を発射する〉

野戦砲を中心とする砲兵隊が、ホーセル公有地の周辺と、ウォーキング地区からロンドンへいたる道筋に重点的に配置されていた。五体の機械がテムズ川にむかって移動しているのが目撃されており、そのうちの一体は、運よく破壊されていた。ほかの四体については、砲弾が命中せず、砲兵隊は熱線によってあっというまに全滅していた。大勢の戦死者が出ているようだったが、電文の調子は楽観的だった。

火星人たちは撃退されていた。不死身というわけではなかったのだ。彼らはウォーキング近辺に落下した三本の円筒があるあたりへ退却していた。ヘリオグラフをもつ通信兵が、四方からそこへむかって前進していた。大砲は、ウィンザー、ポーツマス、オールダーショット、ウリッジ、さらには北方からも急送されていた。とりわけすごかったのは、ウリッジから送られた九十五トンの長距離鋼線砲だった。ぜんぶひっくるめると百十六門の大砲が、おもにロンドンの防衛にあたるために、大急ぎで陣容をととのえようとしていた。イングランドでこれほど大規模に、あるいはこれほど迅速に軍備が集結したことはかつてなかった。

その新聞記事は、今後さらに円筒が落下したとしても、急ピッチで製造が進められている高性能爆薬によってただちに破壊できるだろうと予想していた。そして、前例のないきわめて重大な状況ではあることは疑いようもないとはいえ、パニックを起こすべきではないと読者に呼びかけていた。火星人はとてつもなく奇怪でおそるべき生物ではあるが、多く見ても二十体を超えることはなく、こちらは数百万人で対抗できるのだからと。

当局は、その大きさから、一本の円筒にはいっている火星人は多くても五体だろうと推測していた。ぜんぶで十五体というわけだ。そして、少なくともそのうちの一体、ひょっとしたらもっと多くの火星人が砲撃に倒れていた。今後もしも危険が迫るようなことがあれば、民衆にはきちんと警告がなされるし、南西部の戦闘地域の住民については、その身の安全をはかるために万全の措置がこうじられているとのことだった。最後に、ロンドンの安全は確保されているし、当局にはこの困難に対処する充分な能力があるとくりかえして、布告のようにも見える記事は終わっていた。

その新聞の活字はとても大きく、印刷したばかりでインクも乾ききっておらず、論説をつけくわえるだけの時間もなかったようだった。弟の話によると、この記事のためにふだんの新聞の中身が容赦なく切り捨てられているのはなんだか妙な感じがしたそうだ。

ウェリントン・ストリートのいたるところで、人びとがピンク色の新聞をひろげていた。ストランド街は、最初のふたりにつづいてあらわれた大勢の売り子たちの声で急に騒がしくなった。乗合馬車からも、新聞を手に入れようとして客がどんどんおりてきた。たとえそれまで無関心だったとしても、このニュースはまちがいなく人びとを興奮させていた。弟の話では、ストランド街の地図屋は鎧戸《よろいど》をしめようとしていたのだが、休日の外出着姿でレモン色の手袋まではめた男が、飾り窓のなかで大急ぎでサリー州の地図をガラスに張りつけていた。

弟が、新聞を手にストランド街をトラファルガー広場のほうへ歩いていくと、ウェスト・サリーから避難してきた人びとを見かけた。妻とふたりの少年を連れ、八百屋が使う荷馬車に家財道具を積んだ男もいた。ウェストミンスター橋のほうからやってきたらしく、そのうしろにつづいていた干し草用の馬車には、身なりの立派な五、六人の人びとと、いくつかの箱や包みが詰めこまれていた。こうした避難民たちは顔がげっそりとやつれていて、乗合馬車にのっている休日用の外出着に身をつつんだ客たちとは、きわだった対照をなしていた。流行の服を着た連中が、乗合馬車の窓から避難民たちをながめていた。彼らは、行き先を決めかねているかのように広場でいったん止まってから、ストランド街を東へと進んでいった。そのすこし後方から、前輪が小さい旧式の三輪車にのった作業着姿の男がやってきた。顔はよごれて真っ白になっていた。

弟はヴィクトリア街のほうへ曲がり、たくさんの避難民に出くわした。ひょっとしたらぼくに会えるかもしれないという思いもあったようだ。交通整理をしている警官がいつになく多かった。避難民のなかには、乗合馬車の客と情報を交換している者もいた。火星人を見たと明言する者もいた。「竹馬に乗ったボイラーみたいなやつが、人間のように歩いているんだ」だれもが異様な経験に興奮し、活気づいていた。

ヴィクトリア街をすぎると、こうした避難民のおかげで酒場は大繁盛だった。どこの町角でも、人びとが集まって新聞を読みふけり、にぎやかに話をしたり、一風変わった日曜日の訪問者たちをながめたりしていた。夜が近づくにつれて、人の数はますます増えて、道路はダービーの日のエプソム・ハイ・ストリートのようにごったがえした。弟は何人かの避難民と話をしてみたが、満足のいくこたえは返ってこなかった。

ウォーキングに関する情報をもっている者はほとんどいなかったが、ある男だけは、ウォーキングは前夜のうちに完全に破壊されたと教えてくれた。

「わたしはバイフリートにいたんです。今朝早く、自転車に乗った男がやってきて、早く避難しろと一軒ずつ警告してまわりました。それから兵士たちがやってきたんです。おもてへ出てみると、南の方角に煙がたちこめているのが見えました。煙だけで、そちらからやってくる人影はありませんでした。やがて、チャーツィーで大砲の音がして、ウェイブリッジから大勢の人がやってきました。それで、わたしも戸締まりをして逃げだしたんです」

そのころになると、通りに出ている人びとのあいだには、こんな騒ぎになるまえに侵略者を始末できなかった当局に対する不満が高まってきた。

八時ごろ、ロンドン南部では激しい砲声を聞くことができた。弟も、大通りにいたときには往来の喧噪《けんそう》でむりだったが、静かな裏通りを抜けてテムズ川のほうへむかうと、はっきりその音を聞きとることができた。

二時ごろに、弟はウェストミンスターを離れ、リージェンツ・パークの近くにあるアパートまで歩いて帰った。ぼくのことがとても心配になっていたし、事件の重大さがはっきりしたためにだいぶ動揺もしていた。土曜日のぼくがそうだったように、どうしても軍隊の活動が気になったようだ。じっと静まりかえった大砲のことや、急に避難民であふれることになった田園地方のことをあれこれ考えた。高さ百フィートの〝竹馬に乗ったボイラー〟を想像してみようともした。

オックスフォード・ストリートやマリルボン・ロードでは、避難民をぎっしりのせた荷馬車を見かけたが、ニュースのひろがりかたがごくゆっくりだったので、リージェント・ストリートやポートランド・プレイスは、集まって日曜日の夜の散歩を楽しむ人びとであふれていたし、リージェンツ・パークのはずれでは、いつものように、点在するガス灯の下でデートをしているカップルをたくさん見かけた。その晩はあたたかくて、風もなく、すこしばかり蒸し暑く感じられた。大砲の音がとぎれとぎれにつづいていて、真夜中すぎには、南のほうで雷光が雲に反射していたようだった。

弟は、ぼくの身になにかあったのではないかと不安で、新聞を何度も読み返した。どうもおちつかなかったので、夕食のあとでぶらりと外へ出た。アパートにもどってから、試験のノートに集中しようとしたがうまくいかなかった。真夜中すぎにベッドにはいったが、月曜日のまだ夜もあけないうちに、ドアノッカーや、通りを走る足音や、遠い太古のような響きや、やかましい鐘の音で、おそろしい夢から叩《たた》き起こされた。天井で赤い光がおどっていた。一瞬、茫《ぼう》然《ぜん》と横たわったまま、夜が明けたのだろうか、それとも世界が狂ってしまったのだろうかと思いめぐらした。それから、ベッドをとびだし、窓に駆け寄った。

部屋は屋根裏にあり、弟が窓から頭を突きだすと、通りのそこかしこで十以上もの窓が同じようにひらいて、さまざまに寝乱れた頭があらわれた。大声で問いかける声が響いた。「やつらがくるぞ!」警官がそう怒鳴りながら、ドアをばんばん叩いていた。「火星人がやってくる!」そして、大急ぎでつぎのドアへとむかった。

オールバニー・ストリートの兵舎から太鼓とラッパの音が聞こえてきた。近くにあるすべての教会が、人びとの眠りをさまそうと、やたらめったら警鐘を打ち鳴らしていた。あちこちでドアのひらく音がして、むかい側にならぶ真っ暗な窓につぎつぎと黄色い明かりがともった。

通りの先から一台の箱馬車が疾走してきた。角のところでふいに大きくなった音が、窓の下をガラガラとやかましくとおりすぎ、またゆっくりと遠ざかっていった。すぐうしろに二台の辻《つじ》馬車がくっついていて、そのあとにも、チョーク・ファーム駅をめざす馬車の列がえんえんとつづいた。ノース・ウェスタン鉄道の臨時列車が、坂をくだったユーストン駅ではなく、チョーク・ファーム駅のほうで乗客をのせていたのだ。

弟は茫然としたまま、長いあいだ窓の外を見つめていた。警官たちがドアを順に叩いて、なにやら知らせを伝えていた。やがて、背後のドアがひらいて、踊り場のむかい側の部屋を借りている男がはいってきた。シャツとズボンとスリッパだけの姿で、サスペンダーは腰のあたりまで落ちていたし、髪は起きたばかりで乱れていた。

「いったいどうしたんだ？」男はたずねた。「火事かな？　なんてとんでもない騒ぎだ！」

ふたりは窓から頭を突きだし、警官が叫んでいることばを聞きとろうとした。横丁から出てきた人びとが、町角でかたまって話をしていた。

「いったいどういうことなんだ？」となりの下宿人がいった。

弟はあいまいに返事をしながら、服を着替えはじめた。一枚着るたびに、どんどん大きくなる騒ぎを見逃すまいと窓辺へ駆け寄った。間もなく、異常に早い朝刊をかかえた売り子が、大声で叫びながら通りへ出てきた。

「ロンドンに危機が迫る！　キングストンとリッチモンドの防衛線が突破された！　テムズ・ヴァレーのおそるべき大虐殺！」

弟の周囲で——階下の部屋、通りの両側の家々、背後では、パーク・テラスとマリルボンにあるほかの百本もの通り、ウェストボーン・パーク地区とセント・パンクラス、西側と北側では、キルバーンとセント・ジョーンズ・ウッドとハムステッド、東側では、ショアディッチとハイベリーとハガーストンとホクストン、要するに、イーリングからイースト・ハムにいたる広大なロンドンのあらゆる場所で——人びとが目をこすり、窓をあけて外をのぞき、とりとめのない質問をし、あわてて服を着替えているあいだに、おそるべき嵐の最初の息吹きが通りを吹きぬけていった。それが、大パニックの幕開けだった。日曜日の夜になにも知らずに眠りについたロンドンは、月曜日のまだ夜も明けぬうちに、迫りくる危機のまっただなかに目ざめたのだった。

部屋の窓からではなにが起きているのかわからなかったので、弟は階段をおりて通りに出てみた。ちょうどそのとき、家々の胸壁のあいだにのぞく空が、夜明けの光でピンク色に染まった。歩いたり馬車を使ったりして避難する人びとの数は刻一刻と増えていた。「黒煙だ！」群衆の叫ぶ声が聞こえた。「黒煙だ！」こうした恐怖がどんどん伝染するのは避けようがないことだった。弟は戸口でためらっていたが、べつの新聞売り子が近づいてきたので、すぐに一部買った。売り子は残りの新聞をかかえて走り去り、一部一シリングで売りまくった——まさに利益と恐怖とのグロテスクな混合だった。

その新聞で、弟は総司令官からの破滅的な急報を読んだのだった。

「火星人はロケットを利用して黒い有毒ガスを大量に放出することができる。彼らはわが軍の砲兵隊を圧倒して、リッチモンド、キングストン、ウィンブルドンを壊滅させ、現在はロンドンをめざしてゆっくりと侵攻しながら、途中にあるものすべてを破壊している。阻止するのは不可能だ。あの黒煙から身を守るにはただちに避難するしかない」

手短な報告だったが、それで充分だった。人口六百万の大都市の全住民が、うろたえ、あわてふためき、逃げだそうとしていた。やがて、それが大挙して北へむかうのだ。

「黒煙だ！」声があちこちで叫んでいた。「火事だ！」

近くの教会では鐘が激しく打ち鳴らされ、不注意な荷馬車が通りの水槽に激突して悲鳴と罵《ば》声《せい》がとびかった。家のなかでは黄色い光が右往左往し、まだ消していないランプをひけらかすようにして走りすぎる馬車もあった。頭上では、夜明けの光が、静かに、着実にその明るさを増していた。

弟の背後では、部屋をばたばたと走りまわったり、階段をのぼったりおりたりする足音がしていた。女家主が、部屋着にショールをはおっただけの姿で戸口にあらわれた。うしろにくっついている夫は、なにやらわめき声をあげていた。

弟は、ようやくことの重大さを理解しはじめて、大急ぎで自分の部屋へとって返すと、手持ちの金を残らず——ぜんぶで十ポンドほどだった——ポケットに押しこみ、ふたたび通りへ駆けだしていった。

15　サリーで起きたこと

ぼくがハリフォードに近い平坦《へいたん》な牧草地で、すわりこんだ副牧師を相手におかしな会話をしていたころ、そして、ぼくの弟がウェストミンスター橋の上を流れていく避難民をながめていたころ、火星人はすでに攻撃を再開していた。手にはいる矛盾だらけの情報からなんとか突き止めたところによると、火星人の大半は、その夜の九時までホーセルのくぼみのなかでせっせと準備をしていたらしく、なにかの作業で大量の緑色の煙を噴きあげていた。

だが、三体だけは、まちがいなく八時ごろにくぼみを出て、ゆっくり、慎重に前進し、バイフリートとパイアフォードを経由してリプリーとウェイブリッジへむかい、そこで、沈む太陽を背に待ち受ける砲兵隊の視野にはいってきた。この火星人たちは、かたまって行動するのではなく、それぞれ一マイル半ほどの間隔をとって一列で前進していた。連絡をとりあうときには、音階が激しく上下するサイレンのような咆哮《ほうこう》を使っていた。

ぼくたちがアッパー・ハリフォードで耳にしたのは、この咆哮と、リプリーおよびセント・ジョージズ・ヒルでとどろいた砲声だった。リプリーに陣取っていた砲手たちは、本来はこのような場面に配置されるべきではない未熟な志願兵だったので、効果のない早まった一斉射撃をあびせたあと、馬や徒歩でからっぽになった村のなかを逃げていった。火星人のほうは、熱線を使うこともなく、ゆうゆうと砲列を踏みにじり、慎重に兵士たちのあいだを抜けて、その前方へ出たとたん、思いがけなくペインズヒル・パークの砲兵隊に出くわしたので、これを壊滅させた。

だが、セント・ジョージズ・ヒルの砲兵隊は、もっと統率がとれていたし、士気も高かった。マツ林のかげにじっとひそんでいたので、すぐそばの火星人にもまったく気づかれなかったようだ。砲手たちは、まるで閲兵式のように慎重に狙いをつけて、およそ千ヤードの距離で発砲した。

砲弾は火星人の周囲でいっせいに炸裂《さくれつ》した。火星人は数歩前進してから、よろめき、倒れた。全員がわっと歓声をあげ、大急ぎで砲弾の再装塡《さいそうてん》にとりかかった。倒れた火星人が長々と咆哮すると、きらきら輝く第二の巨人がすぐにそれにこたえて、南の方角の木立の上に姿をあらわした。三本ある脚のうちの一本に砲弾が命中したようだった。二度めの一斉射撃は地面に倒れた火星人から大きくそれてしまい、それと同時に、二体の仲間が熱線を砲兵隊にあびせかけた。弾薬が爆発して、大砲のまわりのマツ林がそっくり炎につつまれた。生きのびることができたのは、いちはやく丘の頂を越えて逃げだしていたひとりかふたりの兵士だけだった。

この交戦のあと、三体の火星人は立ち止まってなにやら相談をはじめた。現地にいた偵察兵たちの報告によると、それから三十分はぴくりとも動かなかったらしい。倒れた火星人はのろのろとフードから這《は》いだしてきた。遠くから見るとちっぽけなアリマキかなにかを連想させる、その茶色い生き物は、よろいの修理にとりかかっているようだった。九時近くには作業が終了したらしく、フードがふたたびこずえの上にそびえ立った。

九時を数分すぎたころ、この三体の歩哨《ほしょう》のもとに、ふとくて黒いチューブをかかえた四体の火星人が加わった。同じようなチューブが最初の三体にもわたされると、七体はあらためて前進を開始し、セント・ジョージズ・ヒル、ウェイブリッジ、それとリプリーの南西にあるセンド村をむすぶ湾曲した線上に、等間隔で散開した。

火星人たちが動きはじめるやいなや、その行く手の丘陵地から信号弾が十本ほどあがり、ディトンやイーシャー付近に待機している各砲兵隊に警告を発した。同時に、そろいのチューブで武装した四体の戦闘機械が川をわたって、そのうちの二体が、西の空を背に黒々とした姿をそびえさせて、ぼくたちの視界にはいってきた。ぼくと副牧師は、疲れた体を引きずるようにして、ハリフォードから北へのびる道を急いで逃げだした。火星人たちが移動する姿は、まるで雲の上を歩いているようだった。乳白色の霧が野原をおおい、やつらの背丈の三分の一の高さまで達していたからだ。

これを見て、副牧師は喉《のど》の奥でかすかに悲鳴をあげ、走りだした。だが、ぼくは火星人から逃げてもむだだとわかっていたので、わきへそれて、露にぬれたイラクサやイバラの茂みをかきわけ、道ばたにのびるひろい溝のなかへもぐりこんだ。副牧師はふりかえり、ぼくがやっているることを見ると、引き返してきて同じようにした。

二体の火星人が立ち止まった。ぼくたちに近いほうは、サンベリーの方角をむいてじっとた色にかすんでいた。宵の明星の輝くステインズの方角をむいていたもう一体の姿は、ぼんやりと灰たずんでいた。

ときどき聞こえていた咆哮も途絶えたままだった。火星人は円筒を取り巻く大きな三日月形の線上でそれぞれ位置につき、完全に沈黙していた。それは端から端までの長さが十二マイルもある三日月だった。火薬が発明されてからというもの、戦闘のはじまりがあんなに静かだったことはいちどもなかっただろう。ぼくたちだけでなく、リプリー付近で見守っていた人びともまったく同じ印象を受けたはずだ。火星人たちは暗い夜を独占しているかのようだった。その闇を照らすのは、ほっそりした月と、星ぼしと、昼の光のなごりと、セント・ジョージズ・ヒルからペインズヒルの森までひろがる真っ赤な輝きだけだった。

だが、その三日月形の線に相対するステインズ、ハウンズロウ、ディトン、イーシャー、オッカムでは、川の南側なら丘や森、川の北側の牧草地なら木々や村の建物といった遮蔽物《しゃへいぶつ》を利用して、大砲の列がじっとひそんでいたのだった。信号弾が打ちあげられ、暗闇に火花をふりまきながら消えていくと、それを目にした砲兵隊の面々は、戦いの予感に神経を張りつめさせた。火星人が砲列線にはいったら、暗闇にじっとひそむ兵士たちも、宵闇のなかで黒々と輝く大砲も、すぐさま雷鳴のごとき勢いで戦闘に突入するはずだった。

そうやって待機していた千人もの兵士たちの脳裏をしめていたのは、ぼく自身がまさにそうだったように、火星人がどれだけこちらのことを理解しているのかという疑問だったにちがいない。数百万の人間が、組織され、訓練され、協力して活動しているということが、はたしてわかっているのだろうか？　あるいは、こうして激しい砲撃を受けて、炸裂する砲弾に苦しめられ、陣地を着々と包囲されても、巣を荒らされて怒ったミツバチの群れに襲われているくらいにしか考えていないのだろうか？　やつらは人間を皆殺しにできると夢想しているのだろうか？（この時点では、火星人がどんな食物を必要としているかだれも知らなかった）見張りに立つ火星人の巨大な姿を見ていたら、こうした無数の疑問が頭のなかにわきあがってきた。そして、心の奥底では、ロンドン方面に知られざる対抗策が用意されているのではないかと期待していた。落とし穴でも掘っているのだろうか？　ハウンズロウの火薬工場を罠《わな》として使うつもりだろうか？　ロンドン市民には、あれだけの大都市をモスクワのように燃やし尽くすだけの決意と勇気があるだろうか？

しゃがみこんで生け垣のかげからのぞき見ているぼくたちにとっては、永遠とも思われるほどの時間がすぎた。そのとき、遠くから砲声のようなとどろきが聞こえてきた。ずっと近くでもう一発、さらにもう一発。すると、ぼくたちのそばにいた火星人がチューブを高々と差しあげて、大砲のようになにかを発射した。大地がゆらぐほどの轟音《ごうおん》が響きわたった、ステインズの方角をむいていた火星人もそれに呼応した。閃光《せんこう》もなく、煙もなく、ただ爆発が起きただけだった。

ぼくはこの連続する砲声にすっかり興奮してしまい、身の危険もやけどした両手のことも忘れて生け垣のなかへ分け入り、サンベリーの方角へ目をむけた。そのとたん、第二の轟音が響きわたり、大きな発射物がハウンズロウめがけて頭上を飛びすぎていった。ぼくは、煙でも火でも、なにかその結果として生じるものが見えるだろうと思った。だが、じっさいに見えたのは、星がひとつだけまたたいている藍色《あいいろ》の空と、地上に低くひろがる白い霧だけだった。物体がぶつかる音も、それにつづく爆発音も聞こえなかった。静寂がもどってきた。時がゆっくりと流れていった。

「なにが起きたんでしょう?」副牧師がぼくのとなりでいった。

「知るもんか!」ぼくはいった。

コウモリがひらひらとあらわれて、また消えた。遠くで騒々しい叫び声がしたが、じきにそれもやんだ。もういちど火星人に目をむけると、くるくると回転しながら川岸に沿って東へ移動をはじめていた。

ぼくは、隠れている砲兵隊がいまにも火星人にむかって砲撃をはじめるのではないかと期待したが、夜の静けさが乱されることはなかった。火星人はだんだん遠ざかって小さくなり、ほどなく、霧と深みを増す夜がその姿をのみこんだ。ぼくたちは同じ衝動に駆られて、さらに高いところへ這《は》いあがった。サンベリーの方角に、円錐形《えんすいけい》の丘がいきなり出現したかのような黒い影があって、その先を見とおすことができなかった。川むこうのもっと遠いところ、ウォールトンのあたりにも、同じような隆起が見えた。この丘のようなものは、見ているうちにだんだん低くなり、ひろがりを増していった。

ふと思いついて北へ目をむけると、そちらでも黒い雲のような小丘が盛りあがっていた。

急に、あらゆるものが静寂につつまれていた。はるか南東から、静寂を破る火星人たちの咆《ほう》哮《こう》が聞こえてきたかと思うと、その武器が遠くで落下するズンという音とともに、またもや空気がふるえた。だが、地上の砲兵隊からの反撃はなかった。

そのときはなにが起きているのかわからなかったが、あとになって、たそがれのなかに盛りあがったぶきみな小丘の正体を知ることができた。火星人たちは、さっき説明した大きな三日月形の線上に立ち、かかえていた大砲のようなチューブを使って、大きな弾頭を射《う》ちだしていた。たまたま火星人の目のまえにあった丘や雑木林や村落だけでなく、大砲を隠せそうな場所ならどこでも標的になった。一回だけ発射した火星人もいたし、ぼくたちが見たように、二回つづけて発射した火星人もいた。リプリーにいたやつは、あのときだけで少なくとも五回は発射したといわれている。これらの弾頭は、地面にぶつかっても砕けるだけで爆発はせず、真っ黒な重いガスを大量に吐きだした。ガスは、漆黒の巨大な積雲のようにもうもうとわきあがってから、低く沈みこんで、周囲の大地へゆっくりとひろがった。この鼻につんとくるガスを吸いこんだら、息をするものはすべて命を落とすことになる。

このガスは、どんなに濃密な煙よりもさらに重いので、落下の衝撃でもくもくと噴きあがったあとは、空気の底へ沈んで、気体というよりは液体のように地面の上を流れ、火山の亀裂《きれつ》からあふれだす炭酸ガスと同じように、丘を離れ、谷間や水路へ流れこんでいく。水と接触するとなんらかの化学作用がおこるらしく、水面はたちまち粉末状のかすにおおわれ、それがゆっくりと沈むと、さらに新しいかすが発生する。これは完全に不溶性で、ガスが即座に効果を発揮することを考えるとふしぎなことではあるが、汚染された水を飲んでも体にはまったく害がない。このガスはふつうの気体のように拡散することがない。一カ所にたまり、のろのろと斜面をくだり、風に吹かれてしぶしぶ移動しているうちに、ごくゆっくりと霧や蒸気とまじりあい、塵《ちり》となって地面に沈下する。未知の成分がスペクトルの青の部分にかたまった四本の線を生じさせること以外、この物質の性質については現在もまったくわかっていない。

黒煙は、最初に高々と舞いあがったあとは、地面のすぐそばにとどまるので、まだ沈殿していない段階でも、高い家の屋根や上の階、または大きな木の上など、地上から五十フィート以上の高さにいれば、その毒からのがれられる可能性が高い。あの夜、ストリート・コバムやディトンではまさにそのとおりのことが証明された。

ストリート・コバムで難をのがれた男が、ガスが渦を巻いて流れる異様な光景や、教会の尖《せん》塔《とう》から見た、村の建物が真っ黒な虚無のなかに幽霊のようにうかんでいる様子について、おどろくべき体験談を語っている。男は、一日半ものあいだ、疲労と飢えときつい日射しに苦しみながら、塔の上にとどまっていた。青空の下、遠くにつらなる丘を背に、ビロードのように真っ黒なガスが一面にひろがって、そこに赤い屋根や緑の木々が突きだしていた。時間がたつと、黒いベールをかぶった茂み、木戸、納屋、壁などが、そこかしこで日射しのなかにうかびあがってきたのだった。

だがそれは、黒いガスがみずから地面に沈下するまで放置されていたストリート・コバムならではのできごとだった。火星人たちは、目的を果たしたあとはガスのなかへ踏みこんで蒸気を勢いよく吹きつけ、空気を浄化するのがふつうだったのだ。

アッパー・ハリフォードまでもどっていたぼくたちも、近くのガスだまりでもこの浄化作業がおこなわれるのを、放棄された家の窓から星明かりをたよりに目撃した。リッチモンド・ヒルやキングストン・ヒルではサーチライトの光があちこち動きまわっていたのだが、十一時ごろになると、窓がガタガタと鳴って、配置されていた大型の攻城砲の砲声が響きはじめ、断続的に十五分ほどつづいた。ハンプトンやディトンにいる姿の見えない火星人に対し、まぐれ当たりを期待して砲撃をかけたのだ。やがて、青白いサーチライトの光が消えると、真っ赤な輝きがそれにとってかわった。

そのとき、第四の円筒が、緑色に輝く流れ星となって落下した。あとになって知ったのだが、落下地点はブッシー・パークだった。リッチモンドからキングストンへつらなる丘陵に配置された大砲が火を噴くまえに、はるか南西のほうで、とぎれとぎれに激しい砲撃の音が聞こえていた。おそらく、黒いガスに襲われないうちにと、砲手たちがでたらめに発砲をおこなったのだろう。

こうして、人間がスズメバチを巣からいぶりだすようなきちょうめんさで、火星人はこの奇妙な窒息性のガスをロンドン方面へ散布した。三日月の両端がゆっくりとひろがって、ついには、ハンウェルからクームやモールデンまでをむすぶ長い線になった。あの破壊的なチューブは、夜を徹して前進をつづけた。火星人たちは、セント・ジョージズ・ヒルで一体が倒されたあとは、砲兵隊に対してまったくチャンスをあたえなかった。大砲が隠れていそうな場所があると、かならず黒いガスのはいった新しい弾頭を発射し、大砲が見えているときには、熱線をあびせるのだった。

真夜中がおとずれるころには、リッチモンド・パークの斜面で燃えあがる木々と、キングストン・ヒルの真っ赤な輝きに照らされた黒煙は、テムズ川の峡谷全体を埋めつくし、目のとどくかぎりずっと遠方までひろがっていた。二体の火星人がそのなかをゆっくり歩きまわり、あちらこちらへシューシューと蒸気を吹きつけていた。

その夜、火星人たちは熱線をあまり使わなかった。それをつくりだすための原料がかぎられていたのか、あるいは、国土を破壊するのは本意ではなく、ただ人間の抵抗を制圧したかっただけなのか。後者についてはまちがいなく成功していた。日曜日の夜で、火星人の活動に対する組織的な抵抗は終わりを告げたのだ。その後は、見込みのまったくない抵抗を試みようとする人間はひとりもいなかった。速射砲を積んでテムズ川をのぼってきた魚雷艇と駆逐艦の乗組員たちさえ、ここにとどまることを拒否し、命令にそむいて引き返していった。その夜以降に実施された唯一の攻撃作戦といえば、地雷と落とし穴を用意したことだけだが、その作業においてさえ、兵士たちの仕事ぶりはまったくでたらめなものだった。

夕闇のなかでぴりぴりしながら待機していたイーシャー方面の砲兵隊の末路については、いまとなっては想像するしかない。生存者はなかった。整然と待ちかまえる部隊の様子が目にうかぶようだ。士官たちは油断なく気をくばり、砲手はしっかり準備をととのえ、弾薬は手近な場所に山積みにされ、牽引係《けんいん》の兵士は馬と荷馬車のそばで待機し、見物に集まった民間人は許可されたぎりぎりのところまで近づいていた。夕暮れどきの静けさ、ウェイブリッジから運ばれてきた負傷者を収容する野戦病院のテント。やがて、火星人による砲撃の音が響いて、不恰《ぶかっ》好《こう》な発射物が木々や家々を越えてくるくると飛来し、近くの野原に落下する。

兵士たちがさっとそちらへ注意を移すと、急速にひろがる黒煙の渦が空へまっすぐに立ちのぼって、たそがれを漆黒の闇へと変え、ガスという不可思議かつ凶悪な敵がその獲物に襲いかかる。近くにいた兵士や馬たちは、かすみのなかを逃げまどい、悲鳴をあげ、頭から倒れこみ、絶望の叫びをあげる。大砲はたちまち放棄され、息ができなくなった兵士たちは地面をころげまわり、不透明な円錐状の煙は急激にひろがっていく。やがて夜がおとずれ、すべては消え失せる——あとは、死体をおおい隠す濃密なガスが音もなくたれこめているだけだ。

夜が明けるまえに、黒いガスはリッチモンドの町まで流れこんでいた。崩壊しかけた政府機関は、最後の力をふりしぼって、ロンドン市民に避難勧告をおこなっていた。

16　ロンドンからの脱出

月曜日の夜明けとともに、世界最大の都市ロンドンに恐怖の波が押し寄せたのは、当然のことだった。避難民の流れはみるみるうちにその勢いを増し、泡立つ激流となって鉄道の駅へと流れこみ、テムズ川の船着き場でせき止められてすさまじい混乱を巻きおこし、利用できるあらゆるルートを経由して、北へ、東へと進んでいった。十時には警察組織が、正午には鉄道機関さえもが、秩序をなくし、形式も効率性もなくし、衰え、弱体化し、ついには急激な社会組織の崩壊へとつながっていった。

テムズ川の北側の鉄道沿線と、キャノン・ストリートのサウス・イースタン鉄道沿線の住民は、日曜日の深夜のうちに警告を受けていたので、列車は満員になっていた。二時の時点でさえ、客車になんとかして乗りこもうとする激しい争いがあった。三時には、リヴァプール・ストリート駅から二百ヤードほど離れたビショプスゲイト・ストリートでさえ、人込みで踏みつけられたり押しつぶされたりする者があった。拳銃《けんじゅう》が発射されたり、人がナイフで刺されたりする事件もあった。交通整理のために出動した警官たちが、疲れはてて激昂《げっこう》し、保護しなければならない市民の頭をかち割ったりもしていた。

太陽がのぼるにつれて、機関士や火夫たちがロンドンへもどるのを拒否するようになったので、早く逃げだしたい避難民たちは、どんどんその数を増やしながら、駅を離れて北へむかう道路へと流れだした。正午には、一体の火星人がバーンズに出現していた。ゆっくりと沈下する黒いガスがテムズ川にそって流れ、ランベスの共同住宅街を横切ってのろのろと進んで、橋を使うすべての脱出路を遮断してしまった。もうひとつの黒煙の流れは、イーリングに押し寄せて、カースル・ヒルにわずかに残っていた生存者を取り囲み、生きてはいるが逃げられない状態にしてしまった。

ぼくの弟は、チョーク・ファーム駅でノース・ウェスタン鉄道の列車に乗りこもうとむなしく奮闘したあと——貨物操車場で乗客をのせた列車は、わめく人びとをかきわけるようにして発車し、機関士がボイラーに押しつけられてつぶされるのをふせごうと、屈強な十人ほどの男たちが必死に群衆を押しもどしていた——チョーク・ファーム通りへ出て、疾走する乗物の群れをなんとかすり抜けて、幸運にも、自転車店を略奪《りゃくだつ》しようとする群衆の先頭につくことができた。手に入れた自転車の前輪は、ショーウインドーから引きずりだしたときにパンクしてしまったが、かまわずにそのまま逃げだした。手首に切り傷ができたほかは怪我もなかった。ハヴァストック・ヒルのふもとの急坂は、馬が何頭か倒れていてとおれなかったので、やむなくベルサイズ・ロードへとびこんだ。

こうして、弟はパニックの嵐から脱出し、エッジウェア・ロードをたどって、七時ごろにエッジウェアにたどり着いた。空腹と疲労はつらかったが、群衆をかなり引きはなすことができた。沿道の人びとが、好奇心をあらわにして道路に突っ立っていた。弟を追い越していったのは、大勢の自転車乗りと、馬に乗った数人の男たちと、二台の自動車だった。エッジウェアから一マイルほど走ったところで、車輪のリムが折れたので、自転車は道ばたに捨てて、あとは歩いて村をとおりぬけた。中央通りには、いちおうひらいている商店があり、歩道や戸口や窓辺にむらがった人びとが、このはじまったばかりの避難民の大行進をおどろきの目でながめていた。弟はそこの宿屋ですこし食べ物にありつくことができた。

つぎにどうすればいいのかわからなかったので、しばらくエッジウェアにとどまった。避難民の数はどんどん増えていった。その多くは、弟と同じように、そこでゆっくりしていたいようだった。火星からの侵略者についての新しいニュースはなかった。

道路は混みあっていたが、身動きできないほどではなかった。その時刻には、避難民の多くは自転車に乗っていたが、やがて、自動車や、さまざまな種類の馬車が走りぬけていくようになり、セント・オールバンズへむかう道路沿いにはほこりの雲がたちこめた。

おそらく、友人が何人か住んでいるチェルムスフォードへ行ってみようかとぼんやり考えたせいだろう。結局、弟は東へむかう静かな小道を歩きだした。柵《さく》を越して牧場を横切り、さらに小道を北東へとむかった。いくつかの農家と、名前のわからないいくつかの村をとおりすぎた。避難民はほとんど見かけなかったが、ハイ・バーネットへ通じる雑草だらけの小道を歩いていたとき、のちに旅の道連れになるふたりの婦人と出会った。弟はこの婦人たちの危機を救ったのだ。

悲鳴を聞きつけた弟が、大急ぎで角を曲がってみると、ふたりの男が、この婦人たちを小型の二輪馬車から引きずりおろそうとしていた。三人目の男は、怯《おび》えて暴れるポニーの頭をなんとかおさえようとしていた。白い服を着た小柄なほうの婦人は、悲鳴をあげるだけだった。もうひとりの、黒髪ですらりとした婦人は、自分の腕をつかんでいる男を、自由なほうの手で握った鞭《むち》でひっぱたいていた。

弟はただちに状況を理解し、大声で叫ぶと、争いのなかへ駆けこんでいった。男たちのひとりが女から手をはなし、弟へむきなおった。男の顔つきを見て、弟は戦いが避けられないことを悟り、得意のボクシングで相手を馬車の車輪に叩《たた》きつけた。

スポーツ精神を気にしている場合ではなかったので、足で蹴飛《けと》ばしてその男を気絶させてから、すらりとした婦人の腕を引っぱっている男の襟をつかまえた。ひづめの音がしたかと思うと、鞭がひゅんと顔に当たった。三人目の男が、弟の目と目のあいだを狙ってきたのだ。弟につかまれていた男が、身をふりほどき、もときた道を大あわてで逃げ帰っていった。

気が遠くなりかけた弟が、はっとわれにかえると、目のまえにポニーの頭をおさえていた男がいた。馬車のほうは、左右にゆれながら小道を遠ざかっていこうとしていて、車内の婦人たちがこちらをふりかえっていた。たくましい体つきをした荒くれ男が近づいてこようとしたので、弟は顔にパンチを叩きこんで相手の動きを止めた。それから、置き去りにされたことに気づいたので、さっと身をひるがえし、小道を走り去る馬車を追った。屈強な男もすぐあとから追いかけてきていたし、さっき逃げだした男も、まわれ右をして遠くから追ってきていた。

突然、弟はつまずいて倒れた。すぐ背後に迫っていた男がとびかかってきた。弟が立ちあがると、敵はまたふたりになっていた。とてもかなう相手ではなかったが、すらりとした婦人が勇敢にも手綱を引いて、手助けをしようと引き返してきた。その婦人はいつも拳銃を持ち歩いていたのだが、自分と連れの婦人が襲われたときには座席の下にしまってあった。彼女は六ヤードの距離から発砲し、あやうくぼくの弟を撃ち倒しそうになった。意気地のないほうの強盗が逃げだし、その相棒も、臆病《おくびょう》な仲間をののしりながらあとを追った。ふたりは、三人目の男が気を失って倒れているところで立ち止まった。

「これを!」すらりとした婦人がいって、弟に拳銃をわたした。

「馬車にもどりなさい」そういって、弟は切れた唇の血をぬぐった。

婦人はなにもいわずにきびすをかえし、弟といっしょに息を切らしながら、怯えたポニーをしずめようと奮闘している白い服の婦人のところへ引き返した。

強盗たちはすっかり懲りたらしく、弟がもういちどふりかえったときには、逃げていくところだった。

「よろしければ、ぼくがこの席にすわります」弟はそういって、あいている前席についた。

婦人は肩越しにふりかえり、「手綱をください」といって、ポニーの横腹に鞭をあてた。馬車はすぐに小道のカーブしたところをすぎて、三人の強盗の姿は見えなくなった。

こうして、まったく思いがけないことに、弟は、口を切り、あごに傷を負い、こぶしを血でよごし、荒い息をつきながら、ふたりの婦人とともに見知らぬ道を進むことになった。

ふたりの婦人は、スタンモアに住んでいる外科医の妻と妹だった。ピナーへ急病人の往診に出かけていた医師は、未明に帰宅する途中、どこかの駅で火星人の襲来について聞いた。彼は大急ぎで家へもどり、婦人たちを起こして——使用人は二日まえに暇をとっていた——食料をいくらか用意し、拳銃を馬車の座席の下に入れて——弟にとってはこれがさいわいだった——エッジウェアへ行けといった。そこから汽車に乗ろうというのだ。医師は近所の人たちにこの知らせを伝えるために、あとに残った。朝の四時半には追いつくからといっていたのだが、九時近くなっても姿が見えなかった。エッジウェアではどんどん交通量が増えてきて、馬車をとめておくことができなくなったので、このわき道にはいっていたのだった。

婦人たちがぽつりぽつりとそんなことを語っているうちに、馬車は、もっとニュー・バーネットに近いところでふたたび止まった。弟は、ふたりの婦人が今後の方針を決めるか、行方不明の医師があらわれるまで、いっしょにいることを約束した。そして、婦人たちを安心させるために、拳銃など使ったこともないのに、自分は射撃の名手だといっておいた。

三人は道ばたでキャンプをはった。ポニーは生け垣につながれておおよろこびだった。弟は、自分がロンドンから脱出したときの様子や、火星人とそのやり口について、知っていることをなにもかも話した。太陽は空でじわじわと高さを増していき、しばらくすると会話もとぎれて、この先どうなるのかという不安が胸に迫ってきた。弟は、小道をとおる人びとから、可能なかぎりニュースを集めてみた。断片的な情報を耳にするうちに、人類がたいへんな災難に襲われているという印象が強まり、ただちに避難しなければならないと確信した。そして、婦人たちの説得にとりかかった。

「お金ならありますけど」そういって、すらりとした婦人はちょっとためらった。だが、弟と目が合うと、そのためらいも消えた。

「ぼくもです」弟はいった。

婦人は、ふたり合わせれば金貨が三十ポンドと五ポンド紙幣が一枚あるので、セント・オールバンズかニュー・バーネットで汽車に乗れるだろうと考えていた。だが弟は、汽車に乗ろうとするロンドン市民の狂乱ぶりを目の当たりにしていたので、それはまずむりだろうと思った。そこで、エセックスをつっきってハリッジへむかい、そこからこの国を脱出してはどうかと提案してみた。

ミセス・エルフィンストーンは——それが白服の婦人の名前だった——どれだけ説得されても聞く耳をもたず、ただ「ジョージ」と呼びつづけるだけだった。だが、義理の妹のミス・エルフィンストーンのほうは、おどろくほど冷静で思慮ぶかく、最後にはぼくの弟の意見に賛成した。こうして、三人はグレイト・ノース・ロードを、バーネットめざして進みはじめた。ポニーをなるべく疲れさせないために、弟は手綱をとって歩いた。日が高くなるにつれて、暑さがきつくなり、足の下では白い砂がぎらぎらとまばゆく光るようになったため、一行はごくゆっくりとしか進むことができなかった。生け垣はほこりをかぶって灰色になっていた。バーネットに近づくにつれて、騒々しいざわめきがどんどん大きくなった。

出会う人びとの数もしだいに増えてきた。たいていの場合、避難民はぼんやりと前方を見つめて、意味不明な質問をつぶやき、疲れ、やつれ、薄汚れていた。タキシード姿の男が、地面をにらんだまま、徒歩ですれちがっていった。叫び声がしたのでふりかえってみると、その男は片手で自分の髪をつかみ、反対の手で、目に見えないものを殴りつけていた。怒りの発作がおさまると、男はいちどもふりかえらずに先へと進んでいった。

バーネットの南で十字路にさしかかったとき、左手にひろがる野原を横切って、ひとりの女が道路に近づいてくるのを見かけた。幼児をひとり抱き、ほかにふたりのこどもを連れていた。そのあと、よごれた黒い服を着て、片手に太いステッキ、反対の手には小さな旅行かばんをもった男を見かけた。角を曲がって小道にはいると、街道と合流するあたりにならぶ住宅のあいだから、汗だくになったポニーに引かれて小型の馬車が走り出てきた。御者台には、ほこりで灰色になった山高帽をかぶった顔色の悪い若者がすわっていた。馬車のなかには、イースト・エンドの女子工員らしい娘が三人と、小さなこどもがふたり押しこめられていた。

「この道を行ったらエッジウェアへ出られるかい？」御者台の若者が血走った目で声をかけてきた。弟が左へ曲がりなさいと教えてやると、若者は礼もいわずに馬に鞭をくれた。

ふと見ると、薄い灰色の煙が、行く手にならぶ家々のあいだから立ちのぼり、その裏手にのびる道を越えたところにある高台の白い家並をかすませていた。前方の家々から、真っ青な空を背に赤い炎の舌がいくつも立ちあがっているのを見て、ミセス・エルフィンストーンが急に悲鳴をあげた。あの騒々しいざわめきは、たくさんの人声と、馬車のきしみと、たたみかけるようなひづめの音がごちゃまぜになっていたのだった。十字路から五十ヤードと進まないうちに、小道はぐっとカーブしていた。

「たいへん!」ミセス・エルフィンストーンが叫んだ。「あんな騒ぎのなかへ馬車を乗り入れるつもり?」

弟は足を止めた。

本街道は人であふれかえっていた。人間の急流が押しあいへしあいしながら北へと進んでいく。わきあがるほこりが太陽の光に白く輝き、地上から二十フィート以内にあるすべてのものを灰色にかすませていた。せかせかと足をはこぶ人と馬の群れや、あらゆる種類の乗物の車輪のおかげで、ほこりはおさまる暇がなかった。

「どけ!」あちこちで怒鳴り声がしていた。「道をあけろ!」

小道と街道との合流地点に近づくというのは、火事の煙のなかへ乗り入れるようなものだった。群衆は炎のような怒号をあげていたし、ほこりは熱くて刺激がきつかった。現実に、街道をすこし進んだところでは家が一軒燃えていて、道路を横切って流れる黒い煙の渦が混乱に拍車をかけていた。

ふたりの男が、弟たちの馬車を追い越していった。そのあとにつづいたほこりまみれの女は、重い荷物をかかえて泣きながら歩いていた。迷子の猟犬が、舌をだらりとたらして、おどおどしながら、馬車のまわりをうろついていたが、弟が一喝するとあわてて逃げていった。

右手にならぶ家々のあいだからのぞいたところでは、ロンドンのほうへのびる街道では、ほこりにまみれて足早に進む人びとが、道の両側にならぶ住宅に閉じこめられて騒々しい流れをかたちづくっていた。黒い頭がならぶ混沌《こんとん》としたかたまりは、曲がり角へむかって押し寄せてくるうちに個々の見分けがつくようになるのだが、せかせかと通過したあとは、ふたたび個々の特徴を失って遠ざかる群れへと一体化し、最後にはほこりの雲にのみこまれていた。

「行け！　止まるな！」叫び声があがっていた。「道をあけろ！　あけるんだ！」

だれもがまえにいる人の背中を手で押していた。弟はポニーの頭のわきに立っていたが、いやおうなく流れに引き寄せられて、一歩ずつゆっくりと小道を進みはじめた。

エッジウェアは混乱のきわみで、チョーク・ファームは喧噪《けんそう》のかたまりだったが、それはすべての住民が避難をはじめていたせいだった。まさに想像を絶する人数だった。ひとりひとりの個性は消えていた。人の群れが角のむこうを流れすぎ、小道にいる一団の人びとに背を見せて遠去かっていく。街道のへりのあたりでは、車列におびやかされながら歩いている人びとが、側溝に落ちたり、おたがいにぶつかりあったりしていた。

馬車の群れはほとんど切れ目なくならんでいたので、スピードの出る馬車をあやつるせっかちな連中は、わずかなすきまを見つけては、すばやくそこへ割りこんでいた。そのたびに、道ばたを歩いている人びとは、垣根にはりついたり住宅の門のなかへ逃げこんだりしなければならなかった。

「急げ！」怒鳴り声がした。「急ぐんだ！　やつらがやってくるぞ！」

二輪馬車のひとつで、救世軍の制服を着た盲目の男が立ちあがり、曲がった指をふりかざしながら、「神よ！　神よ！」と叫んでいた。しゃがれてはいたが、えらく大きな声で、姿がほこりのなかへ消えたあとも、声だけはずっとあとまで弟の耳に届いていた。馬車に押しこめられた人びとの様子もさまざまだった。やたらと馬に鞭をあててほかの御者《ぎょしゃ》と口げんかをしたり、じっと坐《すわ》りこんで悲しげな目で虚空を見つめたり、渇きのあまり自分の手をかじったり、疲れきって車の床に横たわったり。馬のくつわは泡だらけで、その目は赤く血走っていた。

辻《つじ》馬車、箱馬車、行商馬車、大型の荷馬車。とても数えきれなかった。なかには、郵便馬車や、〈セント・パンクラス教区会〉としるされた道路清掃車や、荒くれ男がぎっしり乗りこんだ材木運送用の大型馬車もまじっていた。醸造所の荷馬車の、左がわのふたつの車輪には、まだ新しい血のりがとびちっていた。

「道をあけろ!」口々に叫ぶ声がした。「道をあけるんだ!」

「神よ! 神よ!」街道のずっと先で、あいかわらず声が響いていた。

やつれて悲しげな顔をした、身なりのよい女たちがとぼとぼと歩いていた。泣いたりころんだりするこどもたちを引き連れ、上等な服をほこりまみれにして、疲れた顔に涙のあとをつけていた。多くは男連れだったが、いたわってもらえることもあれば、逆に手荒な仕打ちをうけることもあった。こうした人びとを押しのけるようにして、色あせた黒いぼろをまとった町の浮浪者たちが、目をぎょろつかせ、大声で悪態をつきながら歩いていた。たくましい労働者たちは人混みをかきわけて強引に進んでいた。見苦しい姿をしてはいるが、事務員か店員らしい服を着た男たちが、先へ進もうともがいていた。負傷した兵士もいたし、駅のポーターの制服を着た男たちもいた。ねまきの上にコートをはおっただけという、じつに哀れな恰好《かっこう》の男もいた。

これだけいろいろな種類の人びとが集まっていても、全員に共通していることもあった。だれもが、その顔に恐怖と苦痛をたたえ、背後にあるものをおそれていた。路上での騒ぎが、馬車の座席をめぐる争いが、人びとをせきたてていた。恐怖に打ちひしがれて膝《ひざ》から力が抜けてしまった男でさえ、あっというまに気力をとりもどし、新たな一歩を踏みだすのだった。熱気とほこりが早くもこの大群衆に影響をおよぼしはじめていた。肌はかさかさになり、唇はどす黒くなってひび割れていた。だれもが喉《のど》はからからで、疲れはて、靴ずれに苦しんでいた。さまざまな叫び声のあいだに、いいあらそう声や、非難の声や、苦しげなうめきがまじっていた。ほとんどの声はしゃがれて弱々しかった。それらすべてをとおして、ひとつのことばがくりかえされていた。

「どけ！　どけ！　火星人がやってくるぞ！」

立ち止まったり、流れからはずれようとしたりする者はほとんどいなかった。小道はななめに本街道へ行き当たっていて、合流する部分がせまくなっており、同じようにロンドンの方角から来ているような錯覚を起こさせた。しかも、合流点では人の流れが渦のようになっていた。弱い者は流れから押しだされてしまうのだが、その大半は、ひと休みしたあと、すぐにまた流れに突進していった。小道をすこし行った先で、脚をむきだしにして、血だらけのぼろ服に身をつつんだ男が、ふたりの友人の介抱を受けていた。友人がいただけでも幸運だろう。

白髪まじりの軍人ふうの口ひげをたくわえ、うすよごれた黒いフロックコートをはおった小柄な老人が、足を引きずりながら流れを離れて、弟たちの二輪馬車のわきに腰をおろし、靴をぬいで——靴下が血に染まっていた——なかにはいっていた小石をふり出し、またよたよたと歩きだした。かと思うと、ひとりきりで歩いていた八歳か九歳くらいの少女が、すぐそばの生け垣の下に身を投げだして、しくしくと泣きだした。

「もう歩けない！　ぜったい歩けない！」

おどろきに茫然《ぼうぜん》としていた弟は、その少女を抱きあげて、やさしく声をかけながら、ミス・エルフィンストーンのところまで連れていった。弟に抱きあげられたとたん、少女はおびえたように黙りこんでしまった。

「エレン！」群衆のなかで、ひとりの女が涙声で呼びかけていた。「エレン！」

するとと、少女が急に駆けだして、叫んだ。「おかあさん！」

「やつらがやってくるぞ」そういって、馬にのった男が小道をとおりすぎていった。

「どけ、道をあけろ！」御者台で立ちあがった男が怒鳴った。一台の箱馬車が曲がって小道へとびこんできた。

馬を避けようとした人びとが折りかさなって倒れた。弟が自分のポニーと馬車を生け垣のなかへ押しもどすと、箱馬車がすぐそばをとおりすぎていき、道がカーブしているあたりで止まった。それは四輪馬車で、二頭引き用のポールをそなえていたが、馬は一頭だけだった。弟がほこりをすかしてながめていると、ふたりの男が、白い担架でなにかを運びだし、イボタノキの生け垣の根もとで草の上にそっと横たえた。

そのうちのひとりが弟のところへ走ってきた。

「どこかに水はありませんか？　死にかけている者がいて、ひどく喉の渇きを訴えているんです。ガリック卿《きょう》なんです」

「ガリック卿！」弟はいった。「最高裁判所長の？」

「水は？」男はくりかえした。

「そこらへんの家に水道の蛇口があるかもしれない。水筒はないんだ。連れを置き去りにするわけにはいかないし」

男は人混みをかきわけて、角の家の門へとむかった。

「止まるな！」人びとが男を押しやった。「やつらがやってくるぞ！　進め！」

そのとき、弟はべつのものに注意をひかれた。タカのように鋭い顔にあごひげをたくわえた男が、小さな手提げかばんを手にしていたのだが、そのかばんが弟の目のまえでびりっと破れて、ソヴリン金貨がどっと流れだし、地面に落ちると同時にばらばらに散らばったのだ。金貨は押しあいへしあいしている人や馬の足もとにころがった。かばんの持ち主が足を止めて、ばかみたいに金貨の山を見つめていたら、一台の辻馬車のながえがその肩にぶつかり、男をよろめかせた。男は悲鳴をあげてさっと身を引き、馬車の車輪はあやういところで男をかすめすぎていった。

「どけ！」男のまわりの人びとがいっせいに怒鳴った。「道をあけろ！」

馬車が走りすぎるやいなや、男は両手をひろげて金貨の山に身を投げ、手づかみでポケットへ押しこみはじめた。一頭の馬が男のすぐ背後へ迫ってきて、つぎの瞬間、立ちあがりかけた男をそのひづめの下敷きにした。

「止まれ!」弟は叫び、じゃまな女を突きとばして、馬のくつわをつかまえようとした。

弟が馬をつかまえるより先に、車輪の下から悲鳴があがった。砂ぼこりをとおして、輪縁が哀れな男の背中を乗り越えていくのが見えた。馬車を御していた男は、馬車のうしろへまわりこもうとした弟にむかって鞭《むち》をふるった。おびただしい怒鳴り声で頭がくらくらした。轢《ひ》かれた男は、散乱した金貨のなかでもがいていたが、立ちあがることはできなかった。車輪で背骨を折られたために、両脚がぐったりと力を失っていた。弟が立ちあがって、うしろにつづいていた馬車に声をかけると、黒い馬に乗った男が手を貸そうと近づいてきた。

「この男を道からどけるんだ」弟は、あいているほうの手で男の襟をつかみ、そのまま道ばたへ引きずっていった。だが、男はまだ金貨をかき集めようとしていて、弟をきっとにらみつけたかと思うと、金貨を握った手で弟の腕をひっぱたいた。

「進め。進むんだ!」背後の群衆が口々に叫んだ。「どけ! 道をあけろ!」

ガシャンという音がして、あとからきた四輪馬車が、馬上の男が止めた荷馬車にぶつかった。弟が顔をあげると、金貨を握りしめた男は、首をねじまげて、襟をつかんでいる弟の手首にかみついた。激しい衝突に、黒い馬はよろよろと道ばたへ寄り、荷馬車の馬がそのとなりへ押しつけられた。弟は、馬のひづめであやうく足を踏みつぶされそうになった。倒れた男をつかんでいた手をはなして、さっととびのいた。地面に横たわった哀れな男の表情が、怒りから恐怖へと変わり、つぎの瞬間、男の姿は馬車の下に消えた。弟はうしろむきに押しやられ、小道の入口の先まではこばれてしまい、流れにさからって引き返すのはひと苦労だった。

ミス・エルフィンストーンは目をおおっていたが、そばにいた小さなこどもは——こどもだけに同情心というものが欠如しているらしく——目を大きく見ひらき、ぴくりともせずに横たわった黒いものが、つぎつぎとやってくる車輪の下でつぶされていくのを見つめていた。

「引き返しましょう！」弟は大声でいって、ポニーのむきを変えようとした。「とても横切れません——こんな地獄は」

こうして、弟たちはいまきた道を百ヤードほど引き返し、群衆のもみあいが見えないところまでたどり着いた。小道のカーブを曲がったとき、弟は、イボタノキの生け垣の下で死にかけている男の顔を見た。真っ白な顔はげっそりとやつれ、汗で光っていた。ふたりの婦人はじっと黙りこみ、馬車の座席でうずくまったまま体をふるわせていた。

カーブをすぎたところで、弟はまた馬車を止めた。ミス・エルフィンストーンはすっかり青ざめていた。その義理の姉は、激しく泣きじゃくるばかりで、「ジョージ」と呼びかける元気さえなくしていた。弟も怯《おび》え、途方に暮れていた。こうして引き返してみると、なにがなんでもあの街道を横切らなければならないということがよくわかった。弟はミス・エルフィンストーンをふりむき、決意をあらわにした。

「あそこを突破するしかありません」そういって、弟はふたたびポニーのむきを変えた。

このときもまた、ミス・エルフィンストーンはその勇気を証明した。人の激流へ強引に割りこむために、弟が往来のなかへとびこんで一頭の馬車馬をおさえつけ、そのあいだに、彼女がポニーをせきたてて流れへつっこませた。大型馬車は一瞬だけブレーキをかけ、弟たちの二輪馬車からは長い板が裂けてとんだ。つぎの瞬間、二輪馬車は流れにのまれて先へと押しやられていた。弟は、顔や両手に御者《ぎょしゃ》から鞭で叩《たた》かれた赤いあざをつけたまま、大急ぎで二輪馬車に乗りこみ、ミス・エルフィンストーンから手綱を受けとった。

「うしろの男がひどくせきたてたりしたら」そういって、弟は拳銃《けんじゅう》をわたした。「こいつを突きつけてやってください。いや！　狙うのは馬のほうですよ」

それから弟は、流れを横切って街道の右側へ出るチャンスをうかがった。だが、いったん流れにのってしまうと、自分の意志を失って、ほこりまみれの群衆と一体化してしまったような気がしてきた。二輪馬車はそのままチッピング・バーネットを抜け、町の中心から一マイル近く離れたところで、悪戦苦闘しながらようやく街道のむこう側へ出た。ことばにしようがないほどの喧噪《けんそう》と混乱だった。とはいえ、この町のあたりには分かれ道がいくつもあって、それがいくらか混雑をやわらげてくれた。

馬車は東へむかってハドリーを通過した。その町の道路の両側でも、もっと先のほかの場所でも、大勢の人びとが小川で水を飲んでいるのを見かけた。なかには、水辺に出ようとして争っている者もいた。さらに進んで、イースト・バーネットに近づいたとき、二本の列車がつらなって、信号も合図もなしにゆっくりと走っているのが見えた。客車に人を満載し、機関車のうしろの石炭車にまで人をのせたまま、グレイト・ノーザン鉄道の線路を北へとむかっていた。

弟は、その列車はロンドンの郊外で客をのせたのだろうと思った。というのも、そのころのロンドン市内の各駅は、恐怖に駆られた群衆のせいで使用不能におちいっていたからだ。

そのあたりで、一行は午後の残りを休息にあてることにした。なにしろたいへんな一日だっただけに、三人ともすっかり疲れきっていたのだ。空腹もつらくなってきた。夜の空気は冷たく、だれも眠ることができなかった。夜がふけても、三人が馬車をとめた場所の近くにのびる道を、たくさんの人びとが急ぎ足でとおりすぎていった。行く手に待つ未知の危険からのがれようとして、弟たちがやってきた方角へむかっていくのだった。

17 〈サンダー・チャイルド〉

火星人の目的が破壊だけにあったのだとしたら、月曜日にロンドンの全市民を抹殺していたかもしれない。市民たちは、みずからゆっくりと周辺の田園地帯へ拡散していった。バーネットをとおる道路だけでなく、エッジウェアやウォルサム・アビーをとおる道路、東ならサウスエンドやシューベリー岬、南ならテムズ川を越えてディールやブロードステアズへむかう道路など、いずれも混乱した避難民の群れであふれかえっていた。あの六月の朝、もしも気球にのってロンドン上空の真っ青な空へ舞いあがったなら、迷路のような市内の通りから北と東へむかうすべての街道は、流れだしていく避難民によって黒い点描画となっていたことだろう。流れのなかの黒点のひとつひとつが、恐怖と肉体の痛みに苦しむ人間をあらわしていたのだ。まえの章で、チッピング・バーネットを抜ける街道の様子を、弟の視点から長々と説明したのは、読者のみなさんに、そうした黒点の群れが、なかにいるひとつの点からどんなふうに見えたかを知ってもらいたかったからだ。この世界の歴史上、これほど膨大な数の人間がいっしょに移動をして苦しみをわかちあったことはいちどもなかった。あの伝説的なゴート族にしても、アジア史上最大の軍隊であるフン族にしても、この流れのなかでは一滴のしずくにすぎなかったはずだ。しかも、それは統制のとれた進軍ではなかった。秩序も目的もない、とてつもなく大規模な敗走だった。六百万の人びとが、武器も食料ももたず、やみくもに走りだしたのだ。それは文明の没落のはじまりであり、人類の大虐殺のはじまりだった。

気球から真下を見おろせば、網の目のような街路、家、教会、広場、庭園――どれもすでに放棄されていた――が、巨大な地図のようにひろがり、南の方角に〝黒いしみ〟がついているのがわかっただろう。イーリング、リッチモンド、ウィンブルドンのあたりも、ばかでかいペンが黒いインクをはねとばしたように見えたはずだ。その黒いしみのひとつひとつが着実に大きさを増して、あちらこちらに支脈をのばし、地面が盛りあがったところでせき止められたり、すみやかに頂きを越えて新たな谷間へ流れこんだりしているのだ。ちょうど、インクのしずくが吸い取り紙の上でじんわりとひろがっていくように。

さらに、テムズ川の南に青々と盛りあがる丘陵地では、きらきらと輝く火星人たちがあちこち歩きまわって、静かに、入念に毒ガスの雲をひろげていた。目的を達したあとは、蒸気を吹きつけてガスを沈下させ、制圧した地域をわがものとする。火星人の目的は、人類を絶滅させることではなく、士気をくじき、抵抗するものを排除することにあるようだった。火薬の貯蔵庫はひとつ残らず爆破し、電線は切断し、鉄道網はあちこちで分断する。火星人は人類を骨抜きにしようとしていた。急いで行動範囲を拡大するつもりはないらしく、その日はずっとロンドンの中心部から離れようとしなかった。月曜日の午前中には、かなりの数のロンドン市民が、まだ自分の家を捨てられずにいた可能性がある。黒煙によって自宅で窒息死した者も多かったはずだ。

正午近くになるまで、ロンドン・ブリッジのすぐ下流にある〝プール〟では、おどろくべき光景がくりひろげられた。避難民が差しだす巨額の金に誘われて、蒸気船などあらゆる種類の船舶がそこに集まっていた。こうした船舶に泳いで乗りこもうとした人びとは、鉤竿《かぎざお》で突き放されて溺《おぼ》れ死んだといわれている。午後一時ごろ、うすれかけた黒いガスのなごりが、ブラックフライアーズ・ブリッジの橋げたのあいだから流れだした。これによって〝プール〟は大混乱におちいり、あちこちで争いや衝突が起こった。しばらくのあいだ、多数のボートやはしけがタワー・ブリッジの北側の橋げたのところでひしめきあうことになったため、水夫やはしけの船頭は、川岸から泳ぎよってくる人びとを必死になって阻止しなければならなかった。上から橋脚をつたっておりてくる連中までいたのだ。

一時間後、火星人がビッグベン時計台のむこうに姿をあらわして川のなかを歩きだした。ライムハウスより上流にうかんでいたのは、難破船の残骸《ざんがい》だけだった。

第五の円筒の落下については、いずれくわしく語らなければならない。六番目の流れ星が落ちたのはウィンブルドンだった。ぼくの弟は、二輪馬車を牧草地に乗り入れ、婦人たちのかたわらで見張りをしていたときに、丘のむこうで緑色の光がひらめくのを見た。火曜日、この小人数の一行は、海をわたるという希望を捨てずに、人であふれた田園地帯をコルチェスターの方角へ進んだ。火星人がロンドンを征服したというニュースが確認された。火星人たちの姿は、ハイゲイトでも、それどころかニースデンでも目撃されていた。だが、弟の視界のなかにあらわれたのは、その翌日のことだった。

その日は、各地へ散らばった群衆が、早急に食料が必要だと気づきはじめていた。空腹感が強まるにつれて、所有権が尊重されることはなくなった。農夫たちは、家畜小屋、穀物倉、熟した根菜作物などを盗難からまもるために、武器を手にとった。このころには、ぼくの弟と同じように、多くの人びとが東へむかおうとしていた。なかには、やけになってロンドンへ食料を取りにもどる連中もいた。これはおもに、黒煙を身近に体験したことがない、ロンドンの北部から逃げてきた人びとだった。聞くところによると、政府職員の半数ほどがすでにバーミンガムに集結していて、中部地方《ミッドランド》の各州に地雷を敷設するために、莫大《ばくだい》な量の高性能爆薬を用意しようとしているとのことだった。

ほかにも、ミッドランド鉄道が、最初の日のパニックで逃げてしまった職員を補充して運転を再開したという話が伝わってきた。セント・オールバンズから北へ列車を走らせて、各地の混雑をすこしでも緩和させようというのだ。チッピング・オンガーで張りだされた掲示によれば、北部の町には小麦粉がたっぷりと貯蔵されているので、二十四時間以内に、近隣の飢えた人びとを対象としてパンの配給がおこなわれるとのことだった。だが、こうした情報があっても、弟たちは国外脱出を思いとどまることはなく、その日はずっと東へむかって進みつづけた。その後、パンの配給について新しい情報を耳にすることはなかった。それどころか、ほかのだれもくわしい話は聞いていなかったのだ。その夜、第七の流れ星がプリムローズ・ヒルに落下した。ミス・エルフィンストーンは、ぼくの弟と交代して見張りに立っていて、たまたまそれを目撃した。

水曜日、まだ実りきらぬ小麦畑で夜をすごした三人の避難民は、チェルムスフォードまで到達した。そこには公的配給委員会と名乗る住民組織があって、ポニーは食料として没収されてしまったのだが、食料の配給を約束してもらえただけで、翌日になっても、ほかにはなんの代償も得られなかった。エッピングに火星人があらわれたという噂も流れていた。侵略者を倒すためにウォルサム・アビーの火薬庫を爆破したが、失敗に終わったとのことだった。

ここの人びとは、教会の塔の上から火星人たちの動きを見張っていた。弟にとって幸運だったのは、三人ともひどく空腹だったにもかかわらず、食料の配給を待ったりせず、そのまま海岸へ直行したことだった。正午にはティリンガムを通過した。そこはふしぎなほど静かで、ここそこと食べ物をあさっている連中をべつにすると、まったく人けがなかった。ティリンガムの近くまでくると急に海が見えてきて、そこには、およそ想像できるあらゆる種類の船が、おどろくほどたくさん集まっていた。

テムズ川をさかのぼるのが不可能になってしまってからは、ありとあらゆる船が、エセックスの海岸、ハリッジやウォールトンやクラクトン、もっとあとにはファウルネスやシューベリーに集結して、客をはこぼうとしていたのだった。それらの船舶は、鎌のかたちの大きな曲線を描いて停泊しており、端はネイズ岬の方角へずっとのびて霧のなかに消えていた。浜辺の近くには、イングランド、スコットランド、フランス、オランダ、スウェーデンから集まってきた無数の小型漁船がならんでいた。テムズ川からやってきた小蒸気船も、ヨットも、電動機船もあった。そのむこうに見えるのは、大型の貨物船、たくさんのきたならしい石炭船、小ぎれいな商船、家畜船、旅客船、石油タンカー、遠洋不定期船、さらには、むかしながらの白塗りの輸送船、サウサンプトンやハンブルクからやってきた白と灰色の定期船。ブラックウォーター川を越えたむこうの青い海岸線へ目をやると、ひしめきあう小船の群れが、浜辺にいる人びとと値段の交渉をしているのがぼんやりと見てとれた。それは、ブラックウォーター川に沿ってモールドンの近くまでつづいていた。

二マイルほど沖合に、海中深く沈みこんだ装甲艦が停泊していた。弟の目には、まるで浸水した船のように見えたという。それが、艦首に衝角をつけた軍艦〈サンダー・チャイルド〉だった。見える範囲には、軍艦はそれ一隻しかいなかったが、おだやかな海面――その日は大凪《おおなぎ》だった――に沿ってずっと右のほうへ目をむけると、蛇のような黒い煙が見えたので、海峡艦隊のべつの装甲艦が待機しているはずだった。火星人の侵攻が進んでいたあいだ、艦隊はテムズの河口に展開し、蒸気をあげて戦闘準備をととのえていたのだが、敵を阻止するにはあまりにも無力だった。

海を見たとたん、ミセス・エルフィンストーンは、義理の妹がだいじょうぶだと請け合ったにもかかわらず、パニックに襲われてしまった。それまでいちどもイギリスを離れたことがなかったので、友人もいない外国で自分だけをたよりに暮らすくらいなら、ここで死んだほうがましだというのだった。この気の毒な婦人は、フランス人も火星人も結局は似たようなものだと思いこんでいるようだった。この二日間にわたる旅のあいだに、彼女はだんだん感情をおさえられなくなって、恐怖に怯《おび》え、意気消沈していた。とにかくスタンモアにもどりたくてしかたがなかったのだ。スタンモアでは、なんの問題もなく安全に暮らすことができた。スタンモアでは夫のジョージと再会できるはずだった。

弟たちはたいへんな苦労をしてミセス・エルフィンストーンを浜辺まで連れていき、そこで、テムズ川からやってきた外輪船の水夫たちの注意をひくことに成功した。ボートで浜辺へやってきた水夫たちは、三人ぶんの料金として三十六ポンドを要求した。その蒸気船はベルギーのオーステンデへむかうとのことだった。

弟が舷門《げんもん》で料金を支払い、婦人たちをつれてぶじに乗船したときには、午後二時近くになっていた。法外な料金だったとはいえ、船内には食料があったので、三人は前方の座席でなんとか食事にありつくことができた。

船内にはすでに四十人ほどの乗客がいて、なかには乗船するためにあり金をはたいた者もいたのだが、船長は午後五時までブラックウォーター川の沖合に船を停泊させて、乗客用の甲板が危険なほどいっぱいになるまで客をひろいつづけた。おそらく、まだまだ踏みとどまりたかったのだろうが、そのころに、南のほうで砲声がとどろきはじめた。すると、それにこたえるかのように、海上の装甲艦が小口径の砲を発射して、ひとつらなりの旗をかかげた。ならんだ煙突からいっせいに煙が噴きだした。

砲声はシューベリー岬から聞こえているのだという乗客もいたが、気がつくと、その音はだんだんと大きくなっていた。同時に、はるか東南の水平線から、三隻の装甲艦のマストと上部構造がつぎつぎと姿をあらわし、その上空に黒い煙をたなびかせた。だが弟は、南から聞こえる砲声にすばやく注意をもどした。遠い灰色のかすみのむこうで、ひとすじの煙が空へ立ちのぼるのが見えたような気がした。

小さな蒸気船は、大きな三日月形を描いて停泊している船舶の群れを離れ、バシャバシャと東へ進んでいた。エセックスの海岸が青くかすみはじめたそのとき、火星人があらわれた。距離が遠かったので、小さくぼんやりとしか見えなかったが、ファウルネスの方角からぬかるんだ浜辺をやってきたようだった。船橋にいた船長は、恐怖と、出航を遅らせた自分に対する怒りで、声をかぎりに悪態をついた。船の外輪までその恐怖に感染したかのようだった。乗客はいっせいに舷側や座席の上でのびあがり、はるか遠方の姿を見つめた。それは内陸の木々や教会の塔よりも高くそびえ、人間のような足どりでゆっくりと前進していた。

弟が火星人を目にしたのはこのときが最初だった。恐怖というよりも、おどろきを胸に見つめているうちに、この巨人は、ならんだ船舶のほうへ慎重に近づき、海岸を離れてずんずん水のなかへはいりこんできた。すると、クラウチ川のはるかむこうに、もう一体の火星人があらわれ、こぶりの木々をひとまたぎにしてこちらへむかってきた。またべつの一体は、さらに遠いところで、海と空との中間に浮いているように見えるぴかぴかの干潟《ひがた》を、泥に深く沈みながら歩いていた。どれもが海をめざして進んでくるので、ファウルネスとネイズ岬のあいだに集まった船舶が脱出するのを阻止しようとしているかのようだった。小型の外輪船はエンジンを激しくあえがせ、背後に白い泡をかき立てていたが、あのぶきみな連中の進む速さと比べると、いやになるほど船足は遅かった。

西北の方角へ目をむけると、大きく三日月形にならんだ船舶の群れが、迫りくる恐怖をまえにもがき苦しんでいた。ある船はほかの船の背後に隠れ、ある船はあわてて回頭し、蒸気船は汽笛を鳴らして蒸気を吐きだし、帆船は帆をいっぱいにはり、ランチはあちらへこちらへと走りまわった。その光景と、左手から迫ってくる危険とに気をとられて、弟は沖のほうへはまったく目をむけなかった。そのとき、蒸気船が急激な動きをみせて(衝突を避けるために急転回したのだ)、弟は立っていた座席からまっさかさまに投げだされた。周囲で叫び声がして、足が踏み鳴らされ、歓声があがると、それにこたえる声がかすかに聞こえたような気がした。船体が大きくかしぎ、弟はごろりと体をまわして四つんばいになった。

急いで立ちあがって右舷を見ると、ぐらぐらとゆれる船体から百ヤードと離れていないところを、鋤《すき》の刃のように先がとがった鋼鉄の巨体が水を切り裂いて突進し、船体の両側に大きな白波を蹴立《けた》てていった。弟の船はその大波に押されて、外輪をむなしく空中に泳がせ、甲板を水面すれすれまで沈みこませた。

激しい水しぶきで、一瞬なにも見えなくなった。ふたたび視野がひらけたとき、その怪物は弟の船のそばを通過し、陸地めがけて突進していた。このむこうみずな軍艦は、巨大な鋼鉄の上甲板をそなえ、そこから突きだす二本の煙突から、炎がまじる煙をもくもくと噴きだしていた。衝角駆逐艦〈サンダー・チャイルド〉が、危機におちいった船舶の群れを救うために駆けつけたのだ。

激しくゆれる甲板で手すりをつかんで踏んばりながら、突進する巨大な軍艦のむこうに目をやると、三体の火星人はいまやひとかたまりになって、三本脚がほとんど水中に没するまで海のなかへはいりこんでいた。そんなふうに沈んだ姿を遠くからながめていると、蹴立てた波で近くの船を激しくゆらしながら突進する鋼鉄の軍艦のほうがはるかに強そうに見えた。火星人たちは、この新たな敵をおどろきの目でながめているようだった。ひょっとすると、自分たちの同類に見えたのかもしれない。〈サンダー・チャイルド〉は発砲せずに、ただ全速力で突進していった。そんなふうに火星人に接近できたのは、いちども砲門をひらかなかったからだろう。火星人はこの軍艦にどう対処すればいいかわからなかったのだ。一発でも大砲を発射していたら、あの熱線でたちまち海底へ沈められていただろう。

〈サンダー・チャイルド〉は猛スピードで突進し、あっというまに弟が乗った船と火星人たちとの中間点まで達した。左右にひろがるエセックスの海岸にむかって、その黒い巨体はどんどん小さくなっていった。

突然、先頭の火星人がチューブを低くかまえ、装甲艦にむかって、黒いガスのはいった弾頭を発射した。弾頭が装甲艦の左舷をかすめると、噴きだした黒煙が渦を巻いて沖のほうへもうもうとひろがり、そのなかから、装甲艦がふたたび姿をあらわした。外輪船の人びとから見ると、位置が低く、しかも太陽の光がまぶしかったので、装甲艦はすでに火星人のあいだに突入しているように思われた。

火星人たちは、ばらばらにわかれて海岸へと退却をはじめ、ひょろりとした姿を水面にあらわした。そのうちの一体が、カメラに似た熱線の発射装置を斜め下にむけると、海面から蒸気の雲がわきあがった。白熱した鉄の棒が紙を突き抜けるように、熱線が装甲艦の舷側を貫通したにちがいなかった。

わきあがる蒸気のなかで炎がひらめき、火星人がぐらりとよろめいた。つぎの瞬間、巨体がばったりと倒れて、大量の水と蒸気が高々と舞いあがった。〈サンダー・チャイルド〉の砲声が、蒸気をつらぬいて立て続けにとどろいた。一発の砲弾が、弟が乗っていた船のすぐ近くで跳ねて水しぶきをあげ、北へ逃げていくほかの船のほうへ飛んでいって、一隻の漁船をこっぱみじんにした。

だが、それに気をとられるものはいなかった。火星人が倒れたのを見て、船橋にいる船長がことばにならない叫び声をあげ、船尾に群がる乗客たちもいっせいに歓声をあげた。それから、もういちど大きな声があがった。わきたつ白い蒸気のむこうに、長くて黒い物体があらわれたのだ。その中央部は炎につつまれ、通風筒と煙突は火を吐きだしていた。〈サンダー・チャイルド〉はまだ生きていた。操舵《そうだ》装置はぶじらしく、機関も動いていた。船がまっしぐらに第二の火星人をめざし、あと百ヤードの距離まで迫ったとき、熱線が発射された。すさまじい轟音《ごうおん》と、目もくらむ閃光《せんこう》とともに、甲板が、煙突が、跳ねあがった。爆発のあまりの激しさに、火星人の体がぐらりとよろめいた。勢いのついていた船の残骸は、そのまま火を噴きながら突進して、火星人に激突し、紙細工かなにかのように押しつぶした。弟はわれを忘れて叫んだ。わきあがった蒸気が、またもやすべてをおおい隠した。

「これでふたつだ!」船長が怒鳴った。

だれもが声を張りあげていた。船全体が興奮したよろこびの声でわきたっていた。はじめは一隻からはじまった歓声は、やがて、沖をめざして疾走する船団すべてにひろがっていった。

蒸気は長いあいだ海上にただよって、第三の火星人と海岸を隠していた。そのあいだずっと、外輪船は沖をめざして着実に進み、戦場から離れていった。ようやく視界が晴れたとき、ただよう黒いガスのむこうには、すでに〈サンダー・チャイルド〉の姿はなく、第三の火星人も見当たらなかった。だが、沖合にいた艦隊はすぐそばまで迫っていて、外輪船とすれちがって岸辺へと進軍していった。

弟を乗せた外輪船は海をめざして走りつづけ、装甲艦はゆっくりと海岸へむかった。そのあたりはまだ、白い蒸気と黒いガスが奇妙な渦を描いてまじりあった大理石模様のかすみにおおわれていた。避難民の船団は北東へと散らばっていった。艦隊と外輪船とのあいだには、帆走する小型漁船が何隻か見えた。艦隊のほうは、沈下する雲に達するまえに北へ進路を変えたかと思うと、また急に回頭して、しだいに濃さを増す夕もやのなかを南へと消えていった。海岸もだんだんとかすんで、ついには、沈みゆく太陽を取り巻く低い雲の層と見分けがつかなくなった。

そのとき突然、落日の金色のもやのなかから砲声がとどろいた。黒い影が動いていた。船内の人びとは、われ先に甲板の手すりにとりついて、溶鉱炉のように輝く西の空へ目をこらしたが、なにひとつはっきりとは見分けがつかなかった。煙が斜めに立ちのぼり、太陽の顔に線をひいた。外輪船は、果てしない不安につつまれたまま、ごとごとと進んでいった。

太陽が灰色の雲のなかへ沈み、夕焼け空が暗さを増すと、宵の明星がまたたきはじめた。夜の闇が迫るころ、船長が大声で叫んで空を指さした。弟は目をこらした。灰色の夕闇のなかから、なにかが空へ飛びだした。それはすごい速さで斜めに上昇し、明るく澄みわたった、西の空にかかる雲の上までのぼっていった。平らで、幅のひろい、巨大な物体が、大きな曲線を描いて旋回し、しだいに小さくなって、ゆっくりと降下し、謎めいた灰色の夕闇のなかへふたたび姿を消した。それは、飛びながら地上に闇をふらせていた。

第II部　火星人に支配された地球

1　足の下で

第一部では、弟の体験について語るために、ぼく自身の冒険談からだいぶ横道にそれてしまった。最後の二章のできごとが起きていたあいだ、ぼくと副牧師は、黒煙を避けて逃げこんだハリフォードの空き家にずっと身をひそめていた。そこから話をつづけるとしよう。ぼくたちふたりは、日曜日の夜とつぎの日いっぱい——あの大パニックの日——黒煙によって外界から切り離されたまま、この小さな日だまりの孤島にとどまっていなければならなかった。うんざりする二日間、もどかしさに胸を痛めながら、じっと待つことしかできなかった。

ぼくは妻のことが心配でたまらなかった。レザーヘッドで、恐怖におののき、危険にさらされながら、ぼくが死んだと思ってなげき悲しんでいるにちがいなかった。ぼくは部屋のなかをうろうろと歩きまわり、妻からどれほど離れているかを、自分がいないところで妻の身にどんなことが起きているかを考えては、大声でわめきたてた。ぼくのいとこは、どんな危難のときでも充分に勇敢なのだが、危険をすばやく察知していちはやく行動を起こすようなタイプではなかった。いま必要なのは勇気ではなく、慎重さだった。唯一の慰めは、火星人たちがロンドンへむかっていて、妻から遠ざかっているということだった。こういう漠然とした不安は、人の心をぴりぴりさせ、苦しめる。副牧師があいかわらず唐突にわめきはじめるのも、ぼくのいらだちを強めた。そのひとりよがりな絶望は見ているだけでうんざりした。何度も黙ってくれといったのだが、効果がなかったので、そばに近寄らないようにして、ひとりで部屋に閉じこもった。そこはこども部屋だったらしく、地球儀や習字帳が置いてあった。副牧師はそこにもついてきたので、ぼくは屋根裏の納戸へのがれ、ひとり静かになげいていられるように、鍵《かぎ》をかけてしまった。

その日からつぎの日の朝まで、ぼくたちはなすすべもなく黒煙に閉じこめられていた。日曜日の夕暮れどきに、となりの家に人の気配があった。窓に顔がのぞいて、光が動きまわり、そのあと、ドアがばたんと閉まったのだ。だが、それがどういう人たちで、その後どうなったかについてはなにもわからない。翌日は、まったく人影は見かけなかった。黒煙は、月曜日の午前中はずっと川へむかって流れてきて、じわじわとぼくたちのほうへ近づき、とうとう、隠れ家のおもての道路にまで達した。

正午ごろに、一体の火星人が野原を横切って姿をあらわし、超高温の蒸気を吹きつけて黒煙を沈下させた。蒸気は激しく壁にあたり、窓を打ち破って、おもて側の部屋から逃げだそうとした副牧師の腕をやけどさせた。それがすむと、ぼくたちはびしょぬれになった部屋をとおりぬけて外をのぞいてみた。北のほうの大地は、真っ黒な吹雪にでも襲われたような状態だった。川のほうへ目をむけると、おどろいたことに、焼け焦げた牧草地の黒い色に、なんだかわからない赤い色が入り混じっていた。

はじめは、こうした変化がぼくたちにどんな影響をおよぼすのかよくわからなかったが、おそるべき黒煙から解放されたことだけはたしかだった。しばらくたつと、もはや黒煙に閉じこめられているわけではなく、ここを出られるかもしれないということがわかってきた。脱出の道がひらけたことに気づくやいなや、行動を起こそうという気持ちがよみがえってきた。だが、副牧師はあいかわらず無気力で、常軌を逸していた。

「ここにいれば安全だ」副牧師はくりかえした。「ここなら安全だ」

ぼくは副牧師を置き去りにしようと決心した——やむをえないではないか！　以前に砲兵に教えられたとおり、まずは食料と飲みものをさがした。やけどの手当てのために油とぼろ布を用意し、寝室のひとつにあった帽子とフランネルのシャツを身につけた。ぼくがひとりで出かけようとしている——つまり、連れを見捨てる決心をした——ことに気づくと、副牧師は急に目がさめたようだった。午後のあいだはずっとおとなしくしていて、五時になったところで出発し、ぼくの独断で、黒焦げになった道をサンベリーへとむかった。

途中の街道でもサンベリーの町でも、ねじくれた姿の死体があちこちに横たわっていた。人だけではなく馬も倒れていたし、ひっくりかえった馬車も、放置された荷物も、なにもかもが真っ黒な塵《ちり》に厚くおおわれていた。そうした死の灰を見ていたら、以前に読んだポンペイの悲劇のことが思いだされた。ハンプトン・コートまではなにごともなくたどり着いたが、あまりにも異様な光景ばかりがつづいていたので、そのハンプトン・コートで、あらゆるものを窒息させる黒煙をまぬがれた緑の植物がわずかに残っているのを見つけたときは、心が洗われる思いだった。トウィッケナムをめざしてブッシー・パークにはいると、シカがクリの木の下を歩きまわっていて、遠くのほうにはハンプトンの方角へ急ぐ何人かの男女の姿があった。人間を見かけたのはこのときがはじめてだった。

街道をはずれたハムやピーターシャムのむこうでは、まだ森が燃えていた。トウィッケナムは、熱線にも黒煙にも傷つけられていなかったので、さらに大勢の人びとがいたが、新しい情報はなにも聞けなかった。ほとんどの人びとは、ぼくたちと同じように、この戦闘の小休止を利用して、より安全な場所へ避難しようとしていた。それでも、かなりの数の家に、恐怖のあまり逃げだすこともできない住人がとどまっているようだった。ここでも、道路沿いには避難民が大急ぎでとおりすぎていった痕跡《こんせき》が残っていた。なかでも印象が強かったのは、三台まとめて押しつぶされた自転車が、あとからやってきた馬車の群れによって路面にふかくめりこんでいた様子だった。八時半ごろにリッチモンド橋をわたった。もちろん、身を隠す場所がないから大急ぎでわたったのだが、川面へ目をやると、ものによっては何フィートもの長さがあるたくさんの赤いかたまりが、ぷかぷかと流れていた。じっくり見ている暇がなかったので、それがなんなのかはわからなかったが、ぼくは必要以上におそろしいものを想像していた。ここでも、サリー側は、もとは黒煙だった黒い塵でおおわれていて、あちこちに死体がころがっていた。駅の近くでは山積みになっていたほどだ。しかし、バーンズにむかってしばらく歩いても、火星人の姿を見かけることはなかった。

遠い焼け野原で、三つの人影がわき道から川へむかって走っていくのが見えたが、それ以外に人の姿はなかった。丘の上ではリッチモンドの町が燃えつづけていた。町の外には黒煙の痕跡はなかった。

キューに近づいたとき、急に大勢の人びとが走ってきて、百ヤードとはなれていない家の屋根のむこうに、火星人の戦闘機械がぬっと姿をあらわした。ぼくと副牧師はぎょっとして立ち止まった。あのとき火星人がこちらを見おろしていたら、それで一巻の終わりだったろう。あまりの恐怖に、とても先へ進めなくなったので、すぐそばの家にとびこんで庭の納屋に身を隠した。副牧師はうずくまり、声も立てずに泣きはじめて、もはや動こうとしなかった。

ぼくのほうは、なんとしてもレザーヘッドへたどり着かなければならなかったので、日が暮れるのを待って、思いきって外へ出てみた。植え込みをぬけて、ひとつの敷地を占領している大きな家のそばの小道をとおり、キューへむかう街道へ出た。副牧師は納屋へ置き去りにしてきたのだが、すぐに彼もあとを追ってきた。

その二度目の旅立ちは、かつて経験がないほどむこうみずな行動だった。火星人たちが近くにいることはわかりきっていたのだ。副牧師が追いつくとすぐに、さっき見かけた戦闘機械か、あるいはべつのやつが、牧草地を横切ってキュー・ロッジの方角へ進んでいくのが見えた。その前方で、四つか五つの黒い人影が、緑がかった灰色の野原を大急ぎで移動していた。すぐに、火星人がその人びとを追いかけていることがわかった。火星人はわずか三歩でその集団に追いつき、人間たちはその足もとから四方へ分かれて逃げだした。火星人は、熱線で一気に殺したりはせずに、ひとりずつ人間たちをつかまえた。そして、背中から突きだしている金属製の容器へひょいと投げこんだ。職人が肩に背負う道具箱のようだ。

そのときはじめて、火星人たちには、敗北した人類を虐殺する以外の目的があるのかもしれないと気づいた。ぼくたちは、硬直したように立ちすくんでから、まわれ右をして、背後にある塀をめぐらした庭園へ逃げこんだ。うまいぐあいに溝があったので、そこへ駆けこみ――というか、ころげ落ちて――ことばをかわす気にもなれないまま、星がまたたきだすまで、じっと横たわっていた。

勇気をかき集めてふたたび行動を起こしたときには、十一時近くになっていた。さすがに道路へ出る度胸はなかったので、生け垣のかげや植え込みのなかをこっそりと進んだ。火星人がそこらじゅうにいるような気がしたので、ぼくが左側を、副牧師が右側を受けもって、暗闇のなかへたえず目をくばった。あるところで、すっかり焼けて黒焦げになった一帯に行き当った。すでに熱気は失せて灰ばかりになっており、無数の死体がころがっていた。頭から胴へかけては無残なほど焼けただれていたが、脚や靴はほとんど損傷を受けていなかった。馬たちの死体は、破壊された四門の砲と砲車の五十フィートほど後方にころがっていた。

シーンの町は破壊をまぬがれたようだったが、静まりかえって人の気配はなかった。ここでは死体に出くわさなかった。もっとも、暗すぎてわき道までは目がとどかなかったのだが。この町で、ぼくの連れがめまいと喉《のど》の渇きを訴えはじめたので、適当にどこかの家をあさってみることにした。

最初にもぐりこんだのは、小さな二軒つづきの住宅で、窓からはいるのにすこし苦労したのだが、カビの生えたチーズ以外には食べられるものは残っていなかった。それでも、飲める水はあった。つぎの家に押入るのに役立つと思ったので、手斧《ておの》をひとつ拝借した。

そのあと、モートレイクへの曲がり道があるところへ出た。塀でかこまれた庭園をもつ白い家にはいってみると、配膳室《はいぜんしつ》に食べ物があった。パンが二本、調理していない肉、ハムが半本。こんなにこまごまと書き記すのは、その後の二週間を、これだけの食料ですごすはめになったからだ。棚の下に瓶ビールが立ててあり、ほかに、インゲンマメが二袋と、しなびかけたレタスがいくつかあった。配膳室の奥は台所になっていて、そこに薪が積んであった。食器棚のなかからは、一ダース近くの赤ワインと、缶詰のスープと鮭、それとビスケットの缶がふたつ見つかった。

ぼくたちはこの真っ暗な台所ですわりこみ——明かりをつける度胸はなかった——パンとハムを食べ、一本のビールをふたりで飲んだ。副牧師は、やはりびくびくしておちつきがなかったが、おかしなことに、食べたらすぐに出発しようといいだした。ぼくが、ちゃんと食べて力をたくわえておくほうがいいと説得していたとき、ある事件が起きて、ぼくたちはそこに閉じこめられることになった。

「まだ真夜中にはならないはずだ」ぼくがそういったとき、目のくらむようなあざやかな緑色の光がきらめいた。台所にあったものが、緑と黒の色彩でくっきりと照らしだされ、すぐにまた消えた。つづいて、それ以前もそれ以降も経験したことがないほど強烈な衝撃が襲った。間髪を入れずに、ぼくの背後でドンという衝突音が響き、ガラスが砕け、そこらじゅうでレンガがくずれ、天井から剝がれ落ちたしっくいが、無数の破片となってぼくたちの頭にばらばらと当たった。ぼくは頭から床に投げだされ、オーブンの取っ手にぶつかって気を失った。副牧師の話では、かなりのあいだ意識がもどらなかったらしい。気がついてみると、あたりはまた暗闇につつまれていた。副牧師は、あとでわかったことだが額を切って顔を血だらけにしながら、ぼくに水をかけていた。

しばらくはなにが起きたのか思いだせなかった。やがて、すこしずつ頭がはっきりしてきた。こめかみの傷がずきずきと痛んだ。

「気分はよくなりましたか？」副牧師が小声できいた。

ぼくはやっとのことで返事をして、上体を起こした。

「動かないで。床は戸棚から落ちた皿やコップの破片でいっぱいです。うかつに動いたら音がしてしまいますよ。やつらはまだ外をうろついているはずです」

ぼくたちは音ひとつたてずにすわっていた。おたがいの息づかいすら聞こえないほどだった。なにもかも静まりかえっていたが、いちどだけ、近くにあったなにか、たぶんしっくいかレンガのかけらが、カラカラとすべり落ちた。家の外、ごく近いところで、ときおり金属がカチャカチャと鳴るような音がしていた。

「ほら！」副牧師がいうと、すぐにまたその音がした。

「ああ」ぼくはいった。「でも、なんだろう？」

「火星人ですよ！」

ぼくはあらためて耳をすました。「熱線とはちがうみたいだったけど」

はじめは、巨大な戦闘機械がこの家にぶつかったのではないかと思った。以前にも、一体がシェパートン教会の塔に激突するのを見たことがあったのだ。

あまりにも異様な、理解しがたい状況だったので、夜が明けるまでの三、四時間、ぼくたちは身じろぎひとつできなかった。やがて、朝の光が射しこんできたが、窓は真っ暗なままだった。落ちた梁《はり》と、背後の壁からくずれ落ちたレンガの破片とのあいだに、三角形のすきまができていて、そこから光が射しこんでいたのだった。このときはじめて、台所のなかがぼんやりと見えてきた。

庭の土が窓を打ち破って大量に流れこみ、ぼくたちがすわっていたテーブルの上にまであふれ、足もとを埋めつくしていた。土は家の外にもうずたかく積みあがっているようだった。窓枠のてっぺんに、根こぎにされた排水管が見えた。床には叩《たた》きつぶされた金物類が散乱していた。台所から家のなかへつづくあたりが崩れていて、そこから日光が射しこんでくるということは、家全体がほぼ崩壊してしまったということだ。この惨状とはまったく対照的だったのが、はやりの薄緑色に塗装されたこぎれいな調理台と、その下にならぶたくさんの銅や錫《すず》の食器類だった。青と白のタイルにみせかけた壁紙は、調理用レンジの上の継ぎ足された色ちがいの部分だけ、剝がれてひらひらしていた。

朝の光が強さを増すと、壁のすきまから火星人の胴体が見えた。まだ真っ赤に焼けていた円筒のそばで、見張りをしていたのだろう。それに気がつくと、ぼくたちはできるだけ音を立てないよう気をつけながら、薄明かりの射しこむ台所を離れて、真っ暗な洗い場のほうへはいりこんだ。

ふいに、なにが起きたのかがはっきりとわかった。

「第五の円筒だ」ぼくはささやいた。「火星から送りだされた五番目の円筒が、この家にぶつかって、ぼくたちを瓦礫《がれき》の下に埋めてしまったんだ！」

副牧師はしばらく黙りこんでから、そっとつぶやいた。

「神よ、お慈悲を！」

まもなく、副牧師のすすり泣く声が聞こえてきた。

その泣き声をべつにすると、洗い場のなかは静まりかえっていた。ぼくはといえば、息をするのさえおそろしく、台所のドアからもれる光に目を据えてすわりこんでいた。副牧師の卵形の顔と、そのカラーとカフスだけがぼんやりと見えていた。外では、金属を叩く音がしはじめて、そのあとにボーッという激しい音がつづき、すこし静かになったと思ったら、こんどは機関車がたてるようなシュッシュッという音が聞こえてきた。ほとんどは意味不明な騒音で、それが断続的につづき、時間がたつにつれて数が増すように思われた。やがて、一定の間隔で響くズン、ズンという音が、まわりにあるすべてのものをふるわせはじめた。配膳室の食器類も、いっせいにカチャカチャ鳴ってゆれ動いた。いちど、太陽の光がさえぎられて、うっすらと見えていた台所の戸口が完全に真っ暗になった。こうして、何時間ものあいだそこにしゃがみこみ、ものもいわずにふるえているうちに、ぼくたちは疲労でうとうとしはじめた……。

ようやく目がさめたときには、ひどく腹がへっていた。その日の大半を眠ったままですごしてしまったようだった。あまりにも空腹が激しくて、とてもじっとしてはいられなかった。副牧師に、食べるものをさがしてくるからといって、手さぐりで配膳室へむかった。副牧師は返事をしなかったが、ぼくが食べはじめると、そのかすかな音を聞きつけて、あとから配膳室へ忍びこんできた。

2　廃屋から見たもの

食事のあと、ぼくたちはこっそりと洗い場にもどった。そこで、またうとうとしてしまったらしい。目をさましたとき、ぼくはひとりになっていた。ズン、ズンという震動が、うんざりするほどしつこくつづいていた。何度か小声で副牧師を呼んでから、手さぐりで台所のドアまで行ってみた。まだ日が射していたので、部屋の奥にいる副牧師の姿が見えた。三角形の穴にへばりついて、火星人たちの様子をうかがっていた。肩をまるめているので、ぼくの位置からはその頭を見ることはできなかった。

機関室にでもいるように、あらゆる種類の騒音が鳴り響き、部屋全体がそれに合わせてゆれていた。壁のすきまをとおして、金色に染まった木の梢《こずえ》と、のどかな夕暮れどきの青空が見えた。ぼくはしばらく副牧師の様子をながめたあと、上体をかがめて、床に散らばった陶器類の破片のなかをそろそろと進んでいった。

ぼくが脚にさわると、副牧師がぎょっとして体を激しく動かしたため、外側でしっくいのかたまりがすべり落ちて派手な音を立てた。悲鳴をあげられては困ると思って、ぼくは副牧師の腕をつかみ、長いあいだふたりでじっとうずくまっていた。それからふりむいて、自分たちの砦《とりで》がぶじかどうかたしかめた。しっくいが剝《は》がれたあとの壁に垂直の穴があいていた。梁《はり》越しに慎重に体をのばしてみたら、そのすきまから、昨夜は静かな町はずれの道路だったところを見ることができた。目にとびこんできたのは、すっかり様変わりした風景だった。

五番目の円筒は、ぼくたちが最初に忍びこんだ家のどまんなかに落下したようだった。建物は消えていた。完全に粉砕され、爆風で飛散してしまったのだ。円筒は建物の基礎のずっと下までめりこんでいた。その深い穴は、ぼくがウォーキングで見たくぼみよりはるかに大きかった。まわりの土は、激しい衝撃でしぶきをあげ――〝しぶき〟という以外に表現のしようがない――山積みになった土のせいで、近所の家が見えなくなってしまっていた。ハンマーで泥を激しく叩《たた》いたようなものだ。ぼくたちのいる家は、裏手にむかって崩れかけていた。おもて側の部分は、一階まで完全に破壊されていた。台所と洗い場は運よく被害をまぬがれて、土と瓦《が》礫《れき》の下に埋まり、周囲を何トンもの土で閉ざされていたが、円筒のある方角だけはひらけていた。いってしまえば、火星人が建造中の巨大な円形のくぼみのふちに、かろうじてひっかかっているという状況だった。すぐ背後からは重い地響きが伝わってきて、ときどき明るい緑色の蒸気がわきあがっては、ぼくたちがのぞいている穴にベールをかぶせた。

くぼみの中央では、すでに円筒の蓋《ふた》がひらいていた。くぼみの反対側のへり、低木の茂みがつぶれて砂利に埋まっているあたりに、だれも乗りこんでいない巨大な戦闘機械が、夕空を背に高くそびえていた。もっとも、はじめはくぼみや円筒にはほとんど目がいかなかった。こうして最初に説明したのは、そのほうが都合がいいからだ。あのときぼくの目を引いたのは、きらきらと輝く異様な機械がせっせと掘削作業をつづけている様子であり、その近くで、奇妙な生き物が苦労して土の山をのろのろと乗り越えている様子だったのだ。

まず注意をひかれたのは機械のほうだった。のちに作業機械と呼ばれるようになった複雑な装置で、これに関する研究は早くも地球上の発明に大きな刺激をあたえている。はじめて見たとき、ぼくは金属製の蜘蛛を連想した。関節のある敏捷《びんしょう》な五本の脚。胴体からのびる、異様に数の多いレバーや、バールや、にゅっとのびてものをつかむ触手。ほとんどは引っこんでいたが、三本の長い触手だけは、円筒の内張りとして壁の補強材にもなっていた棒や板や格子をあさっていた。それらは円筒の外へ引っぱりだされて、機械の背後の地面が平らになったところにならべられていた、

その動きがあまりにも敏捷で、複雑で、しかも完璧《かんぺき》だったので、金属製の光沢をはなっていたにもかかわらず、はじめはとても機械とは思えなかった。戦闘機械も、組織だったすばらしい動きを見せてはいたが、こちらの機械とは比べものにならなかった。じっさいには動きを見たことがなくて、画家の貧弱な想像力や、ぼくのような目撃者の不完全な説明に頼っている人たちには、あの生き生きした動きはまず想像できないだろう。

とりわけ、この戦争の経過を記した最初の小冊子に載っていたイラストが思いだされる。画家は、戦闘機械のひとつをざっと調べただけなのだろう。そこに描かれていたのは、ぎこちなくかしいだ三本脚で、柔軟性も精巧さも感じられず、その単調さによってまちがった印象をあたえていた。こういうイラストを載せた小冊子が飛ぶように売れたのだから、読者のみなさん

には、そこでつくりあげられた印象にとらわれないよう警告しておきたい。あれは、オランダ人形と人間がまったく別物であるのと同じように、ぼくがこの目で見た火星人とは別物なのだ。個人的には、あんなイラストだったらないほうがずっといいと思う。

はじめのうち、その作業機械は、機械というよりも、きらめく外皮をもつカニに似た生物のようで、繊細な触手をあやつってこれをうごかす火星人は、カニの頭脳でしかないように思われた。だが、灰色がかった茶色に輝くなめし革のような外皮が、そのむこうで這《は》いまわっているべつの生き物とそっくりなのに気づいたとき、器用な労働者の真の性質がわかってきた。同時に、ぼくの興味はそちらの生物、すなわち真の火星人へと移っていった。短時間ではあったが、以前にも見たことがあったので、その姿に対する嫌悪で観察眼がくもるようなことはなかった。おまけに、このときは隠れ家からこっそりのぞいていたので、あわてて行動を起こす必要もなかった。

火星人は、およそ想像がつくかぎりもっとも非地球的な生物だった。大きなまるい胴体――いや、頭というべきか――は、直径が四フィートほどで、その前面に顔がついていた。この顔には鼻孔がなかった。じっさい、火星人は嗅覚《きゅうかく》を有していないようだったが、黒い巨大な目がふたつあって、そのすぐ下に、肉のくちばしのようなものがついていた。この頭だか胴体だか――いまだにどちらが正しいのかわからない――のうしろには、一部だけ太鼓のように皮がぴんと張りつめたところがあった。解剖学的には耳ということになるわけだが、地球の濃密な大気のなかではほとんど役に立たなかったはずだ。口のまわりには、細い鞭《むち》のような触手が十六本も生えていて、八本ずつのふたつの束になっていた。このふた束の触手には、著名な解剖学者であるハウズ教授によって、〝手〟という適切な名称が付けられた。ぼくがはじめて見たときも、火星人たちはこの手をついて体を持ちあげようとしていたが、地球では重力が大きいのでとてもむりだった。あれからみても、火星上でなら、この手を使ってそれなりに自由に動きまわれるのかもしれない。

ついでにいうと、のちにおこなわれた解剖で、内部構造も同じくらい単純なものだということが判明した。体の大部分は脳で、そこからのびる立派な神経が、目、耳、触手へとつながっていた。そのほかに、口とつながった大きな肺や、心臓と血管があった。濃密な大気と強い重力で肺に負担がかかっていることは、外皮がけいれんするような動きをみせていることからもあきらかだった。

火星人の内臓はこれだけだった。奇妙に思えるかもしれないが、人間の胴体のかなりの部分を占める複雑な消化器官は、火星人の体内には存在しなかった。要するに、頭だけで、はらわたがないのだ。ものを食べないから、消化をする必要がない。そのかわり、ほかの生物から新鮮な血をとって、それを自分の血管に注射する。いずれ詳述するとおり、ぼくはそれをこの目で見たのだ。ただ、神経質すぎると思われるかもしれないが、見ているだけでも耐えがたかったので、とてもではないがこまかく描写する気にはなれない。とりあえずはこんな説明で充分だろう。まだ生きている動物——たいていの場合、それは人間だった——から血液を手に入れ、小さなピペットによって受け手の血管に直接注ぎこむのだ……。

考えただけでも、人間にとってはおそろしく不快な事実だが、そのいっぽうで、肉食という人間の習慣が、知性をもつウサギにとってどれほど不快なものであるかということも考える必要があるだろう。

注射による栄養摂取が、生理学的にみていかに有利であるかはいうまでもない。人間が食事や消化という行為に膨大な時間とエネルギーを浪費しているのを考えればわかることだ。人間の肉体の半分は、異質の食物を血液に変えるための腺《せん》、管、臓器によって占められている。消化過程と、それが神経系におよぼす反応は、人間の体力を消耗させ、その精神に影響をあたえる。肝臓が丈夫かどうか、胃腸が健康かどうかで、人間はしあわせにもみじめにもなる。だが、火星人は、臓器の状態によって気分や感情を左右されることはないのだ。

火星人がなぜ栄養源として人間を好むのかということは、彼らが火星から連れてきた生物の死体からでも、あるていどは説明がつく。この生物は、地球人が入手したしなびきった死体から判断するかぎりでは、二足動物で、もろい珪質《けいしつ》の骨格（ほとんど珪質海綿と変わりない）と弱い筋肉組織をもち、身長はおよそ六フィート、まるい直立した頭と、堅固な眼窩《がんか》にはまった大きなふたつの目をそなえていた。ひとつひとつの円筒に、このような生物が二、三体ずつ積みこまれていて、いずれも地球に到着するまえに殺されていた。もっとも、これらの生物を地球上で直立させようとしたら、それだけで体じゅうの骨が残らず折れてしまっただろう。

いまのうちに、いくつかこまかい説明をくわえておくことにしよう。当時はまだはっきり確認されていなかった事実ではあるが、火星人のことをよく知らない読者も、これであの不快な生物のことをよりよく理解できるはずだ。

ほかに三つの点で、火星人の生理は人間のそれとひどくことなっていた。人間の心臓が眠らないように、火星人は眠ることがない。回復を必要とする大量の筋肉組織がないので、定期的に休息をとる必要がないのだ。疲労を感じることがほとんど、あるいは、まったくないのかもしれない。地球上では動きまわるのにかなり労力を要したはずだが、それでも最後まで活動をつづけていた。二十四時間ずっと働きっぱなしだったのだ。地球上では、アリがこうしたケースに該当するだろう。

つぎに、この世界に生きているとふしぎに思われるが、火星人には性というものがまったくない。そのため、人間のあいだで性のちがいによって生まれる激烈な感情も存在しない。現在では議論の余地のない事実とされているが、この戦争の期間中にも、地球上で新しい火星人が誕生していた。しかもそれは、ユリの球根や淡水ポリプのように、母体から芽が出て分離していくというやりかただったのだ。

人間はもちろん、地球上の高等動物のあいだでは、こうした繁殖方法はもう見られない。だが、この地球上でも、原始的な生物はまちがいなくそのような方法をとっていた。下等動物のあいだでは、脊椎《せきつい》動物のいとこくらいにあたる被嚢《ひのう》類にいたるまで、これら二種の方法が共存しているのだが、最終的には、有性生殖が勝利をおさめることになったのだ。だが、火星では、どうやらその反対の結果になったらしい。

もうひとつ、ここで言及しておきたいのだが、科学方面にくわしいある思索家が、火星人の侵略のずっとまえに書いた文章のなかで人間の最終形態を予想していて、それが現実の火星人の姿と似ていないこともないのだ。ぼくの記憶では、その予言は一八九三年の十一月か十二月に、いまは廃刊になったペル・メル・バジェットに掲載されて、それを漫画にしたものが、やはり火星人の到来以前にパンチという雑誌にのっていた。作者は、滑稽《こっけい》な調子でこんなふうに指摘していた。機械装置が完成の域に達すれば、いずれは四肢が不要になる。化学的手段が完成の域に達すれば、消化器官も必要なくなる。毛、鼻、歯、耳、顎《あご》などは、人間にとって必要不可欠なものではなくなり、長い歳月のうちに自然淘汰《とうた》によって退化の道をたどる。ほんとうに必要なものとして残るのは脳だけだ。それ以外の部分で生き残る可能性が高いのは、〝脳の教師であり仲介者でもある〟手だけだろう。肉体のほかの部分が小さくなるなか、ふたつの手だけが大きくなっていくのだ。

滑稽な書き方ではあっても、そこには多くの真実が含まれていた。そしていま、火星人との出会いにより、生物の動物的な面が知性によってどれほど抑圧されるかについて、議論の余地のない実例を見ることができたのだ。おそらく、火星人も、もとは地球人とそれほどちがいのない生物だったのだろうが、脳と両手（後者は、最終的に繊細なふた束の触手になった）が徐々に発達したことで、ほかの部分が犠牲になってしまったのだ。肉体がなければ、脳がただの利己的な知性となって、人間のような情緒的基盤をもたなくなるのは当然だろう。

火星人が生理面で人間といちじるしくことなる三つ目の点は、人によってはごく些細《ささい》なことと感じるかもしれない。地球上の人間に幾多の病気と苦痛をもたらした微生物が、火星ではいちども出現しなかったか、あるいは、火星人の衛生学によってずっとまえに根絶させられたのだ。百にものぼる病気、人間の命をおびやかす熱病や伝染病、結核、癌、腫瘍《しゅよう》といった疾患は、火星人の生活にはいちどもはいりこまなかったようだ。さて、火星の生物と地球の生物とのちがいを語ったついでに、ここであの異様な赤い草の存在についても触れておきたい。

火星の植物界では、おもな色彩が緑色ではなく、血のような赤色らしい。火星人が（故意にせよ偶然にせよ）地球にもちこんだ種は、いずれも赤色の植物に成長したのだ。もっとも、地球の植物との競争に打ち勝ってなんとか足場を確保したのは、一般に〝赤草〟と呼ばれているものだけだった。その赤いつる植物が生息していたのはごく短期間だったので、現物を見た人びとはほんのわずかだった、だが、一時的とはいえ、赤草はおどろくべき勢いで繁殖した。ぼくたちが閉じこめられていた三、四日のうちに、くぼみの周辺一帯にひろがり、そのサボテンに似た枝で、あの三角形の窓に、紫がかった赤色のふち飾りをつけた。その後は、地域全体にひろがって、とくに水の流れのあるところではよく見かけたものだった。

火星人には聴覚器官らしきものがあった。頭・胴体のうしろにある、まるい太鼓の皮のようなものがそれだ。ふたつある目の視力は人間のそれと大差ないが、フィリップスの意見によれば、青と紫が黒に見えるとのことだった。意思伝達は、音と、触手の動作によっておこなわれているというのが一般的な見方だ。この点については、たとえば、あの有用ではあるが性急に編纂された小冊子（火星人の行動を目撃していない人物が書いたのは明白だ）でも、はっきりと明言されている。以前にも紹介したこの小冊子は、いまのところ、火星人に関する情報源としてはもっとも中心的な存在となっているようだ。しかし、現在生き残っている人間のなかで、ぼくほど火星人の行動をたっぷりと観察した者はいないだろう。ただの偶然だったのだから自慢するつもりはないが、事実そのとおりなのだ。これは何度も間近で目撃したことだが、四体、五体、ときには六体の火星人が、音もたてず、身ぶりもかわさずに、きわめて精巧かつ複雑な作業を協力してやりとげていた。あの奇妙な咆哮《ほうこう》が発せられるのは、食事のまえと決まっていた。抑揚がなかったので、信号ではなく、吸引にそなえて体内の空気を吐きだしていただけなのではないかと思う。心理学の基礎知識があるので、この点についてはまちがいなく断言できるのだが、あの火星人たちは肉体による仲介なしに思考をやりとりしていた。かつて強い偏見をいだいていたにもかかわらず、ぼくはいまではこの点を確信している。おぼえている読者もおられるかもしれないが、火星人が侵略してくる以前、ぼくはテレパシー理論をかなり厳しく批判していたものだった。

火星人は服を着ていなかった。彼らの装飾についての観念は、当然のことながら、人間とはまったくちがっていた。温度の変化に対して人間ほど敏感でないばかりか、気圧の変動に対しても、健康面で深刻な影響を受けることはないようだった。ただ、服を着ないとはいえ、その肉体にはもっとべつの人工物を装着していて、それこそが、火星人が人間よりもはるかにすぐれている点だった。人間は、自転車、ローラースケート、リリエンタール式滑空機（訳注・ドイツ人オットー・リリエンタールが研究開発したハングライダー式の飛行機）、鉄砲などさまざまな発明をしてきたが、火星人が通過してきた進化の流れのなかでは、まだまだ初期段階にすぎない。火星人は、事実上脳だけの存在となり、必要に応じてべつの肉体を身につけるのだ。ちょうど、人間が服を着て、急いでいるときは自転車に乗り、雨がふったら傘をさすように。火星人が使う装置について、なによりも奇異に感じられるのは、人間が使うほぼすべての装置に共通する特徴が欠けている——すなわち、車輪が存在しないということだ。火星人が地球へ持ちこんだものはいろいろあるが、そのいずれにも車輪が使われた形跡は見あたらなかった。少なくとも移動に関しては、だれでも車輪を使いそうなものなのに。ただ、ふしぎなことに、この地球上でも、自然界で車輪が生まれることはなく、生物はもっとべつの手段を発達させてきた。火星人が車輪を知らなかった（これは信じがたい）にせよ、すでにその使用をやめたにせよ、その機械装置には、固定した軸によって回転運動をひとつの平面上に限定するという方法が使われていなかった。ほぼすべての接合部が、小さいけれど美しい曲面を描く摩擦軸受で部品をすべらせるという複雑な構造になっているのだ。ついでにもうすこしこまかい話をしておくと、火星人の機械についている長いレバーは、多くの場合、弾力のあるサヤにはまった円盤状の擬似筋肉によって作動する。これらの円盤は、電流が流れると極性を生じて、おたがいに強く引きあう。これにより、機械はふしぎなほど動物とよく似た動きをして、見ている人間をぎょっとさせるのだ。ぼくが最初に壁のすきまからのぞいたときに円筒の中身をせっせと取りだしていたカニに似た作業機械にも、この擬似筋肉は大量に使われていた。あの機械は火星人よりもはるかに生き生きと活動していた。本物の火星人のほうは、そのむこうの陽だまりに横たわり、荒い息をつきながら、触手を弱々しく動かしていた。長い宇宙旅行のあとで疲れはてていたのだろう。

夕陽のなかでのろのろと動いている火星人をながめて、その異様な姿をじっくりと観察していたら、腕をぐいと引っぱられた。ふりかえると、しかめっつらをした副牧師が、黙りこくったまま、いかにも不満そうに唇を突きだしていた。外をのぞきたいのに、ひとりしかのぞくことができなかったからだ。ぼくはしばらく火星人の観察をあきらめて、その特権を副牧師にゆずることにした。

ぼくがふたたび外をのぞいたとき、せっせと働く作業機械は、円筒から取りだした部品を組み立てて、自分そっくりなかたちの機械を作りあげていた。左のほうには、小型の掘削機械の姿が見えていた。緑色の蒸気を吐きながら、くぼみの内側をぐるぐるとまわり、土を掘り出してはきちんと盛りあげていた。あのズン、ズンという規則正しい音や、崩れかけた避難所をふるわせるリズミカルな震動の原因はこれだったのだ。作業をつづけながら、そいつはピーピーと笛を吹くような音をたてていた。ぼくの見たかぎりでは、火星人の指揮をまったく受けていないようだった。

3　閉じこめられた日々

第二の戦闘機械があらわれたので、ぼくたちはのぞき穴のある場所から、洗い場へ退却しなければならなかった。背の高さから考えて、火星人が壁越しにぼくたちを見おろせるかもしれないと不安だったのだ。日がたつにつれて、日光がぎらぎらしている場所からではぼくたちが隠れている場所は真っ暗に見えるはずだとわかったので、そういう不安はやわらいだが、最初のうちは、ほんのすこしでもやつらが近づく気配がすると、胸をどきどきさせて洗い場へ逃げこんだ。ただ、どれほどおそろしい危険があろうと、ふたりともののぞき見の誘惑にはあらがえなかった。いま思いだすとふしぎな気もするが、あのときのぼくたちは、餓死と、それよりもっとおぞましい死の危険にさらされながら、それでも外を見るという特権を得ようと必死になっていた。台所を競うようにして駆けぬけるときには、はやる気持ちと音をたてることをおそれる気持ちとが入り乱れ、あと数インチで敵に身をさらしてしまうという状況のなか、おたがいを突きとばしたり、蹴《け》とばしたりしていたのだ。

もともと、ぼくと副牧師とは、性格も、考え方も、行動もまったく合わなくて、あんなふうに閉じこめられて危険にさらされていると、そうした折り合いの悪さは激化するいっぽうだった。ハリフォードにいたときから、副牧師の無益なわめき声や、愚かしいまでにがんこな性格がいやでたまらなかった。あの果てしないひとりごとで、行動計画を立てようとするぼくの努力はことごとく踏みにじられ、ときには、狂気のふちにまで追いやられそうになったのだ。ほんとうに自制心に欠ける男だった。ほうっておいたら何時間でも泣きつづけていた。結局のところ、あの甘やかされた駄々っ子は、めそめそ泣いていればそれですむと思っていたのだろう。暗闇のなかですわっていると、彼のしつこい愚痴からどうしても注意をそらすことができなかった。しかも、副牧師はぼくよりたっぷり食事をとった。生きのびるためには火星人が作業を終えるまでこの家にひそんでいるしかないし、長くこもっていたら食料がなくなるときがくるかもしれないと注意したのだが、むだだった。副牧師は、長い間をおいては、腹いっぱいガツガツと食べ、飲んだ。そしてほとんど眠らなかった。

日がたつにつれ、副牧師のあまりにも軽率な行動により、状況がどんどんあやうくなってきたので、最後の手段として、脅したり、ときには殴ったりしなければならなくなった。それで、彼もしばらくは理性ある行動をとるようになった。だが、そもそもあの男は、自尊心をもたず、臆病《おくびょう》で、無気力で、悪意に満ち、ずるがしこく、神や人どころか、自分自身にさえ顔向けのできないような人間だったのだ。

こういうことを思いだしたり書いたりするのは不愉快きわまりないのだが、この物語を完全なものにするためにあえて書きとめておきたい。人生の暗くおそろしい面を知らずに生きてきた人は、あの最後の悲劇におけるぼくの残忍さを、その発作的な怒りを、気安く非難することだろう。そういう人は、なにが悪であるかは知っていても、追いつめられた人間にどれほどのことができるかは知らない。だが、いちどでも人生の暗部を見て、どん底まで落ちた経験がある人なら、もっとひろい心で見てくれるはずだ。

家のなかの暗闇で、ぼくたちが声をころして口げんかをし、食物や飲みものを奪いあい、つかみあい、殴りあいをしていたあいだに、外の、容赦なく照りつける六月の日射しのなかでは、火星人がおどろきに満ちた作業をつづけていた。ここで話を、ぼくの最初の体験にまでもどすとしよう。だいぶたってから、思いきってのぞき穴へもどってみると、新たに到着した火星人たちのもとへ、少なくとも三体の戦闘機械の乗員たちが支援に駆けつけていた。その連中がはこんできたらしい新しい装置が、円筒のまわりにきちんとならべられていた。第二の作業機械はすでに完成し、戦闘機械がはこんできた新しい装置を操作していた。ごくふつうのミルク缶に似た本体の上で、ナシの形をした容器が振動していて、そこから出た白い粉が下のまるい鉢のなかへ流れこんでいた。

作業機械は一本の触手でこの容器を振動させていた。ヘラの形をしたふたつの手で土を掘りだして、上のナシ形の容器へ送りこみ、べつの腕を使って定期的に扉をあけては、機械の中心部から黒い滓《かす》を取りだしていた。またべつの鋼鉄製の触手は、鉢のなかの粉を、溝のついた流路をとおして、青味がかった塵《ちり》の山のむこうに隠れているなにかの容器へ移していた。この容器からは、緑色のほそい煙が、静かな空気のなかへまっすぐ立ちのぼっていた。見ているうちに、作業機械は、チンチンという音楽のような音をかすかに響かせながら、直前までただの突起に見えていた触手を望遠鏡のようにのばし、その先端を土の山のむこうへつっこんだ。そして、真っ白に輝くアルミニウム棒を一本つかみあげ、くぼみの側面に積みあげてある棒の山に追加した。日没から星が輝きだすまでのあいだに、この器用な機械は、ただの土からこういう棒を百本以上はつくりあげていた。青味がかった塵の山も着実に高さを増して、ついにはくぼみのふちを越えてしまった。

機械たちの敏捷《びんしょう》かつ複雑な仕事ぶりと、その主人たちの力なくぐったりした様子があまりにも対照的だったので、ぼくはそれからの数日間、現実に命をもっているのは後者なのだと、くりかえし自分にいい聞かせなければならなかった。

副牧師がすきまからのぞいていたときに、最初の人間たちがくぼみへ連れてこられた。ぼくはすきまの下にうずくまり、一心に耳をすましていた。副牧師がさっと身を引き、発見されたのかと思ったぼくは、恐怖のあまりあわてて身を伏せた。副牧師が瓦礫《がれき》の山からすべりおりて、わけのわからない身ぶりをしながら暗闇のなかを這《は》い寄ってきたので、一瞬、ぼくまでパニックに襲われた。どうやら穴をのぞいてみろといっているようだった。すこしたつと、好奇心が勇気をあたえてくれたので、立ちあがり、副牧師の体をまたいで、のぞき穴までよじのぼった。はじめは、なぜ副牧師があんな態度をとったのかわからなかった。すでに日は暮れて、星もかすかに光っていたが、くぼみのなかはアルミニウム棒の製造にともなう緑色の火で照らしだされていた。緑色の輝きとたえまなく動く黒い影とが交錯する光景は、妙に目につらかった。コウモリたちが平然とあたりを飛びかっていた。だらしなくのびている火星人たちの姿は、うずたかく積みあげられた青い粉の山に隠れていた。脚をちぢめた戦闘機械が、すっかり小さくなって隅のほうにうずくまっていた。そのとき、騒々しい機械の響きのなかから、人間の声らしきものが流れてきたのだが、はじめは、そんなはずはないと聞き流してしまった。

うずくまって、戦闘機械をしげしげと観察し、フードのなかにたしかに火星人がはいっているのを見て満足感をおぼえた。緑色の炎があがったとき、てかてか光る外皮と、きらめくふたつの目が見えた。ふいに叫び声がして、戦闘機械の長い触手が背中にくっついている小さな容器へのびた。するとなにかが——激しくもがいているなにかが——夜空を背に高々と持ちあげられた。星明かりを背にした黒っぽい謎の影。その黒い物体がふたたびおりてくると、緑色の光のなかに人間の姿がうかびあがった。太った血色のいい中年男で、身なりもきちんとしていた。三日まえまでは、それなりの地位にある人物だったにちがいない。両目はかっと見ひらかれ、カフスボタンと懐中時計の鎖がきらきら光っていた。男の姿は土の山のうしろに消え、いっとき沈黙がおりた、それから、かん高い悲鳴があがり、火星人たちのうれしそうな咆哮《ほうこう》が長々とつづいた。

瓦礫の山をすべりおりて、あたふたと立ちあがり、耳をおさえて洗い場へ逃げこんだ。副牧師は両腕で頭をかかえてうずくまっていたが、ぼくがそばをとおりすぎると、見捨てられると思ったのか、大声で叫んで急いであとを追ってきた。

その夜、ぼくたちは洗い場に身をひそめて、恐怖心と、もういちど見たいというおぞましい誘惑とのせめぎあいに苦しんだ。早く行動を起こさねばと思うのだが、脱出の計画を立てようにも考えがまとまらなかった。だが、二日目になると、自分たちの置かれた立場がはっきりしてきた。副牧師が相談相手にならないことはわかっていた。はじめて目にした強烈な残虐行為が、彼の理性と思考力を奪い去ってしまったらしい。もはや動物なみだった。だが、ぼくは自分をおさえた。いったん現実を直視してしまうと、どれほど悲惨な状況だろうと、完全に絶望するのは早すぎると感じた。火星人たちがこのくぼみを一時的な宿営地と考えているなら、ぼくたちにもチャンスはあった。たとえずっと使われることになっても、見張りが立つとはかぎらないのだから、脱出の機会はあるかもしれなかった。ついでに、くぼみと反対の方向へ穴を掘って脱出できないかとじっくり考えてみたが、たとえ外へ出られたとしても、見張りの戦闘機械に見つかる可能性が高すぎるような気がした。それに、穴掘りはひとりでやるしかなかった。副牧師にはなにも期待できなかった。

ぼくの記憶ではたしか三日目に、若者が殺されるのを見た。火星人が食事をするところをはっきり見たのは、あのときがはじめてだった。そのあとは、ほとんど一日じゅう、壁の穴に近づかなかった。洗い場にはいって、ドアをはずし、手斧《ておの》で穴掘りにとりかかった。できるだけ音をたてないようにしたのだが、穴が二フィートほどの深さになったとき、ゆるんだ土が音を立てて崩れてしまい、それ以上は作業をつづけられなくなった。がっくりして、動こうという気力さえなくなり、洗い場の床に長いあいだじっと横たわっていた。その後、穴を掘って脱出するという考えは捨てた。

火星人の存在感があまりにも強烈だったので、はじめのうちは、人間の力でやつらを倒して脱出するという可能性は、ほとんど、いや、まったく考えられなかった。だが、四日目か五日目の夜に、重々しい砲声が聞こえた。

だいぶ夜が更けてからのことで、月が明るく輝いていた。火星人たちが掘削機械をどこかへ持ち去っていたので、くぼみのなかにいたのは、奥のほうに立っている戦闘機械と、のぞき穴のすぐ下の、こちらからは見えない隅にいる作業機械だけだった。作業機械とアルミニウム棒がはなつ青白い光と、白い月明かり以外、くぼみのなかは暗闇につつまれていて、作業機械がたてるガチャガチャという音のほかはなにも聞こえなかった。美しくのどかな夜だった。惑星がひとつあるほかは、月が満天をひとりじめにしているようだった。犬の遠吠《とおぼ》えが聞こえてきた。その耳なれた音に、ぼくは思わず耳をすました。そのとき、たしかに大砲のものと思われるズシンという音がとどろいた。砲声は六発聞こえた。長い間をおいて、また六発。それで終わりだった。

4　副牧師の死

閉じこめられて六日目のことだった。壁のすきまから外をのぞいていたとき、副牧師の姿がないことに気づいた。いつもならそばにへばりついて、なんとかぼくを押しのけようとするのに、そのときは洗い場に引っこんでいた。ふと思いついて、すぐに忍び足でそこへ行ってみた。暗闇のなかで、副牧師がなにかを飲んでいる音がした。闇にむかって手をのばすと、ワインの瓶が指にふれた。

しばらくもみあいになった。瓶が床にあたって砕けた。ぼくは争いをやめて立ちあがり、息を切らしながら副牧師とにらみあった。結局、ぼくは食料のまえに立ちはだかって、これからは割当てを決めるといいわたした。そして、配膳室の食料を、十日間もつように分けた。その日は、副牧師にはもうなにも食べさせなかった。午後になると、副牧師はまた食料を手に入れようとした。ぼくはうとうとしていたが、すぐに目をさました。昼が夜になっても、ぼくたちはむかいあってすわりこんでいた。疲れてはいたが譲るつもりはなかった。副牧師は腹がへったと文句をいい、めそめそ泣いた。それが、夜からつぎの日までつづいた。だが、あのときのぼくにとっては——いや、いまでさえ——それは永遠にも思えた。

こうしたぎこちない状況はどんどん悪化し、ついにはあからさまな喧嘩《けんか》になった。長い長い二日間、ぼくたちは声をころしたまま格闘をつづけた。副牧師をこっぴどく殴り、蹴《け》とばしたこともあったし、おだてて説得したこともあった。いちどなどは、最後の赤ワインのボトルで買収を試みたりもした。水なら雨水ポンプで手に入れることができたからだ。だが、腕力も買収も効果はなかった。副牧師はすでに理性を失っていたのだ。食料を奪おうとするのもやめなかったし、耳ざわりなひとりごともやめなかった。監禁を乗り切るためのごくあたりまえの気配りさえしようとしなかった。だんだんと、副牧師が完全に正気を失っていることがわかってきた。息の詰まるぶきみな暗闇のなか、ぼくは頭のおかしい男とふたりきりで閉じこめられていたのだった。

ぼんやりした記憶であるが、あのときはぼくの精神もおかしくなりかけていたのではないかと思う。眠ればかならずおそろしい夢にうなされた。逆説的に聞こえるかもしれないが、意志の弱い、正気をなくした副牧師がいたからこそ、ぼくは心を引きしめ、正気をたもっていられたのだろう。

八日目になると、副牧師はもはや小声でささやいたりはせず、大声でわめきちらして、ぼくがいくら制止してもおちついてはくれなかった。

「これは当然のむくいなのです、神よ！」副牧師は何度もくりかえした。「当然のむくいなのです。罰を受けるのは当然です。わたしたちが罪をおかしたのです、わたしたちがいたらなかったのです。この世には貧困があり、悲しみがあります。貧しき者が地べたで踏みにじられていたとき、わたしは安穏な生活を送っていました。耳にここちよいだけの説教などやめて――神よ、なんと愚かだったのでしょう！――立ちあがり、たとえそのために死を招こうとも、悔い改めよと叫ぶべきだったのです！　貧しき者をしいたげる圧制者にむかって！　神にそむく者にむかって！」

かと思うと、急にぼくが管理している食べ物に意識をもどして、泣きわめき、哀願し、あげくのはてには脅しにかかった。声がどんどん大きくなるので、大声をだすなと頼まなければならなかった。副牧師は、ぼくの弱味を握ったと知ると、もっと声を大きくして火星人を呼び寄せてやると脅してきた。しばらくは、ぼくもそれがおそろしくてならなかった。だが、譲歩すればそれだけ脱出の可能性は低くなるはずだった。そこで、副牧師が本気かどうかはわからなかったが、ぼくはあえて要求をはねつけた。その日はぶじにすんだものの、翌日になると、副牧師の声はだんだんと大きくなった。脅迫と哀願のことばに、意味不明なたわごとや、自分の神への奉仕がいかに空虚でいいかげんだったかという懺悔《ざんげ》がいりまじった。なんとも哀れな姿だった。副牧師はしばらく眠ったあと、また力をとりもどして、ほうっておくわけにはいかないほどの大声でわめきだした。

「静かにしてくれ！」ぼくは頼んだ。

副牧師は膝立《ひざた》ちになった。暗闇のなかで炊事がまのそばにすわりこんでいたのだ。

「わたしは長いあいだ静かにしすぎていた」くぼみにまちがいなく届くほどの声だった。「いまこそわたしは証人にならねばならぬ。この不実な都にわざわいを！　わざわいを！　わざわ

いを！　わざわいを！　悪しき声に耳を貸した地上の民にわざわいを――」

「黙れ！」ぼくは立ちあがった。火星人たちに聞かれるのではないかと不安だった。「頼むから――」

「いやだ！」副牧師は声をかぎりに叫び、立ちあがって両手をのばした。「語るのだ！　主のことばはわれにあり！」

副牧師は、わずか三歩で台所に通じる戸口にたどり着いた。

「わたしは証人にならねばならぬ！　行くのだ！　あまりにも長く逡巡《しゅんじゅん》しすぎた」

手をのばすと、壁にかかっていた肉切り包丁がふれた。すぐさま、ぼくは副牧師のあとを追った。恐怖のあまり逆上していたのだ。台所のなかばまで達しないうちに、ぼくは副牧師をつかまえた。最後に残った慈悲の心で、包丁の刃を返し、柄で殴りつけた。副牧師はまえにつんのめり、床にばったりと横たわった。ぼくはそれにつまずき、荒い息をつきながら立ちつくした。副牧師はぴくりとも動かなかった。

急に、外で物音がした。走る音、しっくいが砕ける音。そして、壁の三角形の穴が暗くなった。見あげると、作業機械の下のほうの部分が、ゆっくりと穴のほうへ近づいてきた。ものをつかむ腕のひとつが、瓦礫のなかでうねっていた。べつの腕があらわれて、落ちた梁《はり》のあたりをさぐった。ぼくは立ちすくんだままそれを見つめた。胴体の端に近いところにあるガラス板のようなものをとおして、火星人の顔――と呼ぶしかあるまい――と、大きな黒い目がのぞいていた。それから、金属製の蛇のような長い触手が、穴を抜けてゆっくりと部屋にはいりこんできた。

ぼくはやっとのおもいで身をひるがえし、副牧師の体につまずきながら、洗い場の戸口までたどり着いた。触手は二ヤードほど部屋のなかへのびて、うねうねと曲がりながらあちこちをさぐっていた。しばらくのあいだ、ぼくはそのゆったりした気まぐれな動きに目を奪われていた。そして、しゃがれた悲鳴をあげて、洗い場のなかをつっきった。体が激しくふるえて、まっすぐ立っているのもつらかった。石炭置場のドアをあけて、そのなかの暗闇にたたずみ、台所につうじるかすかに明るい戸口を見つめ、耳をすました。火星人に見られただろうか？　あいつはいまなにをしているのだろうか？

なにかが、とても静かにそのあたりを動きまわっていた。ときどき壁を叩《たた》いたり、体を動かして鍵束《かぎたば》が鳴るようなかすかな音を立てたりしていた。それから、重い肉体が――それがなんであるかは充分にわかっていた――台所から壁の穴のほうへ引きずられる音がした。ぼくは誘惑に負けて戸口へ忍びより、台所をのぞきこんだ。三角形をしたまばゆい外の光のなかに、火星人の姿があった。百の手をもつ巨人のような作業機械のなかから、副牧師の頭をしげしげとながめているところだった。ぼくはすぐに気づいた。副牧師の頭についた傷から、ぼくがいっしょにいることを悟られてしまうかもしれなかった。

石炭置場に引き返して、ドアをしめ、暗闇のなかで薪と石炭のあいだにもぐりこみ、せいいっぱい身をひそめて、息をころした。ときおり、ぎゅっと体をこわばらせて、火星人の触手がまた壁の穴からすべりこんでくるのではないかと耳をすました。

やがて、かすかな金属音がもどってきた。ゆっくりと台所をさぐっているようだった。音が近づいてきたので、洗い場へはいりこんだことがわかった。ぼくのいるところまで届くほど長いとは思えなかった。ぼくは必死に祈った。触手は石炭置場のドアをかすってとおりすぎていった。耐えがたいほど張りつめた間があったかと思うと、ドアのかけ金をいじっている音がした。ついにドアを発見したのだ！　火星人はドアというものを理解していたのだ！

触手は一分ほど手こずっていたが、とうとうドアがひらいた。

暗闇のなかでも、象の鼻によく似た触手がゆらゆらと近づいてくるのが見えた。壁を、石炭を、薪を、天井を、順繰りにさわって調べていく。黒いイモムシが目のない頭をゆらしているかのようだ。

いちどなどは、ぼくの靴のかかとにふれた。あやうく悲鳴をあげそうになったが、手をかんでこらえた。触手はしばらく音を立てなかった。引き返したのかと思いかけたとき、急にカチッという音がして、触手がなにかをつかみ――ぼくをつかまえたのかと思った！――そのまま石炭置場から出ていったようだった。ぼくはしばらく確信がもてなかった。どうやら検査するために石炭をひとかけら持っていったらしい。

その隙に、すっかりこわばっていた体をすこし動かして、また耳をすませた。そしてひたすら身の安全を祈った。

すると、またもや慎重な物音が忍び寄ってくるのが聞こえた。ゆっくりと、ゆっくりと近づきながら、壁をひっかき、家具を叩いていた。

ぼくがびくびくしながら待っていたら、触手は石炭置場のドアを勢いよく叩いて閉めてしまった。つづいて、配膳室へはいりこんでいく音がした。ビスケットの缶がころがり、瓶が砕ける音がしたあと、なにか重いものが石炭置場のドアにぶつかった。沈黙がおとずれた。緊張した時間が果てしなくつづいた。

行ってしまったのだろうか？

結局、ぼくは行ってしまったものと判断した。

それっきり、触手が洗い場まではいってくることはなかった。だが、十日目がすぎるあいだ、ぼくはずっと石炭置場の暗闇ですごした。石炭と薪のなかに身をひそめて、喉《のど》がひどく渇いても、水を飲みにさえ出なかった。十一日目になってようやく、ぼくは思いきってその安全な場所から出てみた。

5　静寂

配膳室にはいるまえに、まず台所と洗い場をつなぐドアをしっかりと閉めた。だが、配膳室には食料がひとかけらも残っていなかった。前日に火星人がすべてさらっていったのだ。これを知って、ぼくははじめて絶望した。十一日目と十二日目は、なにも飲まず、なにも食べなかった。

はじめは口と喉がからからになり、あきらかに体力が落ちた。ひどくみじめな気分で、洗い場の暗闇でじっとすわりこんでいた。食べ物のことばかり考えた。耳が聞こえなくなったのかと思ったのは、聞きなれたくぼみからの音がすっかり途絶えていたからだ。のぞき穴まで音をたてずに這《は》っていく力が残っていれば、たしかめに行ったのだが。

十二日目になると、喉の痛みがあまりにもきつくなったので、火星人に気づかれる危険をおかして、いちかばちか流し台のそばにある雨水ポンプのところまで行き、黒くよごれた水をコップで二杯飲みほした。すっかり生きかえった気分になり、ポンプの音を立てても触手が調べにこなかったので、だいぶ気が大きくなった。

このころ、とりとめもなくぼんやりと考えていたのは、やはり副牧師とその死にざまのことが多かった。

十三日目には、もうすこし水を飲んで、うとうとしながら、食べ物や、できそうもない脱出計画についてとぎれとぎれに考えた。眠るたびに、おそろしい幻影や、副牧師の死や、豪華な夕食が夢にでてきた。だが、眠っていても起きていても、もっと水を飲みたいという欲求には苦しめられた。洗い場にさしこむ光が灰色から赤色に変わっていた。混乱した頭では、それは血の色にしか見えなかった。

十四日目、台所へはいってみておどろいた。赤草の葉が茂って壁のすきまをおおい、薄明かりのさす部屋をぼんやりと赤く染めていた。

十五日目の早朝、台所で、奇妙な、そのくせ聞きなれた音がした。耳をすますと、それは犬がくんくん鼻を鳴らして足でひっかく音だった。台所へ行ってみると、赤草の葉のあいだから犬の鼻がのぞいていた。これにはおどろかされた。ぼくのにおいを嗅《か》ぎつけて、犬は短く吠《ほ》えた。

この犬をできるだけそっと部屋へ誘いこめば、殺して食べることができるかもしれないと思った。どのみち生かしておくわけにはいかなかった。さもないと、犬の動きが火星人の注意を引きかねない。

そっと前へ出て、「おいで!」とやさしく呼びかけみた。だが、犬はすぐに頭をひっこめて、そのまま姿を消してしまった。

ぼくはふたたび耳をすました――耳は正常だった――が、くぼみのなかは静まりかえっていた。鳥の羽ばたきのような音と馬のいななきが聞こえたが、それだけだった。

長いあいだのぞき穴に身を寄せて横たわっていたが、視界をさえぎる赤い草をわきへよけるだけの度胸はなかった。一度か二度、ずっと下のほうの砂地で、あちこち走りまわっている犬の足音がしていたし、鳥の羽ばたきらしきものも聞こえたが、それだけだった。その静寂に勇気づけられて、ぼくはついに外をのぞいてみた。

片隅にカラスの大群が集まり、火星人に吸いつくされた死体をめぐって争いをくりひろげていた。それ以外に、くぼみのなかに生き物の姿はなかった。

あたりを見まわしたが、自分の目を信じられなかった。機械類はすべてなくなっていた。片隅に山積みになった青い粉、べつの隅に積まれたアルミニウム棒、それと死体にむらがるカラスたちをのぞけば、そこは砂地に掘られたからっぽのくぼみでしかなかった。

そっと赤草のあいだをぬけだし、瓦礫《がれき》の山の上に立った。すぐ背後にあたる北の方角以外は、あらゆる方角を見わたすことができたが、火星人の姿はもちろん、その痕跡《こんせき》さえ見あたらなかった。くぼみはぼくの足もとから急傾斜で落ちこんでいたが、瓦礫のあいだをすこしだけ進むと、どうにかのぼれそうな斜面がてっぺんまでつづいていた。脱出のチャンスが到来したのだ。ぼくは思わず身ぶるいした。

ちょっとだけためらってから、悲壮な決意をかため、心臓をどきどきさせながら、長いあいだ閉じこめられていた土砂の山を頂上までよじのぼった。

あらためて周囲を見わたした。こんどは北の方角も見えたが、火星人の姿はなかった。

最後に昼の光のなかでこのシーンの町を見たときには、住みごこちのよさそうな白や赤の家がまばらにならんで、そのあいだに影を落とす木立がたくさんあった。だが、そのときぼくの足の下にあったのは、壊れたレンガと土と砂利の山で、そこに膝《ひざ》までの高さがある赤いサボテンに似た植物がぎっしりと生い茂っていた。地球の植物は太刀打ちできなかったようだ。そばにある木々は枯れて茶色に変わっていたが、もっと離れたところでは、まだ生きている木々の幹に、赤い草が網の目のようにからみついていた。

近くの家はことごとく破壊されていたが、焼けたのは一軒もなかった。壁はそのままで、なかには二階まで残っているのもあったが、窓やドアは打ち砕かれていた。赤草は屋根を失った部屋のなかにまでひろがっていた。ぼくの足もとの大きなくぼみでは、カラスの群れが死体をつついていた。ほかにもたくさんの鳥が廃墟《はいきょ》のなかで跳ねていた。ずっと遠くで、痩《や》せた猫が身を低くして壁ぎわを忍び歩いていたが、人のいる気配はまったくなかった。

ずっと家に閉じこめられていたので、太陽の光はめまいがするほどまぶしく、空も真っ青に輝いて見えた。そよ風が、あいた地面を隅々まで埋めつくした赤草をそっとゆらしていた。そして、ああ！　なんてさわやかな空気だろう！

6　十五日間のできごと

　しばらくのあいだ、身の危険も忘れて、土砂の山の上にあぶなっかしく突っ立っていた。あの悪臭ただよう穴ぐらにひそんでいたあいだは、とりあえず安全を確保することしか考えていなかった。そのあいだに世界になにが起きていたかはわからなかったし、あれほど見なれないものが待っているとは思ってもみなかった。廃墟くらいは予想していた——が、ぼくの目のまえにあった、ぶきみな毒々しい風景は、まるでべつの惑星だった。

　その瞬間、ぼくは人間の範疇《はんちゅう》を超えた感情をおぼえた。それは、人間にしいたげられた哀れな動物たちだけが知っているものだった。巣にもどったウサギが、そこで十人ほどの作業員が家を建てるための基礎工事をはじめているのを見たら、あんな気持ちになるかもしれない。あのときはまだ漠然としていた感情は、しだいにはっきりしたかたちをとり、それから長いあいだぼくの心を苦しめつづけた。王座を追われたという感覚、自分はもはや支配者ではなく、火星人に踏みにじられた動物たちの一匹にすぎないという意識。ほかの動物たちとともに、こそこそと気をくばり、逃げて、隠れる。人間がおそるべき支配者だった時代は終わったのだ。

　だが、この異様な感覚は心にうかぶとすぐに消え、かわりに頭のなかを占領したのは、長かったみじめな絶食がもたらした空腹感だった。くぼみから目をそらすと、赤草におおわれた塀のむこうに、土砂におおわれていない菜園が見えた。しめたと思い、ぼくは膝まで埋まる赤草をかきわけて進みはじめた。赤草は、場所によっては首までの高さがあり、その密度の濃さが隠れているという安心感をあたえてくれた。塀の高さは六フィートほどあり、それを乗り越えようとしたとき、足にそれだけの力がなくなっているのがわかった。やむをえず迂回《うかい》しようとしたら、角のところに積み石をした部分があったので、そこから塀の上へあがり、待ちかねた菜園へころがりこんだ。

そこで、まだ若いタマネギをいくつかと、グラジオラスの球根を二個と、まだ小さなニンジンをたくさん手に入れてから、壊れた塀を乗り越え、赤く染まった木々のあいだを、キューのほうへと歩きだした。それはまるで、巨大な血のしずくが流れる並木道を歩いているかのようだった。そのとき考えていたことはふたつあった。ひとつは、もっとたくさん食料を手に入れること。もうひとつは、体力のゆるすかぎり、できるだけ早く、できるだけ遠くまで、くぼみのある呪われた異世界から離れることだった。

しばらく行くと、草地にキノコが生えていたので腹に詰めこんだ。そのあと、かつて牧草地だったところに、茶色いシーツを敷いたように浅く水が流れているのを見つけた。だが、そんなふうにちびちび食べていると、かえって腹がへるばかりだった。はじめは、暑い乾燥した夏の日に水があふれているのを見てびっくりしたが、あとになって、それは赤草が熱帯植物のように繁茂したせいだとわかった。このなみはずれた植物は、水があるところでは、とてつもない勢いで繁殖する。種子がウェイ川とテムズ川へ流れこみ、そこで巨大な葉を急速に成長させて、両方の川をせきとめてしまったのだ。

あとになってパトニーで見たのだが、橋はこの赤草におおわれてほとんど見えなくなっていた。リッチモンドでもそうだった。テムズ川があふれ、ひろく浅い流れとなってハンプトンとトウィッケナムの牧草地を水びたしにしていた。水がひろがると、赤草がそれにつづき、テムズ川一帯の破壊された住宅地は、一時的にこの赤い沼に沈んでしまった。ぼくはそのふちに沿って進んでいったので、火星人がもたらした荒廃の跡はほとんど見えなかった。

結局、この赤草は、ひろがったときと同じくらいあっというまに枯れてしまった。ある種の細菌によって病気にやられたのだと考えられている。地球上の植物は、自然淘汰《とうた》によって、細菌性の病気に対する強い抵抗力を獲得している。よほどのことがないかぎり枯れたりしないものだが、赤い草はもともと死んでいたかのように腐っていった。葉は白くなり、しなびてもろくなった。ちょっとさわるだけでぼろぼろになり、はじめにその成長をうながした水の流れが、最後の残骸《ざんがい》を海へと運び去った。

ぼくが水ぎわで最初にやったのは、もちろん、喉《のど》の渇きを癒《いや》すことだった。水をたっぷり飲んだあと、ふと衝動に駆られて、赤草の葉をすこしかんでみた。水っぽくて気持ち悪い、金属性の味だった。水は浅かったので、赤草がすこしじゃまだったが、歩いてわたるにはなんの問題もなかった。だが、テムズ川のほうへむかうと水が深くなったので、引き返してモートレイクへむかった。ところどころに残っている破壊された家や生け垣や街灯を手がかりにして、なんとか道をたどり、氾濫地帯を抜けて、ローハンプトンからパトニー公有地へとつながる丘をのぼりはじめた。

ここから、奇怪で見なれない風景が、見なれた風景が荒廃したものにかわった。嵐が過ぎ去ったような場所を抜けて、さらに数十ヤード進むと、まったく無傷の場所に出くわす。鎧戸《よろいど》もドアもきちんとしめた家は、住人が一日だけ出かけているか、さもなければ部屋で眠りについているかのようだ。赤草もこのあたりにはあまりひろがっていなかった。道に沿ってならぶ木々も、赤いつる草の襲撃はまぬがれていた。森のなかで食べ物をさがしてみたが、なにも見あたらなかった。静まりかえった家を二軒ほどあさってみたが、すでにだれかに略奪《りゃくだつ》されたあとだった。この日は、昼間はもう歩くのをやめて、低木の茂みで休息をとった。体が弱っていたせいか、疲れがひどくてそれ以上歩けなかったのだ。

このあいだずっと、人間の姿は見なかったし、火星人の気配も感じなかった。腹をすかせた犬に二度ほど出くわしたが、ぼくが近づくと、どちらも急いで逃げていった。ローハンプトンの近くでは、人間の骸骨をふたつ見た。死体ではなくて、きれいに肉をつつかれ、骨だけが残った骸骨だった。森のなかにも、何匹かの猫とウサギの骨が散らばっていたし、羊の頭蓋骨《ずがいこつ》もひとつあった。いくつかの骨をかじってみたが、腹の足しにはならなかった。

日が沈んだあと、体をひきずるようにしてパトニーの方向へ歩きだした。パトニーでは、なんらかの理由で熱線が用いられたようだ。ローハンプトンの町を出たあたりの菜園で、まだ小さいジャガイモをたくさん手に入れて飢えをしのいだ。その菜園からは、パトニーの町と川を見おろすことができた。薄闇のなかの町は異様に荒れはてていた。焼け焦げた木々、焼けて崩れ落ちた家々。丘のふもとには、川からあふれた水が一面にひろがり、それをあの草がまっ赤に染めあげていた。それらすべてをつつみこむのが——静寂だった。荒廃の進みかたがあまりにも速いのを見て、ぼくはいいようのない恐怖をおぼえた。

つかのま、人間が完全に一掃されて、そこにひとりで立っている自分が最後の生き残りなのではないかと思った。パトニー・ヒルのてっぺん近くで、またひとつ骸骨を見つけた。両腕がもげて、何ヤードか離れたところにころがっていた。先へ進むにつれて、このあたりの人間は全滅したのだという確信はますます強くなった。生き残っているのは、ぼくのような落ちこぼれだけだ。火星人たちは、この国を破壊しつくしたあと、食料を求めてよそへ移っていったのだろう。いまはベルリンかパリを破壊しているのかもしれない。あるいは、もっと北をめざしたのかもしれない。

7 パトニー・ヒルの男

その夜は、パトニー・ヒルの頂上にある宿屋ですごした。レザーヘッドへむかって逃げだしてからというもの、まともなベッドで眠ったのはこのときがはじめてだった。宿屋に押し入るためにむだ骨を折ったこと——あとでわかったのだが、玄関のドアは鍵《かぎ》がかかっていなかった——や、食べ物をさがして片っ端から部屋をあさりまわり、もうだめかと思ったときに従業員の部屋らしきところでネズミのかじりかけのパンくずとパイナップルの缶詰を二個発見したいきさつについては省略する。その宿屋はとっくに略奪されてからっぽになっていたのだ。あとになって、見逃されていたビスケットとサンドイッチを酒場で見つけた。サンドイッチは腐っていて食べられなかったが、ビスケットは腹を満たしてくれただけでなく、ポケットまでいっぱいにしてくれた。明かりはつけなかった。火星人が夜間の食料さがしにあらわれるのではないかと心配だったのだ。

ベッドにはいるまえには、どうしても不安がぬぐえなかったので、窓から窓へと歩き、あの怪物どもの姿はないかと闇をのぞきこんだ。あまり眠れなかった。ベッドに横たわると、つぎからつぎへと考えがうかんできた。副牧師と最後に口論してから、そんなことはいちどもなかった。あれからずっと、ぼくの精神状態はといえば、感情がめまぐるしく移り変わっているか、すべてをばかみたいに受け入れているかのどちらかだった。だが、この夜は、飢えが満たされたせいか、頭がすっきりして、まともにものを考えられるようになっていた。

三つの考えが頭のなかでひしめいていた。副牧師の死、火星人の居所、そして妻の安否。最初の件については、なんの恐怖も後悔の念もよみがえらなかった。それはただの過ぎ去ったできごとでしかなく、思いだせば不愉快きわまりないが、悔やむようなことではなかった。あのときのぼくは、最後の性急な一撃へむかって一歩ずつ追いたてられていた。いろいろなできごとが積みかさなって、避けようのない結末がおとずれたのだ。罪の意識はなかったが、記憶だけは、そのままのかたちでいつまでも残っていた。

夜の静寂につつまれると、暗くて静かなところでときどき感じる、神のそばにいるという感覚にあと押しされて、ぼくは裁きの場に立った。あの憎悪と恐怖の瞬間について裁かれたのだ。ぼくはふたりでかわした会話をひとつひとつさかのぼっていった——副牧師がぼくのそばでしゃがみこみ、喉の渇きを訴えるぼくを無視して、ウェイブリッジの廃墟《はいきょ》から立ちのぼる火と煙を指さしていた、あのときまで。ぼくたちは協力することができなかった。厳しい状況がそれをゆるさなかったのだ。事前にわかっていれば、ハリフォードで別れていただろう。だが、ぼくには予見できなかった。罪とは、事前に結果がわかっていながら、しかも実行することだ。副牧師との一件については、この物語全体がそうであるように、ありのままに書き記してある。目撃者はいなかった——その気になれば隠しておけるのだ。それでもぼくは書いた。あとは読者にそれぞれの判断をくだしてもらうしかない。

　床に倒れた副牧師の姿をやっとのことで頭から遠ざけると、こんどは火星人の問題と妻の運命に直面することになった。火星人の居所については、なにも情報がなかったので、あれこれ想像するしかなかった。残念なことに、妻の運命についても同じことがいえた。そのとき突然、夜はおそろしいものに変わった。いつしか、ぼくはベッドで体を起こし、暗闇を見つめていた。そして、熱線がまえぶれなしに妻を襲って、なんの苦痛もなくその命を奪ってくれたことを祈った。レザーヘッドから引き返したあの夜以来、ぼくはいちども祈っていなかった。難局に立たされたときには、異教徒が呪文《じゅもん》をとなえるような祈りの声をあげたことがあったが、このときは、闇のなかの神とまっすぐに向きあって、きちんとした祈りをささげた。なんてふしぎな夜だったろう！　とはいえ、なによりもふしぎだったのは、夜が明けるやいなや、神と語らって夜をすごしたぼくが、ネズミが隠れ穴から這《は》いだすように、こそこそと宿屋を逃げだしたことだった。ネズミよりすこし体が大きいだけの下等動物。火星人たちの気まぐれひとつで、狩りたてられて殺されてしまう存在。ネズミだってこっそり神に祈っていたのだろう。人間がこの戦争で学んだことがほとんどなかったとしても、哀れみだけは学んだはずだ――人間の支配に苦しむ愚かな生き物に対する哀れみだけは！

　朝の空はきれいに晴れあがり、ピンク色に輝く東の方角には、金色の小さな雲が浮かんでいた。パトニー・ヒルのてっぺんからウィンブルドンへむかう道路には、戦いがはじまった日曜日の夜に、パニックに襲われた群衆がロンドン方面へ流れていった跡が残っていた。小型の二輪馬車が、車輪の片方を砕かれて、錫《すず》のトランクといっしょに放置されていた。車体には〈ニュー・モールドンの八百屋、トマス・ロブ〉と記されていた。かたまりかけた泥のなかには麦わら帽が踏みにじられ、ウェスト・ヒルのてっぺんでは、ひっくりかえった水槽のまわりに血まみれのガラスが散乱していた。先の予定が漠然としすぎていたので、ぼくの足どりは重かった。レザーヘッドへ行くつもりではあったが、妻と会える可能性はかぎりなく低かった。不意打ちをくらって殺されたのでなければ、妻やいとこたちはもう避難しているはずだ。ただ、どこへ逃げたか教えてもらえるかもしれない。早く妻と会いたかったし、妻や人間世界のことを思うと胸が痛んだが、どうやって見つければいいのか見当もつかなかった。おまけに、いまや強烈な孤独を感じていた。角を曲がって、雑木林の下を抜けると、ウィンブルドン公有地がずっと遠くまでひろがっていた。

薄暗い野原のところどころに、ハリエニシダやエニシダの黄色い花が咲いていた。例の赤草は見えなかった。空地のへりに沿ってためらいがちに進んでいくと、太陽が高くのぼって、あたり一面に光があふれた。木立のあいだの沼地では、せわしなくうごめく小さなカエルの群れに出くわした。立ち止まってそれをながめ、カエルたちのたくましい生活力から、ひとつの教訓を学びとった。そのとき、見られているという奇妙な感覚をおぼえて、さっとふりかえると、なにかが低木の茂みのなかにうずくまっていた。ぼくはそれをじっと見つめた。一歩足を進めると、相手も立ちあがった。短剣を手にした男だった。ぼくはゆっくりと近づいていった。男は身じろぎもせずに、黙ってぼくを見つめていた。

さらに近づいてみると、男はぼくと同じくらいほこりまみれの汚れた服を着ていた。排水溝のなかを引きずられたようなありさまだった。薄茶色の乾いた粘土やてかてかした石炭のかけらがまじる緑色の泥が、べったりとへばりついていた。黒髪が目の上にたれさがり、やつれた顔は黒くよごれていたので、はじめは、それがだれなのかわからなかった。顔の下のほうに赤い切り傷があった。

「止まれ!」距離があと十ヤードほどになったとき、男が叫んだので、ぼくは足を止めた。男の声はしゃがれていた。「どこから来たんだ?」

ぼくは男をながめて、考えながらいった。「モートレイクからだ。火星人が円筒のまわりにつくったくぼみのそばで生き埋めになっていた。やっとのことで逃げだしてきたんだ」

「このへんには食べるものはないぞ。ここはおれの領土だ。この丘から川までと、うしろはクラパムまで。それと公有地の端までだ。食べ物はおれひとりぶんしかない。おまえはどっちへ行くつもりだ?」

ぼくはゆっくりこたえた。「わからない。なにしろ、十三日か十四日、ずっと家の残骸《ざんがい》のなかに閉じこめられていたんだ。なにが起きたのか知らないんだよ」

男はいぶかしげにぼくの顔を見つめていたが、急にはっとして、表情を変えた。

「このあたりにとどまるつもりはないよ」ぼくはつづけた。「レザーヘッドへ行こうと思っている。そこに妻がいるんだ」

男はぼくにさっと指を突きつけた。「あんただったのか。ウォーキングからきた人だろ。ウエイブリッジで死んだんじゃなかったのか？」

同時に、ぼくも男がだれなのかに気づいた。「うちの庭へ逃げこんできた砲兵だな」

「運がよかったな！　おたがいに運がよかった！　じつに奇遇だ！」男が手を差しだしたので、ぼくはそれを握りしめた。「おれは下水溝へ這《は》いこんだんだ。全員が殺されたわけじゃなかった。やつらがいなくなったあと、野原をつっきってウォールトンへむかったんだ。それにしても、あれから十六日くらいしかたっていないのに、あんたの髪は真っ白になったな」男は急にうしろをふりむいた。「ああ、カラスか。最近になって、鳥に影があることを知ったよ。ここはちょっとあけっぴろげだな。あそこの茂みにもぐりこんで話そうか」

「きみは火星人を見たか？　ぼくはあの家を逃げだしてから――」

「やつらはロンドンへむかった。あそこでもっと大きな陣地をつくっているんだろう。夜になると、ハムステッドのほうの空が、やつらのともす光で明るくなる。でかい都市ができたみたいだよ。その光のなかでやつらが動きまわっているのが見える。昼間は見えないけどな。だが、このあたりでは――最後にやつらを見かけたのは――」（男は指おりかぞえた）「五日まえだな。あのときは、やつらが二体でなにか大きなものをかかえて、ハマースミスのほうへむかっていた。あと、おとといの夜には」男はことばをきり、感心したようにつづけた。「光が見えただけなんだが、空になにかがあった。きっと、飛行機械をつくって、空を飛ぶ練習をしているんだ」

ぼくは四つんばいになったまま動きを止めた。そこは茂みになっていたのだ。

「飛ぶ？」

「ああ。飛ぶんだよ」

ぼくは小さな木陰で腰をおろした。「人類はこれでおしまいだ。飛べるとなると、やつらは簡単に世界をまわることができる」

男はうなずいた。「そうだな。ただ、そうすればこっちはいくらか救われることになる。それに――」ぼくの頭を見て、「あんたも人類は万事休すとあきらめたらどうだ？　おれはあきらめている。おれたちは負けた。叩《たた》きのめされたんだ」

ぼくは男をまじまじと見つめた。おかしな話かもしれないが、ぼくはまだその事実を認めていなかった――いわれてみれば、それはあまりにも明白な事実だった。それでも、ぼくは漠然とした希望にすがりついていたのだ。というか、ずっと慣れ親しんできた考え方を、すぐには切り替えられなかったのだ。男はもういちど「叩きのめされたんだ」といった。絶対の確信がある口ぶりだった。

「なにもかもおしまいだ」男はつづけた。「やつらが失ったのは一体――たった一体だ。それだけの犠牲で、きっちり足場をかためて世界最強の国家をぶち壊した。おれたちを踏みにじった。ウェイブリッジでひとつ死んだのも事故みたいなもんだ。しかも、やつらは先遣部隊でしかない。まだまだやってくるんだ。あの緑色の流れ星は――ここ五、六日は見かけないが、毎晩どこかに落ちているにちがいない。手の打ちようがないんだ。おれたちが負けたんだ。叩きのめされたんだ！」

ぼくは返事をしなかった。じっと前方を見つめて、なんとか反論しようとしたが、なにも思いつかなかった。

「これは戦争じゃない」砲兵はつづけた。「戦争なんてものじゃなかった。人間とアリが戦争にならないのと同じだ」

ふと、天体観測所ですごした夜のことを思いだした。

「あれは十回発射されて、それで終わったんだ——とにかく、最初の円筒が落下するまでは」

「どうしてわかるんだ?」砲兵がたずねた。ぼくが説明してやると、彼は考えこんだ。「大砲が故障したのかもしれないな。だが、それでどうなる? 故障だったら修理できる。多少遅れがあったところで、結末が変わるわけじゃない。人間とアリでしかないんだ。アリは都会をつくり、日々をすごし、戦争をしたり革命を起こしたりする。だが、人間にじゃまだと思われたら、すぐに追いはらわれてしまう。それがおれたちさ。ただのアリなんだよ。ただの——」

「そうだな」

「おれたちは食料になるアリってわけだ」

ぼくたちは顔を見合わせた。

「それで、やつらは人間をどうするつもりなんだろう?」ぼくはいった。

「おれもそれをずっと考えていたんだ。ウェイブリッジの一件のあと、おれは南へむかった——あれこれ考えながら。いろいろなものを見たよ。ほとんどの人間たちはぎゃあぎゃあ騒いで興奮していた。でも、おれは騒ぐのがきらいでね。あやうく死にかけたことも一度か二度はある。飾りものの兵隊じゃないんだから、どうころぼうと、死ぬときは死ぬだけさ。それに、やばい場面を切り抜けられるのは、頭のはたらくやつだけだ。あのときはだれもが南へむかっていた。で、『あっちへ行ったら食料がなくなる』と思って、すぐに引き返した。スズメが人間のいるほうへ飛んでいくみたいに、火星人のいるほうへむかったんだ。むこうでは――」砲兵は地平線のほうへ手をふってみせて――「飢え死にしそうな大勢の連中が、必死で逃げまどい、おたがいに踏みつけあって……」

男はぼくの顔を見て、ばつが悪そうに口をつぐんだ。

「金のあるやつらはフランスへ逃げたにちがいない」男は謝罪しようかどうしようかためらい、ぼくの目を見て、そのまま話をつづけた。「このあたりにだって食べるものはある。店には缶詰がならんでるし、ワインもウイスキーもミネラルウォーターもある。水道は給水管も配水管もからっぽだけどな。そうそう、おれがなにを考えていたか話していたんだったな。『やつらは知性のある生き物だ。どうやら人間を食料にするつもりらしい。手はじめに、やつらは人間を叩きつぶすだろう――船、機械、大砲、都市、あらゆる秩序と組織。なにもかもなくなってしまうだろう。人間がアリみたいに小さければ、なんとか切りぬけられるかもしれない。だが、あいにくそうじゃない。こんなにでかくちゃどうにもならない。それが、まず第一にたしかなことだ』そうだろ?」

ぼくはうなずいた。

「そうなんだよ。おれはなにもかも考えぬいたんだ。よし、じゃあつぎだ。いまは、火星人は必要なときに人間をつかまえている。ほんの数マイル行けば、逃げまどう人間をいくらでもつかまえられるからな。おれ自身、一体の火星人がウォンズワースの近くで家を叩き壊し、その残骸のなかをあさっているのを見たことがある。だが、いつまでもそんなことをつづけるとは思えない。こっちの大砲や船を残らず始末して、鉄道の線路をぶちこわして、いまむこうでやってることをぜんぶやり終えたら、もっと組織的に人間をつかまえはじめるにちがいない。上等なのを選んで、檻《おり》かなにかに貯蔵する。それがやつらのもくろみさ。そうとも！　これからはじまるんだ。そう思わないか？」

「これからだって？」

「これからだよ。いままでいろいろあったのは、こっちがおとなしくしていなかったからだ。大砲を撃ったりとか、ばかなことばっかりして、やつらを悩ませたからな。動転していっせいに逃げだしたりしたけど、よそへ行ったからって安全になるわけじゃなかったんだ。火星人はまだおれたちをどうこうするつもりはない。いろいろと作業を進めているところだ――はこんでこられなかったものを作ったり、あとからくる連中のために準備をしたり。円筒の発射がしばらく中断しているのもそのせいだろう。先に来た仲間と激突するのをおそれたんだ。とすれば、おれたちのほうも、やみくもに逃げまわったり、大騒ぎをしたり、ダイナマイトで爆破しようとか考えたりするんじゃなくて、この新しい状況にうまく対処しなけりゃいけない。これがおれのだした結論だよ。人間という種にとっては情けない話だが、現実だからしかたがない。おれはこの原則にのっとって行動する。都市、国家、文明、進歩――なにもかもおしまいだ。

勝負はついた。こっちの負けだよ」

「でも、そうだとしたら、ぼくたちはなんのために生きていくことになるんだろう?」

砲兵はしばらくぼくの顔を見つめた。「これから百万年くらいは、音楽会なんてものはひらかれないだろう。王立美術院もなくなるし、レストランでしゃれた料理を味わうこともできなくなる。娯楽がほしいというなら、あきらめるしかないだろう。上流社会のマナーだの、豆をナイフで食べるのはいやだの、下町なまりが気にくわないだの、そんなことはぜんぶ忘れることだ。もうそんなことに意味はないんだから」

「というと――」

「これからはおれみたいな人間だけが生きていくことになる――種の保存のために。はっきりいって、おれには生きる力がある。あんたのほうがどうなのかは、それほどたたないうちにはっきりするだろう。おれたちは皆殺しになんかならない。だからといって、つかまって、飼いならされて、牛みたいに肥え太るのはごめんだ。けっ! あんな茶色いナメクジどものいうなりになるもんか!」

「まさかきみは――」

「ああ。生き抜いてみせるさ、やつらの足もとでな。ちゃんと計画を立てたんだ。なにもかも考えぬいたんだ。人間が負けたのは、知識が足りなかったからだ。必死で学んでチャンスを待つしかない。学んでいるあいだは、ひとりでなんとか生きのびないと。わかるだろ! やらなけりゃいけないのはそういうことなんだ」

ぼくはあぜんとして男を見つめた。そのかたい決意にひどく心を動かされた。

「おどろいた！　きみはたいした男だな！」そういって、ぼくは男の手をぎゅっと握った。

「ああ！」男も目を輝かせた。「よく考えてあるだろ、なあ？」

「つづけてくれ」

「やつらの手をのがれるには、それなりの用意がいる。いまは準備を進めているところだ。いいか、だれもが野獣になれるわけじゃない。だが、そうならなくちゃいけないんだ。おれがあんたを監視していたのもそのためだ。正直、むずかしいんじゃないかと思った。体つきがきゃしゃだからな。最初はあんただとわからなかったし、生き埋めになってたことも知らなかった。立派な家に住んでいる連中とか、上品な暮らしに慣れている勤め人とかにはまずむりだ。根性がないからな——誇れるような夢もなければ、野望もない。そんなんじゃどうにもならないんだ。臆病《おくびょう》で用心深いだけだろ？　勤め先へせっせとかよって。そういう連中なら何百人も見てきたよ。弁当を片手に、通勤列車に乗り遅れまいと必死になって駆けているところを。遅刻をして首になるのがこわいんだ。で、仕事となると、その意味を理解するような手間はかけない。帰りは、夕食に遅れたらまずいからと大急ぎで家路をたどる。夕食がすむと、裏通りがこわいからと家に引きこもり、女房といっしょにベッドにはいる。その女房にしても、好きで結婚したわけじゃなく、この世の中でほそぼそと暮らしていくときに安心できるくらいの小金をもっていたからにすぎない。事故がこわいからと生命保険にはいり、すこしばかり投資もする。日曜日になれば、あの世がこわいからと教会へ行く。地獄はウサギのためにつくられたと思っているのかね！　とにかく、こういう連中にとって、火星人は天の恵みになるだろう。ひろびろとした檻で、餌もたっぷり、交配も慎重におこなわれるし、心配ごとはなにもない。すきっ腹をかかえて野原を一週間かそこら追いまわされたら、よろこんでつかまりに出てくるだろう。しばらくしたら、もう大満足だ。火星人に世話をしてもらうまで、人間はどんな暮らしをしていたんだろうかとふしぎに思うくらいだ。それに、酒場の常連、女たらし、歌手――こういう手合いがどうなるかも想像がつく。目にうかぶようだ」男は陰気にうなずいた。「感傷だの宗教だのがのさばりはじめるだろうな。いままでに何百という実例を見てきたが、この数日でそれがはっきりとわかるようになってきた。なにもかもそのまま受け入れてしまう連中も大勢いるだろう――でっぷりふとって、考えるのをやめて。だが、こんなのはまちがってる、なんとかしなければいけないと不安になる者もたくさんいるはずだ。たとえそういう状況になったとしても、心の弱い者や、ややこしいことが増えると弱気になる者は、なにもしない宗教に逃げこんでしまう。信仰第一で、超然としていて、主の意志のままにあまんじて迫害を受けるというやつだ。あんただって同じようなものを見てきただろう。臆病風ってやつは、強い負のエネルギーをもっているんだ。火星人の檻は賛美歌と祈りでいっぱいになる。で、そこまで単純じゃない連中がはまるのは――なんだと思う？――色事だよ」

砲兵はことばを切った。

「おそらく、火星人たちは捕虜の何人かをペットにするだろうな。芸を仕込んだりして。ひょっとしたら、成長したペットの少年を殺すのがかわいそうになるかもしれない。そいつらを仕込んで人間狩りをさせるかもしれない」

「ばかな！」ぼくは叫んだ。「ありえない！　人間がそんな――」

「きれいごとはやめておけ。よろこんで狩りをする人間はきっといるんだ。ありえないようなふりをするなんてばかげてる！」

ぼくは相手の確信の強さに屈服した。

「もしもそいつらがおれを狩りたてたら」砲兵はいった。「くそっ、もしもそいつらがおれを狩りたてたら――」そして、厳しい顔でもの思いにふけった。

ぼくもいまの話について考えてみた。反論はできなかった。火星人の侵攻以前なら、ぼくの知力がこの男にまさっていたことは疑いがない。ぼくは自他ともに認める哲学方面の著述家であり、彼は一介の兵士にすぎなかった。それでも、ぼくにはいまだに把握しきれないこの状況を、この男はさっさと明確に整理していたのだった。

「きみはどうするつもりだ？」ややあって、ぼくはたずねた。「なにか計画があるのか？」

砲兵はためらった。「まあ、こんな調子だ。おれたちはなにをするべきか？　人間が生きて、子を産み、ちゃんと育てあげられるような生活を考えなけりゃいけない。まあ、ちょっと待ってくれ。おれが考えたことを具体的に話すから。飼いならされた人間は、飼いならされた動物と同じことになる。何世代かすぎるうちに、大きくて、きれいで、血はたっぷりあるが、頭のほうはからっぽ――ごみくずだ！　おれたちのように野放しのままでいる人間には、野生化の危険がある――でっかい野ネズミみたいなものに退化するってことだ……。つまり、おれは地下で暮らそうと考えているわけだ。下水道だよ。もちろん、知らない連中はおっかない場所だと思うかもしれないが、ロンドンの地下には、何マイルもの——いや、何百マイルもの下水道がのびている。ロンドンはもうからっぽなんだから、何日か雨がふれば、下水道はすっかりきれいになる。本管ならひろいし、空気もたっぷりある。しかも、地下室、貯蔵庫、商店なんかがそろっていて、いざというときは下水道へ逃げこむこともできる。鉄道のトンネルも地下鉄もある。どうだ？　わかってきたんじゃないか？　おれたちは組織をつくるんだ——体が丈夫で、心がきれいな連中を集めて。流れこんでくるクズどもは相手にしない。弱いやつらは出ていってもらう」

「ぼくに出ていけといったみたいに？」

「それは——もう説明しただろ？」

「口論はやめよう。つづけてくれ」

「仲間には命令に従ってもらう。体が丈夫で、心のきれいな女も必要だ——母親として、教師として。ものうげな貴婦人や、しなびたぎょろ目の女はいらない。ばかや弱いのを仲間にはできない。生活はふたたび真剣なものになって、役立たずや、じゃまくさいのや、害があるやつは死ぬしかない。そんなのは死ぬべきなんだ。自分からすすんで死ぬべきだ。生きて血をよごすのは、人間に対する裏切りだ。それに、どうせしあわせにはなれない。だいたい、死ぬのはそんなにおそろしいことじゃない。臆病だからこわいと思うだけだ。こうやって、あちこちで組織をつくるんだ。おれたちの地区はロンドンだな。見張りを立たせて、火星人がいないときには地上を走りまわることだってできるかもしれない。クリケットもいけるかな。そうやって種を救うんだ。どうだ？　むりじゃないだろう？　ただ、種を救うだけじゃ意味がない。それじゃネズミになるだけだ。人間の知識を保存して、増やすことが重要だ。そこで、あんたみたいな人が必要になる。書物があり、模型がある。地下深くのいちばん安全な場所にひろい部屋を用意して、できるだけたくさんの書物を集めるんだ。小説や詩じゃなくて、思想や科学の本だ。そこで、あんたみたいな人が必要になる。大英博物館にも出かけて、必要な本を残らず集めないと。とくに科学は大事だな――もっと学ぶために。火星人のことも観察しないと。場合によっては、何人かスパイを送る必要があるだろう。すべてがちゃんと動きだしたら、おれが行くことになるだろうな。わざとつかまるんだ。そして、なによりも大事なのは、火星人たちをそっとしておくことだ。やつらのものを盗むのもだめだ。じゃまをしたら、たちまち抹殺されることになる。おれたちは無害なんだと思いこませておかないと。ああ、いいたいことはわかるよ。だが、やつらには知性がある。必要なものがちゃんと手にはいって、しかもこっちが無害な虫けらだとわかれば、狩りたてるようなまねはしないさ」

　砲兵はことばを切り、日焼けした手をぼくの腕に置いた。

「結局のところ、事前に学ばなけりゃいけないことはそう多くないかもしれない。想像してみてくれ。やつらの戦闘機械が四、五台、急に動きだす。熱線を右に左に発射するが、そのなかには火星人が乗っているわけじゃない。火星人じゃなくて、人間なんだ。操縦法をおぼえた人間が乗っているんだ。おれが生きているうちにも、そんな人間が出てくるかもしれない。考えてもみろよ。あのすばらしい機械をひとつ奪って、好きなだけ熱線を発射できるんだ！　操縦できるんだぞ！　そんなことができるなら、最後にこの体がこっぱみじんになったってかまうもんか。火星人どもが、あのきれいな目をまんまるに見ひらくんだ！　想像できるか？　やつらがおおあわてする様子が目にうかばないか？　あわてふためき、息を切らして、仲間の機械に呼びかけているところが？　なのに、どの機械もどこかしら故障しているんだ。そこへ、ヒューッ、ドカン！　やつらが機械をいじくりまわしているところへ、ヒューッと熱線がやってくる。見たか！　こうして人間は地球をとりもどすってわけだ」

しばらくのあいだ、砲兵の大胆な想像力と、その確信と勇気にみちた話しぶりが、完全にぼくの心を支配した。彼が予想してみせた人類の運命と、そのおどろくべき計画の実現性を、ぼくはなんのためらいもなく信じこんだ。ぼくのことを他人のことばに動かされやすい愚かな男だと思われるなら、あのときのぼくと彼との立場を比べてみてほしい。彼は自分の主張を語ることに全力をかたむけていたし、ぼくは茂みのなかで怯《おび》えてうずくまり、不安のあまり混乱しながら耳をすませていたのだ。その日の早朝は、ずっとこんなふうに話をしていた。だいぶたってから、ぼくたちは茂みを這《は》いだし、空を見わたして火星人がいないことをたしかめてから、砲兵がねぐらにしている、パトニー・ヒルの頂きにある家までまっしぐらに走った。その家の地下の石炭置場で、砲兵が一週間を費やした作業の成果を目にしたとき――それは長さが十ヤードにも満たないトンネルで、パトニー・ヒルの下水道の本管まで掘りぬこうという計画だった――ぼくははじめて、彼の夢と実力との大きなへだたりに気づいた。そのくらいの穴だったら、ぼくなら一日で掘りぬいていたはずだ。それでも、ぼくは彼を信じて、午前中はずっと穴掘りを手伝った。掘りだした土は、園芸用の手押し車で台所の炊事がまのそばへはこんだ。となりの配膳室から持ってきた、にせウミガメのスープの缶詰とワインで、元気をとりもどした。そうやってこつこつ働いていると、世界の異様な変貌《へんぼう》ぶりがふしぎと気にならなくなった。作業をつづけながら、砲兵の計画についてあれこれ考えていたら、つぎつぎと異論や疑問がでてきた。だが、ふたたび目的を得たことがうれしくて、午前中はずっと働きつづけた。とはいえ、一時間もたつと、下水道へ到達するためにどれだけ掘らなければならないのか、まるで見当ちがいの方向へそれてしまう可能性はないのか、といったことを考えはじめた。いちばんの疑問は、なぜこれほど長いトンネルを掘らなければならないのかということだった。マンホールのひとつから下水道へおりて、そこから家へむかって掘るほうが簡単ではないか。それに、こんな不便なところにある家を選んだのでは、不必要に長いトンネルを掘ることになる。ぼくがそうした事実に直面しはじめたとき、砲兵が掘るのをやめて、ぼくの顔を見た。

「ずいぶん働いたな」砲兵はシャベルをおろした。「すこし休もう。そろそろ屋根にのぼって偵察する時間だ」

それでもぼくが掘りつづけると、彼もちょっとためらってから、またシャベルをふるいはじめた。そのとき突然、ぼくはあることに思い当たった。ぼくが仕事の手を止めると、砲兵もすぐに手を止めた。

「きみはどうして公有地を歩いていたんだ?」ぼくはいった。「ここで働かずに?」

「空気を吸いに出たんだ。帰ろうとしていたところだった。夜のほうが安全だからな」

「でも、作業のほうは?」

「ずっと働いているわけにもいかないさ」

その返事を聞いたとき、ぼくにはこの男がどういう人間なのかはっきりわかった。砲兵はシャベルを手にしたまま、なおもぐずぐずしていた。「もう偵察に行かないと。火星人が近づいてきたら、シャベルの音を聞かれて、不意打ちをくらうかもしれない」

ぼくはもはや反論する気持ちもなくしていた。ふたりで屋根裏へあがり、まずは梯子《はしご》の上に立って、外へつづくドアからのぞいてみた。火星人の姿は見えなかったので、思いきって屋根《やね》瓦《がわら》の上に出て、そこからずるずると手すり壁のかげまでおりた。

その位置からだと、低木林がじゃまでパトニーのかなりの部分が見えなかったが、テムズ川と、密生する赤草と、氾濫して赤く染まったランベスの低地をながめることができた。かつての王宮のあたりの木々に赤いつる草が群がっていた。葉もちぢれた枯れ枝が、群葉のあいだから突きだしていた。この二種類の植物のひろがりが、氾濫している水の流れに完全に左右されているのは、見るからに異様な光景だった。ぼくたちのまわりでは、どちらの植物も根をおろしてはいなかった。キングサリ、ピンク色のサンザシ、カンボク、ニオイヒバが、ゲッケイジュやアジサイのあいだから伸びて、明るい日射しに緑色にきらめていた。ケンジントンのむこうへ目をやると、濃い煙が立ちのぼり、青いもやとともに北のほうの丘を隠していた。

砲兵は、まだロンドンに残っている人びとのことを語りはじめた。

「先週のある晩のことだ。どこかのばかどもが電灯の修理をしたらしく、リージェント・ストリートからピカデリー・サーカスまでの一帯がぱっと明るくなった。ぼろをまとった酔っぱらいが集まって、男も女も、夜があけるまで踊ったりわめいたりしていたらしい。そこにいた男がおれに話してくれたんだ。朝になって、ふと気がつくと、ランガム・ホテルの近くに一台の戦闘機械が立って、そいつらを見おろしていた。いつからそこにいたのか、まったくわからなかったそうだ。ぎょっとした連中も少なくなかったにちがいない。戦闘機械は道路を彼らのほうへ近づいてきて、飲みすぎたり腰を抜かしたりして逃げられなかった連中を、百人近くつまみあげたんだ」

その奇怪な情景は、どんな歴史家も完全に描くことはできないだろう。

それから、砲兵はぼくの質問にこたえて、ふたたび雄大な計画について語りだした。その口ぶりにはどんどん熱がこもっていった。戦闘機械の捕獲は不可能ではないと、あまりにも力強く語るものだから、ぼくはまたしてもそれを信じかけてしまった。だが、いまでは男の性格がわかりかけていたので、なにひとつ思いきった行動をとる気はないのだと予想できた。ましてや、あの巨大な機械を捕獲するために戦うなどというのは絶対にありえなかった。

しばらくして、ぼくたちはまた地下室へおりた。ふたりとも穴掘りをつづける気はなかったので、砲兵が食事のことをほのめかすと、ぼくはすぐさま賛成した。彼は急に気前がよくなって、食事が終わるとどこかへ姿を消し、もどってきたときには、上等な葉巻を何本か手にしていた。ぼくたちはそれに火をつけ、彼はまたしても楽観的な空想話に花を咲かせた。ようやく、ぼくの出現をよろこぶ気になったようだった。

「ここの貯蔵庫にはシャンパンもあるんだ」砲兵はいった。

「作業をつづけるには、国産ワインのほうがいいんじゃないか」

「いや、きょうはおれが主人役だからな。シャンパンにしよう！　すごいぞ！　おれたちには重大な仕事が待っているんだ！　いまのうちに休息をとって力をつけておこう。このマメだらけの手を見てくれよ！」

この休日気分があとをひいたらしく、砲兵は食事のあとでトランプをしようといいだし、ぼくにユーカーのルールを教えてくれた。ロンドンをふたつに分けて、ぼくが北部、彼が南部をとり、それぞれの教区を賭《か》けることになった。まじめな読者には奇怪で愚かしく思えるだろうが、これはまちがいなく事実なのだ。さらにおどろくべきことに、ぼく自身、そのときやったトランプのゲームは、どれもこれもおもしろくてたまらなかった。

人の心理とはおかしなものだ！　自分の種族が絶滅あるいは悲惨な衰退の危険に瀕《ひん》し、おそろしい死以外にはなんの見とおしもたっていなかったのに、ぼくたちはのんきに腰をおろして、色のついた厚紙で勝負を争い、おおよろこびでふざけあったりしていたのだ。そのあと、ぼくはポーカーを教わり、チェスのゲームでは立てつづけに三局勝った。夕闇がせまると、あえて危険をおかしてランプをつけた。

休みなしにゲームをつづけたあとで、夕食をとり、砲兵はシャンパンの瓶をあけてしまった。葉巻も吸った。彼はもはや、朝会ったときの情熱的な人類の救済者ではなくなっていた。あいかわらず楽観論者ではあったが、それも行動力が落ちて、机上の楽観論を語っているにすぎなかった。あまり変わりばえのしない、とぎれとぎれの演説を、彼はぼくの健康を祈ることばで締めくくった。ぼくは葉巻を手にして二階へあがった。彼から聞いていた、ハイゲイトの丘陵地で緑色に輝く光というのを見たかったからだ。

はじめは、なにも知らずにロンドンの市街地のほうへ目をむけた。北方の高台は闇に沈んでいた。ケンジントンの近くでは、あちこちで火事が赤々と輝いていて、ときおり、オレンジ色の炎がぱっと立ちのぼっては、深い青色の空へ消えていった。そのほかのロンドンは真っ暗だった。そのとき、もっと近いところに奇妙な光があることに気づいた。薄紫色の蛍光性の輝きが、夜のそよ風にゆらめいていた。最初はなんなのかわからなかったが、やがて、そのかすかな光は赤草がはなっているのだと気づいた。そのとたん、ふしぎなものを見ておどろく感覚や、ものごとに対する平衡感覚がよみがえってきた。ぼくは視線を移し、西の空高くに赤く澄んだ光をともしている火星をながめてから、ハムステッドやハイゲイトの暗闇をいつまでも熱心に見つめた。

ずいぶん長いあいだ屋根の上にいて、その日一日の奇怪な変化に思いをめぐらせた。深夜の祈りから、ばかげたトランプ遊びにいたるまでの自分の精神状態を、順繰りに思い返してみたのだ。ひどい自己嫌悪におそわれて、ぼくは葉巻を遠くへ投げ捨てた。それは心の荒廃のシンボルだった。ひどい自己嫌悪にさいなまれて、自分自身の愚かさが何倍にも拡大されてはねかえってきた。妻を、人類を裏切ったような気がして、ひどい後悔の念に襲われた。ぼくは決心した。あのいっぷう変わった締まりのない夢想家が酒と食事に夢中になっているあいだに、ここを出てロンドンへ行こう。火星人とぼくの同胞がなにをしているかを知るには、それがいちばんだ。ぼくがまだ屋根の上にいたとき、遅い月がのぼった。

8　死せるロンドン

砲兵と別れたあと、丘をくだり、パトニーのハイ・ストリートをとおって橋をわたり、フラムへむかった。赤草はそのころが最盛期で、橋の車道をほとんどふさいでいた。だが、その葉にはすでに白い斑点《はんてん》があらわれていた。のちにこの草をあっというまに一掃することになる病気が、どんどんひろがっていたのだ。

パトニー・ブリッジ駅へ曲がる道路の角で、ひとりの男が倒れていた。黒い塵《ちり》まみれで、煙突掃除人のようによごれていた。生きてはいたが、手に負えないほど酔いつぶれていて、口もきけなかった。声をかけても、激しい悪態と、頭へのパンチが返ってきただけだった。介抱してやるつもりだったのだが、あれほど残忍な顔を見せられてはむりだった。

橋から先の道路は黒い塵でおおわれていて、フラムにはいるとそれがいっそう厚さを増した。通りはどこも異様に静まりかえっていた。そこのパン屋で食べ物を手に入れた。いやなにおいがして、かたく、カビだらけだったが、ちゃんと食べることができた。ウォラム・グリーンのほうへすこし行くと、道路に積もった塵はきれいになくなった。高台の白い家並みが炎をあげていた。火が燃える音を聞くと、かえってほっとした。ブロンプトンに近づくと、通りはまた静かになった。

そのあたりの道路はまた黒い塵におおわれ、死体が散らばっていた。フラム・ロードを抜けるまでに、ぜんぶで一ダースは見たはずだ。いずれも死んでから何日もたっていたので、ぼくは急いでそこをとおりすぎた。黒い塵が死体をおおって、その輪郭をやわらげていた。ひとつかふたつは犬たちに荒らされていた。

黒い塵のないところは、ふしぎなくらい日曜日の中心街に似ていた。商店はどこも休んでいたし、住宅はドアに鍵《かぎ》をかけて鎧戸《よろいど》をしめてあり、人の気配はなく静まりかえっていた。ところどころで略奪がおこなわれていたが、ほとんどが食料品店か酒屋だった。宝石商のショーウインドーも壊されていたが、仕事の途中でじゃまがはいったらしく、金鎖や時計がいくつか歩道に散らばっていた。だが、ぼくはそれにさわったりはしなかった。さらに進むと、戸口の踏み段に、ぼろぼろになった女がうずくまっていた。膝《ひざ》の上にかぶさった手がざっくりと切れていて、色あせた茶色い服の上を血が流れ落ちていた。割れたシャンパンの大瓶が歩道に水たまりをつくっていた。女は眠っているように見えたが、死んでいた。

ロンドンの中心部へはいればはいるほど、静寂が深まった。だが、死の静寂と呼ぶほどではない――それは緊張と予感に満ちた静寂だった。首都の北西部を焼きはらい、イーリングとキルバーンを全滅させた破壊の手が、いまにもこのあたりの住宅地に襲いかかり、煙をあげる廃《はい》墟《きょ》に変えるかもしれなかった。死刑を宣告され、見捨てられた都市……。

サウス・ケンジントンでは、通りには死体も黒い塵もなかった。だが、はじめてあの咆哮《ほうこう》を耳にしたのは、サウス・ケンジントンの近くまで来たときだった。それは、ほとんど聞きとれないほどのかすかな響きとして、ぼくの耳に忍び寄ってきた。すすり泣くような「ウラー、ウラー、ウラー、ウラー」という声が、高くなったり低くなったりしながらいつまでもつづいていた。北へむかう通りを進むと、声はしだいに大きくなったが、ビルや住宅にさえぎられると、静まったり途絶えたりするようだった。エクシビション・ロードでは、また大波のように押し寄せてきた。ぼくは立ち止まり、この奇妙な遠い泣き声はなんだろうと考えながら、ケンジントン・ガーデンのほうへ目をむけた。広大な砂漠のような住宅街が、恐怖と孤独を訴えて泣き叫んでいるかのようだった。

「ウラー、ウラー、ウラー、ウラー」人間ばなれした叫び声はつづいた。巨大な音の波が、太陽に照らされたひろい道路を、左右の高いビルのあいだを縫って流れてきた。ぼくはますます不審に思って、北へ顔をむけ、ハイド・パークの鉄門をながめた。自然史博物館へはいりこみ、その塔のてっぺんから公園のほうを見わたしてみようかとも思った。だが、急いで身を隠すなら地上にとどまるほうがいいので、そのままエクシビション・ロードを進んだ。両側にならぶ大きな邸宅は、人けがなく静まりかえり、ぼくの足音だけが壁に反響していた。突き当たりの、公園の鉄門近くまでくると、異様な光景に出くわした。乗合馬車がひっくりかえり、しゃぶりつくされた馬の骸骨《ざんがい》がころがっていた。けげんな思いでしばらくそれをながめてから、サーペンタイン池にかかる橋をわたった。声はますます強くなってきたが、公園の北側にならぶ家の屋根にさえぎられてなにも見えず、北西のほうで煙がひと筋うっすらと立ちのぼっていただけだった。

「ウラー、ウラー、ウラー、ウラー」その叫びは、リージェンツ・パークのあたりから、ぼくにむかって近づいてくるように思われた。わびしい叫び声がぼくの心に影響をおよぼした。張りつめた気持ちは消え失せた。泣き声がぼくの心をとらえてしまったのだ。強烈な疲労感が押し寄せて、足の痛みが激しくなり、ふたたび飢えと渇きがつらくなってきた。

すでに正午をすぎていた。ぼくはなぜひとりで死の町をさまよい歩いているのだろう? ロンドン全市が、黒い屍衣《しい》につつまれて安置されているとき、なぜぼくはひとりぼっちでいるのだろう? 耐えがたい孤独を感じた。何年も会ったことのない旧友たちの面影が脳裏をよぎった。薬局の店先にある毒薬のことや、酒屋の貯蔵庫にあるウイスキーのボトルのことを考えた。それから、この町には、絶望して酒びたりになった者がふたりはいることを考えた……。

マーブル・アーチのところでオックスフォード・ストリートへ出ると、そこにはまた黒い塵と死体があり、何軒かの家の地下室の格子戸のあいだから、胸のむかつく不快なにおいが流れだしていた。長く歩きつづけたので、ひどく喉《のど》が渇いていた。とてつもない苦労をして酒場へ押し入り、食物と飲みものを手に入れた。腹がいっぱいになると、疲労が押し寄せてきたので、カウンターの奥の客間にはいり、そこにあった黒い馬の毛のソファで眠りこんだ。

目をさますと、あいかわらずあのぶきみな咆哮が聞こえていた。「ウラー、ウラー、ウラー、ウラー」すでに夕暮れどきだったので、カウンターをあさってビスケットとチーズを手に入れてから——肉の貯蔵庫もあったが、なかにはウジ虫しかいなかった——物音ひとつしないベイカー・ストリートの住宅街をとぼとぼと抜けて――名前がわかるのはポートマン・スクエアだけだった――リージェンツ・パークへたどり着いた。ベイカー・ストリートのはずれから公園にはいると、遠く、落陽の光に照らされた梢《こずえ》の上に、火星の巨人のフードが見えた。あの咆哮はそこから流れだしていたのだった。こわくはなかった。こうして出会うのは、当然のことのように思われた。しばらくながめていたが、巨人は動かなかった。そこにたたずんで叫びつづけているだけで、理由はまったくわからなかった。

ぼくはこれからの行動計画を立てようとした。「ウラー、ウラー、ウラー、ウラー」という絶え間ない叫びで頭が混乱した。恐怖を感じるには疲れすぎていたのだろう。それに、その単調な叫びの原因を突き止めたいという気持ちが、恐怖心を上まわったのもたしかだった。公園から引き返してパーク・ロードへ出た。公園の外をまわり、テラスのかげに沿って進み、セント・ジョーンズ・ウッドの方角から、身動きもせずに吠《ほ》える火星人をながめてみるつもりだった。ベイカー・ストリートを出て二百ヤードほど行ったところで、犬の群れが吠えたてる声を聞いた。すると、まず腐りかけた赤い肉をくわえた犬が一匹、ぼくのほうへ走ってきて、そのあとを飢えた野犬の群れが追ってきた。最初の犬は、新しい競争相手だとでも思ったのか、ぼくを大きく迂回《うかい》して走り去った。犬たちの吠える声が、静まりかえった道路のむこうへ消えると、「ウラー、ウラー、ウラー、ウラー」というなげきの声がまた聞こえてきた。

セント・ジョーンズ・ウッド駅へむかう途中、大破した作業機械に出くわした。はじめは道路に家が倒れているのかと思った。残骸のなかを踏み越えていくと、突然、そこに機械の巨人前が横たわっていた。触手は折れ曲がり、自分がつくった瓦礫《がれき》のなかで叩《たた》きつぶされていた。前部も粉々だった。まっすぐ建物にぶつかって、崩れてきたものに押しつぶされたような恰好《かっこう》だ。作業機械が火星人の指揮下を離れたら、こんなことになるのかもしれなかった。瓦礫の山にのぼってじっくり見るのはむりだった。夕闇がかなり濃くなっていたので、座席にこびりついた血も、犬にかじられた火星人の軟骨も、見ることはできなかった。

さまざまなできごとに、いよいよ不審の念を深めながら、プリムローズ・ヒルをめざして進んだ。はるかかなた、木立の切れ目をとおして、第二の火星人が見えた。最初のやつと同じように、公園のなかの動物園に近いあたりで、じっとたたずみ、音ひとつたてていなかった。壊れた作業機械の残骸からすこし行ったところで、また例の赤草に出くわした。リージェント運河は、スポンジのようにふくれあがった深い赤色の植物で埋めつくされていた。橋をわたっていたとき、「ウラー、ウラー、ウラー、ウラー」の叫びがやんだ。なにかに断ち切られたようだった。ふいに静寂がおとずれた。

薄暗い家がまわりにぼんやりとそびえていた。公園の方角に生えている木々は闇につつまれていた。いたるところで赤草が廃墟《はいきょ》にからみつき、薄闇のなかで頭上高く這《は》いのぼろうとしていた。夜が、恐怖と神秘の母が、ぼくに襲いかかろうとしていた。だが、あの叫び声がつづいていたあいだは、さびしさにも、孤独にも耐えることができた。あの叫びによって、ロンドンはまだ生きているように見えたし、命の感触がぼくを支えてくれた。そこへ突然、変化がおとずれて、なにかが――その正体はわからなかった――とおりすぎていき、手でさわれそうな静寂がひろがった。あるのはただ、ぶきみな静けさだけだった。

　周囲では、ロンドンが幽霊のようにぼくをじっと見つめていた。白い家々の窓は、髑髏《どくろ》の眼《がん》窩《か》のようだ。ぼくの想像のなかでは、千体もの敵が音をたてずにうごめいていた。恐怖がぼくをとらえた。自分自身の無鉄砲さがおそろしかった。行く手にのびる道はタールを塗ったように真っ暗で、そこに、なにかゆがんだ形のものが横たわっていた。とても足を進める気にはなれなかった。セント・ジョーンズ・ウッド・ロードへ曲がり、耐えがたい静寂から離れるために、キルバーンをめざして走りつづけた。夜と静けさをのがれて、真夜中すぎまでハロー・ロードの辻《つじ》馬車屋の小屋に隠れていた。だが、夜が明けるまえに、勇気がよみがえったので、あいかわらず空には星が輝いていたが、もういちどリージェンツ・パークへむかった。途中で道に迷ったが、なんとかひろい通りへ出たとき、明け方の薄明かりのなかに、プリムローズ・ヒルのなだらかな曲線が見えた。その頂上には、消えかかる星影を背に、第三の火星人が、まえの二体と同様、身動きもせずに直立していた。

　不条理な決意が、ぼくをとらえた。死んでおわりにしよう。自殺する手間がはぶけていいかもしれない。むこう見ずにも、ぼくは巨人にむかって歩きだした。近づくにつれて、空はあかるくなり、無数の黒い鳥が、巨人のフードのまわりにむらがっているのが見えた。そのとたん、心臓がはねあがり、ぼくはその道路を駆けだしていた。

　駆けつづけて、赤草に埋めつくされたセント・エドマンズ・テラスを抜けて（貯水池からアルバート・ロードへあふれだす急流を、胸までつかってわたった）、太陽がのぼるまえに芝生の上へ出た。丘の頂きのあたりに、高々と土を盛りあげた巨大な要塞《ようさい》が築かれ——火星人のつくった最後の、最大の拠点だった——それらの土の山のうしろから、煙がうっすらと空へ立ちのぼっていた。飢えた犬が丘の稜線《りょうせん》を走っていって姿を消した。頭のなかにひらめいた考えが現実のものとなり、信じられるものとなった。恐怖はなく、ただ激しい歓喜に体をふるわせながら、身動きしない怪物にむかって丘を駆けあがった。戦闘機械のフードから茶色い紐《ひも》のようなものがたれさがり、飢えた鳥たちが、それついばんではひき裂いていた。

つぎの瞬間、ぼくは土の塁壁をよじのぼり、てっぺんに立って要塞の内部を見おろした。そこはかなりのひろさで、あちこちに巨大な機械が置かれていた。資材の大きな山や、奇妙な避難所もあった。ひっくりかえった戦闘機械のなかで、あるいは、すでに動きを止めた作業機械のなかで、あるいは、硬直した姿で十体ほどが音もなく一列にならんで、火星人たちがじっと横たわっていた。死んでいたのだ！　火星人の体内には抗体がない腐敗性の病原菌によって殺されたのだ。赤草が枯れていこうとしているのと同じだ。人間が試みた対抗策がすべて失敗に終わったあと、神がその英知により地上にもたらした、もっとも謙虚なものの手で殺されたのだ。

このような展開になることは、災厄と恐怖によって心の目が閉ざされていなければ、ぼくだけでなく多くの人びとがとっくに予想してしかるべきだった。こうした細菌は、この世のはじまりからずっと、人間の命を奪いつづけてきた——この世界で生命が誕生したときからずっと、人間以前の祖先の命を奪いつづけてきたのだ。しかし、自然淘汰《とうた》の結果、われわれは抵抗力を身につけた。どのような細菌に対しても、闘わずして屈伏することはないし、多くの細菌――たとえば、死んだものを腐敗させる細菌――に対しては、われわれの肉体は完全に免疫ができている。だが、火星上には細菌が存在しなかった。この侵略者たちが地球に到着して、飲んだり食べたりしはじめるとすぐに、人間の顕微鏡レベルの同盟者たちが攻撃を開始したのだ。ぼくが火星人たちの行動を観察していたとき、すでに彼らは避けようのない運命を宣告されていて、あちこち動きまわっていたときでさえ、その肉体を死と腐敗にむしばまれていた。それは必然だった。人間は、一億人もの犠牲者をだして、この地球上で生きる権利を確保した。それはあらゆる侵入者に対する人間の権利であり、たとえ火星人が十倍も強力な生物だったとしても、やはり人間だけがもつ権利なのだ。人間はむだに生きたり死んだりしているわけではないのだ。

ぜんぶで五十体近い火星人が、彼らにとってはどんな死にも増して不可解な死を遂げ、自分たちで掘りあげた巨大なくぼみのあちこちに倒れていた。あの時点では、ぼくにとっても彼らの死は不可解だった。わかっていたのは、人類にとってあれほどの恐怖の対象だったものが死んだということだけだった。しばらくのあいだは、センナケリブ（訳注：紀元前のアッシリア王。バビロンを破り廃墟にした）の破壊がくりかえされたものの、神がそのことを悔やみ、夜のあいだに死天使をつかわしてやつらを殺させたのだと信じたほどだった。

くぼみのなかをのぞきこんでいたら、心が晴れ晴れとしてきて、ちょうどそのとき、のぼる太陽がぼくのまわりの世界をその光線で明るく照らしだした。だが、くぼみのなかはあいかわらず闇に沈んでいた。おどろくほど強力かつ複雑で、この世のものとは思えないほど奇怪な形をしたエンジンが、影のなかから光にむかってぼんやりとぶきみに浮かびあがっていた。はるか眼下では、くぼみの底の暗闇に横たわる死体をめぐって、たくさんの犬たちが争いをくりひろげていた。反対側のへりには、平べったい奇妙な形をした巨大な飛行機械があった。火星人たちは、地球の濃密な大気のなかでこの装置の実験を試みているあいだに、腐敗と死にとらえられたのだ。死はちょうどいいときにおとずれたわけだ。けたたましいカラスの鳴き声に顔をあげると、プリムローズ・ヒルの頂上に、永遠に戦う能力を失った巨大な戦闘機械と、そのひっくりかえった座席から垂れさがる、ぼろぼろにひき裂かれた赤い肉塊が見えた。

丘の斜面を見おろすと、ゆうべ見かけた二体の火星人が、死に襲われたときのままの姿でたたずみ、鳥の群れにかこまれていた。一体は、仲間たちにむかって苦痛の叫びをあげながら死んでいったのだろう。おそらく、あれが最後まで生き残っていた火星人で、機械が力を失うまでずっと呼びかけをつづけていたのだ。いまやそれは、無害な金属製の三本脚の塔となり、のぼりくる太陽の光にきらきらと輝いていた。

くぼみの周囲には、奇跡的に永遠の破滅からまぬがれた、偉大なる〝都市の母〟がひろがっていた。陰うつな煙の衣をまとったロンドンしか知らない人びとには、音もなく荒涼とひろがる、素裸になったこの街並みの澄みきった美しさを想像することはできないだろう。

東へ目をやると、黒焦げになったアルバート・テラスの廃墟や、ひき裂かれた教会の尖塔《せんとう》のむこうで、太陽が晴れわたった空にまばゆく輝き、果てしなくつづく屋根がそこかしこで陽光をとらえては、真っ白な輝きをはなっていた。

北側のキルバーンやハムステッドのあたりでは、密集した人家が青くかすんでいた。西側では、この大都会はまだ薄闇に沈んでいた。そして南側では、例の火星人たちのむこうに、リージェンツ・パークの緑の波や、ランガム・ホテルや、アルバート・ホールの丸屋根や、インペリアル・インスティテュートや、ブロンプトン・ロードにならぶ大邸宅が、朝日をあびて小さいけれどもくっきりとうかびあがり、もっと遠くに目をやると、廃墟と化したウェストミンスター寺院がぼんやりとそびえていた。はるか遠くにはサリーの丘陵地が青くつらなり、水晶宮《クリスタル・パレス》の塔は二本の銀の杖《つえ》のようにきらめいていた。セント・ポール寺院の丸屋根だけは、朝日を受けても黒々としていた。そのときはじめて気づいたのだが、西側に大きな穴があいていたのだ。

こうして、放置されて静まりかえった住宅、工場、教会の果てしないひろがりをながめ、この人間の砂州を築きあげた無数の人びとと、その数知れぬ希望と努力、さらには、それを一挙に打ち砕いた冷酷非情な破壊に思いをはせ、すでに暗い影は消え去って、人びとがなおも通りのあちこちで生きながらえ、この愛する巨大都市が死の淵《ふち》から力強くよみがえろうとしているのを知ったとき、ぼくは押し寄せる感動の波におぼれて、あやうく涙を流しそうになった。

苦難のときは去った。その日のうちにも、復旧がはじまるだろう。全国に散らばった生存者たち――指導者もなく、法もなく、食料もなく、まさに羊飼いを失った羊だ――も、海外にのがれた数千の人びとも、やがてもどりはじめるだろう。生命の鼓動が、ふたたびその強さを増して、からっぽになった通りで鳴り響き、荒涼とした広場にあふれるのだ。どれほどの破壊がなされたにせよ、破壊者の手はすでにくいとめられた。いまでこそ、無残な廃墟《はいきょ》が、黒い骸骨《がいこつ》とかわった家々が、太陽の光をあびた丘の芝生を陰気に見つめているが、やがては復興の槌音《つちおと》がこだまし、こてをふるう音が響きわたるだろう。その日のことを思って、ぼくは両手を天にさしのべ、神に感謝を捧《ささ》げた。一年もたてば——そう、一年もたてば……

そのとき、ぼく自身のことや、妻のことや、永遠に失われてしまった、希望とやさしい思いやりにあふれた過去の日々への思いが、圧倒的な力で押し寄せてきた。

9　破壊の跡

ここで、ぼくの物語のなかでもっともふしぎなできごとが起こる。もっとも、それほどふしぎとはいえないかもしれない。あの日、プリムローズ・ヒルの頂上に立って泣きながら神に祈っていたときのことまでは、はっきりと、鮮明に思いだすことができる。ところが、そのあとのことはすっかり忘れてしまったのだ。

その後の三日間については、なにひとつ記憶がない。あとで知ったことだが、ぼくは火星人の敗北の最初の発見者ではなかった。前日の夜に、ぼくと同じようにロンドン市街をさまよい歩いていた人が何人かいたらしい。そのうちのひとり――第一発見者――が、中央郵便局へ駆けつけて、ぼくが馬車小屋に身をひそめていたあいだに、パリへ電報を打っていたのだ。それによって、このよろこばしいニュースは、またたく間に全世界にひろがった。おそろしい不安におののいていた一千もの都市が、たちまち歓喜にわきたった。ぼくがくぼみのふちに立っていたときには、ダブリン、エディンバラ、マンチェスター、バーミンガムにもその情報が伝わっていた。人びとは、うれし涙にむせび、叫び声をあげ、仕事をやめ、手を握りあい、そしてまた叫びながら、さっそく列車を仕立てて、ロンドンへの復帰を急いだ。クルーのような近場でさえそうだったのだ。二週間沈黙していた教会の鐘も、このニュースを知るやいなや、イングランド全土にその音を鳴り響かせた。自転車にのった男たちが、やつれた顔にぼさぼさの髪という姿で田舎道を走りまわり、痩《や》せおとろえ絶望しきった同胞たちに、この思いがけない知らせを大声で叫んでまわった。食料はといえば、イギリス海峡、アイリッシュ海、大西洋を越えて、麦が、パンが、肉が、救援物資として送られてきた。このころは、全世界の船荷がロンドンをめざしているようだった。

だが、こういったことについて、ぼくにはまったく記憶がない。さまよい歩いていたのだ——正気を失ったまま。気がついたときには、ある親切な人たちの家にいた。この人たちが、解放から三日後に、泣きわめきながらセント・ジョーンズ・ウッドの通りをさまよっていたぼくを見つけてくれたのだ。彼らの話によれば、正気とは思えないでたらめな詩をがなりたてていたそうだ——「生き残った最後の人間！　ばんざい！　生き残った最後の人間！」自分たちのあとかたづけでたいへんだったのに、この家の人たちは——ぜひとも感謝の意を表したいのだが、ここでは名は伏せることにする——ぼくの身を案じて、寝る場所をあてがい、ぼく自身からぼくを守ってくれた。どうやら、ぼくが正気を失っていたあいだに口走ったことばから、なにがあったかをある程度は察してくれたようだった。

ぼくがなんとか落ちつきをとりもどすと、彼らはすこしずつ、伝え聞いたレザーヘッドの運命について教えてくれた。ぼくが廃屋に閉じこめられた二日後に、レザーヘッドは火星人の手で、そこにいた人間もろとも破壊されたとのことだった。とくに挑発されたわけでもなかったのに、その火星人は、こどもがアリ塚を踏みつぶすように、いたずら半分で町を壊滅させたようだった。

ぼくがひとりぼっちになると、一家はますます親切にしてくれた。ぼくは孤独をなげきつづけたが、一家はしんぼうしてくれた。正気にもどったあとも、ぼくはその家に四日間とどまった。そのあいだに、かつての輝かしく幸福だった生活の跡をもういちど見てみたいという漠然とした思いが、だんだんつのっていった。そんなことをしても、よけいにみじめになるだけで、なんの希望もない——と、一家はぼくを説得した。その病的な願望を忘れさせようと、あらゆる努力をしてくれた。だが、ぼくはどうしてもその衝動をおさえることができなかった。かならず帰ってくるからと約束して、四日間の友人たちに——正直に告白するが——涙ながらの別れを告げ、つい数日まえまで、あれほど暗く、異様で、人影すらなかった町の通りに、ふたたび出ていった。

そこはすでに、もどってきた人びとでにぎわっていた。場所によっては商店さえひらいていたし、水飲み場では水が流れていた。

その日は、ウォーキングのわが家をめざして憂鬱《ゆううつ》な旅をするぼくをあざけるかのように、太陽がさんさんと輝き、町にはせわしなく動きまわる人びとがあふれていた。どこへ行っても大勢の人びとが忙しく働いていて、人口のかなりの割合を占める人びとが殺されてしまったとは信じられないくらいだった。だが、出会う人びとはみんな、肌がひどく黄ばんでいて、髪はぼうぼうで、目もぎらついていたし、ふたりにひとりは、あいかわらず汚れたぼろを身につけていた。その顔には二種類の表情しか浮かんでいないようだった。ひとつは歓喜と活気、もうひとつは断固たる決意だ。顔の表情をべつにすれば、ロンドンは浮浪者の都市だった。教区委員たちが、フランス政府から送られたパンを、だれかれの区別なくくばっていた。わずかに見かけた馬も、あばらが異様にとびだしていた。どの町角に行っても、白いバッジをつけた特別警察官がやつれた顔で立っていた。ウェリントン・ストリートへくるまで、火星人のもたらした被害の痕跡《こんせき》を見かけることはなかったが、ウォータールー橋の橋桁《はしげた》には、例の赤草がまとわりついていた。

この橋のたもとでは、あの異常な日々にいたるところで遭遇した、妙に背景とそぐわないものを見かけた。赤草の茂みを背にして、大地に突き刺した棒の上に一枚の紙片がはためいていたのだ。それは最初に刊行を再開したデイリー・メイル紙のプラカードだった。ぼくはポケットをさぐって、黒く変色した一シリング硬貨をとりだし、新聞を買った。紙面のほとんどは空白だったが、それをひとりでつくりあげた植字工は、おもしろ半分に、裏のページ一面に鉛版で広告を印刷するという妙なことをしていた。記事の中身はひどく感情的なもので、取材網がいまだに回復していないのはあきらかだった。目新しいものといえば、火星人の機械の調査を一週間おこなっただけでおどろくべき成果があがったという記事くらいだった。なかでも目を引いたのは、当時のぼくにはとても信じられなかったが、火星人の〝飛行の秘密〟が解明されたという記述だった。ウォータールー駅に着くと、人びとを故郷にはこんでいる無料の列車があった。最初の大混雑はすでに終わっていた。乗客の数も少なかったし、世間話をする気にもなれなかった。ぼくはひとりで車室を独占して、腕を組んですわりこみ、窓の外の荒廃した街並みが太陽に明るく照らされている様子を、陰気な顔でながめた。駅を出るとすぐに、列車は臨時に敷設された線路にはいった。左右にならぶ家々は、どれもこれも黒焦げの廃墟だった。クラパムの乗換駅に近づくと、この二日間は激しい雷雨がつづいたというのに、ロンドンの顔は黒煙の塵《ちり》でよごれていた。駅では線路が破壊されたままだった、仕事をなくした何百人もの会社員や店員たちが、本職の作業員たちといっしょに修復工事にあたっていた。列車は急造の中継線路へゴトゴトとはいっていった。

そこから先、窓の外の風景は荒涼とした見なれないものになった。ウィンブルドンが、とりわけひどい被害を受けていた。ウォールトンは、マツ林が焼けずに残ったおかげで、この沿線ではもっとも損傷が少なくてすんだようだ。ウォンドル川、モール川、そのほかどんな小さな流れも、赤草がぎっしりと盛りあがって、肉屋にある肉と酢漬けキャベツのごたまぜのような感じだった。ただ、サリー側のマツ林は乾燥しすぎていたせいか、赤いつる草にからみつかれていなかった。ウィンブルドンをすぎると、列車の窓から見える、とある育樹園のなかに、土砂がもりあがって小山をつくっているところがあった。第六の円筒の落下地点だ。たくさんの人びとが集まっていて、その中心で何人かの工兵が作業にあたっていた。小山の上にはイギリス国旗が立てられ、朝のそよ風にはためいていた。育樹園はどこもかしこも赤草だらけで、広大な敷地のあざやかな深紅色が紫色の影でところどころ断ち切られている様子は、見ていると目が痛くなるほどだった。焼け焦げた灰色の大地とくすんだ赤色の草から、東の丘のやわらかな緑へ視線を移すと、果てしない安らぎをおぼえた。

ウォーキング駅からロンドン方面へのびる線路はまだ修理中だったので、ぼくはバイフリート駅で列車を降りて、メイベリーへむかう道路を歩きだした。かつて砲兵とふたりで騎兵に話しかけた場所や、雷雨の夜、ぼくの眼前に火星人が出現した場所をとおりすぎた。ふと好奇心をそそられて、道をはずれてみると、赤草の茂みのなかに、ひどくゆがんで壊れた二輪馬車があった。その近くには、白い骨だけになった馬の死体が散らばっていた。しばらく、ぼくはその事故現場をながめていた……。

それから、場所によっては首まで埋まる深さの赤草をかき分けながらマツ林を進み、〈ぶち犬〉の主人がすでに埋葬されていることをたしかめたあと、〈カレッジ・アームズ〉を経由してわが家へと急いだ。とある家をとおりすぎたとき、あけっぱなしのドアのまえに立っていた男から、名前を呼ばれてあいさつされた。

わが家を目にした瞬間、ぱっと希望がわきあがったが、すぐにまた消えてしまった。玄関のドアがこじあけられていて、ぼくが近づくあいだにも、ゆっくりとひらきつつあった。

だが、ドアはまたしまった。砲兵とふたりで夜明けをながめた、あけっぱなしの書斎の窓では、カーテンがはためいていた。あれ以来、窓を閉める者はいなかったのだ。踏みにじられた茂みも、四週間近くまえにここを離れたときのままだった。よろよろと玄関ホールへはいってみたが、家のなかに人けはなかった。階段のカーペットはしわがよって変色していた。あの悲劇の夜、ぼくは雷鳴のなかをずぶぬれになってわが家へ帰り着き、あそこでうずくまっていたのだ。砲兵とふたりで階段をのぼったときの泥靴の跡もそのまま残っていた。

靴跡をたどって書斎にはいってみると、書きもの机の上に、透明石膏《せっこう》の文鎮をのせた原稿が置いてあった。これを書きかけていた日の午後に、円筒の蓋《ふた》があいたのだ。しばらく、ぼくはそこに立って原稿を読みかえした。文明の進歩にともなって道徳観がどのように変化するかを論じたもので、最後の一行は、ぼくの予言の文章の冒頭部分だった。〈いまから二百年後には、おそらく――〉文章はそこでぷっつりと途切れていた。ほんのひと月まえのことだったからよくおぼえていたのだが、あの日の朝、ぼくは考えをまとめるのに苦労して、仕事を中断し、配達の少年からデイリー・クロニクル紙を受けとるために階下へおりていった。庭の木戸のまえまでいくと、少年が駆けてきて、「火星から来た人間」についてふしぎな話を聞かせてくれたのだ。

階下へおりて、食堂にはいってみた。羊肉とパンがあったが、どちらもすっかり腐っていた。ひっくりかえっているビール瓶も、ぼくと兵士が残していったままだった。家は荒れはてていた。長いあいだ心にあわい希望をあたためていたことが、いかに愚かしい行為だったかを思い知らされた。そのとき、ふしぎなことが起きた。「むだだよ」だれかの声がいった。「ここは空き家だ。この十日間、だれも住んでいなかった。こんなところにいたら自分を苦しめるだけだ。逃げのびられたのはきみひとりなんだ」

ぼくはぎくっとした。考えを口にだしてしまったのだろうか？　ふりかえると、背後のフランス窓があいていた。そこへ歩み寄り、外をのぞいてみた。

そこには、ぼくと同じように驚きと不安の色をうかべて、いとこと妻とが立っていた。妻は真っ青な顔をしていたが、涙を流してはいなかった。その口から、かすかな叫びがもれた。

「あなた。信じていた……信じていたわ……」

妻は喉《のど》へ手をあてて――よろめいた。ぼくは一歩踏みだして、妻を両腕で抱きとめた。

10　エピローグ

この物語を締めくくるにあたり、なによりも悔やまれるのは、いまだ解決されていない数多くの問題について、ぼく自身がほとんど議論に加われなかったことだ。この点については、世の批判をあまんじて受け入れるしかない。ぼくの専門は思弁哲学だ。比較生理学の知識については、一、二冊の書物から仕入れたにすぎないが、火星人の突然の死亡理由にまつわるカーヴァーの指摘は、ほぼまちがいのない結論とみなしてかまわないと思う。ぼくも本文中では同様の推測をしている。

いずれにせよ、戦後調査されたすべての火星人たちの死体からは、地球上で知られている以外の細菌はいっさい発見されなかった。火星人が仲間の死体を埋葬しなかったり、見境なく殺《さつ》戮《りく》をおこなったりしていたことは、彼らが腐敗現象について完全に無知であったことを物語っている。ただ、可能性が高いとはいえ、これは証明された結論ではない。

火星人が使用した、あの強烈な致死的効果を発揮する黒煙の成分や、熱線を発射する機械の構造についても、いまだに謎のままだ。後者については、イーリングとサウス・ケンジントンの研究所でおそるべき事故が発生したために、学者たちが継続調査をためらっている。黒い塵については、スペクトル分析の結果、緑色の部分に三本の明るい線でしめされる未知の元素が存在することが確認された。この元素がアルゴンと結合すると、ある種の化合物が生じ、血液中の成分にたちまち致死的な影響をおよぼすものと思われる。だが、こうした未確認の考察は、この物語を読む一般の読者にとってはさほど興味あるものではないだろう。シェパートンが破壊された直後に、テムズ川にただよっていた茶色の浮きかすについては、当時は調査がおこなわれなかったし、現在はまったく発生していない。

火星人の死体は、徘徊《はいかい》する野犬の群れに食い荒らされていたが、その残りの部分に対しておこなわれた解剖調査の結果については、すでに述べた。しかし、読者のみなさんも、自然史博物館に保管されている、ほぼ完全な、すばらしいアルコール漬けの標本をご覧になっているだろうし、その標本をもとにして作成された数多くの図面も公開されている。火星人の生理と体構造に関するより詳細な考察は、純粋に科学上の問題だ。

より重要な、全世界の人びとに関係のある問題は、火星人が再度の侵攻をおこなう可能性があるかどうかということだ。これについては、充分な関心がもたれているとは思えない。現在は火星は合《ごう》の位置にあるが、今後、衝《しょう》の位置に来るたびに、再度の侵攻がおこなわれる可能性はある。いずれにせよ、われわれはこれにそなえなければならない。円筒を発射する大砲の位置を特定し、その部分をつねに監視しておけば、つぎの攻撃を事前に察知することができるのではないかと思われる。

そうすれば、円筒の表面が冷えて、火星人がそこから出られるようになるまえに、ダイナマイトか大砲でこれを破壊することも可能だろうし、円筒の蓋がひらくと同時に、やはり大砲で火星人を殲滅《せんめつ》することも可能だろう。最初の奇襲に失敗したことで、火星人は有利な立場を失ったように思われる。おそらくは、彼らも同じように考えているだろう。

レッシングは、火星人が金星への着陸に成功したと推定できるだけの証拠を提出した。いまから七ヵ月まえ、金星と火星は、太陽と一直線にならんだ。すなわち、火星は、金星上の観察者から見て衝の位置にあったのだ。その後、金星の太陽に照らされていない半球の部分に、奇妙な輝きをはなつ波形の光点が出現した。それとほぼ同時に、火星表面の写真に、前者とよく似た波形の暗い光点が写っていることが確認された。両者のスケッチを参照すれば、その特徴がおどろくほどよく似ていることがわかる。

火星人の再度の侵略があるかどうかはべつとして、こうした一連の事件により、人類の未来についてのわれわれの見解は、大幅な修正を余儀なくされることになった。われわれはいまや、地球という惑星を恒久的に安全な居住地とみなしてはならないと学んだ。善悪はさておき、いつどんなものが宇宙空間のかなたから飛来するかわからないのだ。宇宙というよりひろい視野に立ってみた場合、火星人の侵略は、地球人にとって利益があったといえないこともない。それは、堕落のもっとも重要な原因となる未来に対するのんきな安心感を消し去ってくれただけでなく、人類の科学に多大なる貢献をし、さらに、人類共通の利益という概念をおおいにひろめてくれた。それは同時に、広大な宇宙空間をへだてて先遣部隊の運命を見守っていた火星人に、教訓をあたえたのかもしれない。そのため、火星人はより安全な移住場所として金星を選んだのかもしれない。それはともかく、これからの長き歳月、火星の表面をじっくり観察するときには、けっして心が安まることはないだろう。そして、流れ星を、あの夜空を流れる炎の矢を見るとき、人は消しようのない不安を胸にいだくことだろう。

この事件によって人類の視野がいちじるしく拡大されたことは、どれだけ力説しても足りない事実だ。円筒が落下するまえは、われわれが住むこのちっぽけな球体の表面をのぞけば、深遠なる宇宙空間のどこにも生命は存在しないと考えられていた。だが、いまのわれわれはもっと遠くを見ている。火星人が金星に到達できたとすれば、地球人に同じことができないと考える理由はどこにもない。太陽はゆっくりと冷えていて、地球はいずれ居住不能になる。それが確実なことだとするならば、地球ではじまった生命の糸は、いずれ宇宙へ流れだし、われわれの姉妹惑星までたどり着くかもしれない。

生命がこの太陽系という小さな苗床からゆっくりとのびて、枯れ果てた広大な星間宇宙へひろがっていくという、ぼくが脳裏に思いえがいたヴィジョンは、漠然としてはいるが、すばらしいものだ。だが、これは遠い未来の夢だ。それに対して、今回の火星人たちの自滅は、ほんの一時的な猶予でしかないのかもしれない。未来をさずけられるのは、われわれではなく、火星人のほうかもしれない。

ここで告白しておくが、あの事件で体験した緊張と危険は、ぼくの心に、いつまでも消えることのない疑念と不安を残した。書斎ですわって、ランプの光で書きものをしているときでも、窓の下にひろがる再建中の街並みがまたしても炎につつまれる光景を目にしたり、ぼくの住むこの家が急にからっぽの廃墟《はいきょ》と化しているのを感じたりすることがある。バイフリート・ロードへ出ると、肉屋の小僧が走らせる荷馬車、観光客を満載した乗合馬車、自転車にのった労働者や通学のこどもたちなど、さまざまな車両がとおりすぎるが、それが急にぼやけて、現実感を失い、ぼくは、またしても砲兵とふたりで静まりかえった暑苦しい道路を急ぎ足で歩いていたりする。夜には、黒い塵がひっそりした通りに降り積もり、ねじくれた死体をつつみこんでいる様子が見える。その死体は、いきなり立ちあがって、野犬に食い荒らされたずたずたの姿で、ぼくにむかって進んでくる。わけのわからぬことばをわめきちらしながら、ますます猛々しく、蒼白《そうはく》に、醜悪になり、ついには、人間ばなれした怪物へと変貌《へんぼう》する。そこでぼくは目をさます。冷えきったみじめな姿で、夜の暗闇につつまれて。

ロンドンへ出かけて、フリート・ストリートやストランドの雑沓《ざっとう》をながめていると、過去の亡霊たちが、あのとき見た、荒れ果てて静まりかえった通りを、いきつもどりつさまよい歩いているのではないかという思いがうかぶ。死都の幻影、電気仕掛けの肉体をもつまがいものの生命。さらに、この最後の章を書く前日にそうしたように、プリムローズ・ヒルに立って、ただよう煙と霧をとおして青くかすみ、やがては茫漠《ぼうばく》とした低い空に溶けて消えている広大な住宅街をながめ、丘の頂きにある花園のなかを行き来する人びとをながめ、いまでもそこに立っている火星人の機械をとりかこむ見物人たちをながめ、遊びたわむれるこどもたちの歓声を聞き、あの最後の大いなる日の夜明けの光のなかで、それらすべてが鮮明に輝き、完全な静寂につつまれているのを目にしたときのことを思い起こすと、なんともいえずふしぎな気持ちがしてくるのだ……。

そして、なによりもふしぎなのは、こうしてふたたび妻の手を握りしめていることだ。ぼくたちはおたがいに、相手が死んだと思いこんでいたのだから……。

解説

堺　三保

二〇〇五年夏、全世界でスティーヴン・スピルバーグ監督、トム・クルーズ主演の超大作映画『宇宙戦争』が公開される。本書は百年以上前に書かれた最古の異星人侵略ＳＦであり、この映画をはじめとする多くのＳＦ作品に多大な影響を与えてきた先駆的な傑作である。

本書の作者Ｈ・Ｇ・ウェルズは、十九世紀末から二十世紀中葉にかけて活躍したイギリスの作家で、特に十九世紀末に立て続けに科学小説（当時はまだサイエンス・フィクションという言葉は生まれていない）を発表し、現代的なＳＦの礎を築くこととなった。このため、当時、やはり革新的な科学技術を盛り込んだ小説を立て続けに発表していたフランスの人気作家ジュール・ヴェルヌと並んで〝ＳＦの始祖〟と称されることも多い。

ウェルズが初めて生み出したＳＦ的アイデアは数多い。たとえば『タイムマシン』ではタイム・トラベル、『モロー博士の島』では生物の改造による知性化、『透明人間』では人体の不可視化と、その後さまざまな小説や映画などで使われ、今ではＳＦに詳しくない人でも一度は目にしたことのあるアイデアを山のように生み出しているのだ。『宇宙戦争』もまたそのようなアイデアが盛り込まれた作品の一つである。先に書いたように、宇宙人が地球を侵略するという、それこそSF小説はもちろん、映画やテレビアニメ、子供向けの特撮番組などで数え切れないくらい繰り返し使われているモティーフを、一番最初に取り上げ、正面から克明に描いたという、記念すべき作品なのだ。

そして、それら後発の作品群には、本作から直接的な影響を受けたと思《おぼ》しき作品や、本作のパロディなどもたくさん含まれている。

たとえば、大ヒットしたSFパニック映画『インデペンデンス・デイ』は、枠組みだけ取り出せば実に本作によく似ているし、それと同時期に公開されたブラックなSFコメディ『マーズ・アタック!』に出てくる火星人は、まさに本作の火星人の悪趣味な(これは誉め言葉である)パロディだ。

また、本作の書かれた十九世紀末は、SFのみならずさまざまな大衆娯楽小説が芽生えた時期で、シャーロック・ホームズやアルセーヌ・ルパンをはじめとして、同時代のヒーローには事欠かない。そういういろんな同時代ヒーローを共演させたパロディものも盛んで、マンリー・W・ウェルマンの『シャーロック・ホームズの宇宙戦争』では、ホームズやチャレンジャー教授といったコナン・ドイルの小説のヒーローたちが、また『リーグ・オブ・レジェンド』というタイトルで映画化もされた人気コミック『リーグ・オブ・エクストラオーディナリー・ジェントルメン』の第二部では、アラン・クォーターメイン、ネモ船長、ジキル博士らといった面々が、それぞれ本作の出来事の裏で、実は火星人の襲来と対決していたという筋立てになっている。

また、横田順彌の『火星人類の逆襲』は、本作の事件から十三年後、火星人の第二派攻撃がなんと東京に襲来、押川春浪ら明治末期の文豪たちが火星人を敵に回して大活躍するという痛快な傑作だ。

さて、それでは、『宇宙戦争』は古いということだけに意義のある古典でしかないのかというと、まったくそんなことはない。確かに、火星に知的生物がいるとか、その火星人が頭脳のみが発達したせいでタコのような姿に進化しているというような設定は、当時はともかく現在の科学知識からするとあまりにも的はずれだ。しかし、そういう執筆年代による科学的なズレを除けば、本書はまったく古びない迫力で読者に迫ってくる。

特に、市街地で突然戦闘が起こり、徐々に混乱と破壊が人々を呑《の》み込んでいく有り様は、主人公の手記という体裁が持つジャーナリスティックな文体と相まって、強烈な印象を読者に与える。それはまさに、二十世紀以降、科学技術の発達によって次々と開発された新兵器により頻発することとなる、市民を巻き添えにした大規模な破壊や殺戮《さつりく》を予言しているかのようだ。本書は、その読者を、その時代に合った暗い予感に怯《おび》えさせるだけの力を持っているのである。

だからこそであろうか。なぜか本書のドラマ化は、常に原作に描かれている時代ではなく、ドラマが製作されている時代を舞台として作られているのだ。

たとえば、かの『市民ケーン』の監督にして名優であるオーソン・ウェルズが若き日に手がけ、全米を震撼《しんかん》させたラジオドラマ版というものがある。

これはアメリカのCBSラジオが放送したもので、事前に「これはラジオドラマである」という告知が何度も流されたにもかかわらず、刻一刻と事態の推移を報じる臨時ニュースの形式を取ったことから、途中から聞いて事実と勘違いした人々が現れ、全米で一大パニックが巻き起こってしまったのである。時に一九三八年、第二次世界大戦の予感に怯える不穏な社会情勢が事件の後押しをしたことは間違いない。

また、『地球最後の日』のジョージ・パルによって製作されたバイロン・ハスキン監督の映画版では、当時のUFOブーム（当時は空飛ぶ円盤と呼んでいた）に合わせて、火星人の戦闘機械は三本足の歩行機械からエイのような平たくスマートな形状の宇宙船に、火星人の姿は三つの目と三本の指を持つ、地上のどんな生物とも似ていない異形の存在に、それぞれリメイクされた。

当時としては最高水準の特撮技術によって描かれた大破壊シーンは素晴らしい出来ばえで、その迫力に人々は熱狂し、この映画もまた大ヒットとなった。一九五三年、人々が核戦争による人類絶滅の脅威に怯えていた米ソ冷戦時代のことである（ちなみに、この映画版『宇宙戦争』の続編として、一九八八年から九〇年にかけて『新・宇宙戦争』というテレビの連続ドラマも作られている）。

これら、過去の傑作を向こうに回して、スティーヴン・スピルバーグとトム・クルーズがいったいどんな映画を作り上げようとしているのか。

予告編を見る限り、舞台はやはり現代、つまり二十一世紀の、9・11同時多発テロを経験したあとのアメリカだ。かつて『E.T.』で優しい宇宙人と子供たちの交流をハートフルに描いたスピルバーグが、圧倒的な科学技術力の差を武器に、冷酷無比に侵略をおこなう異星人（たぶん、さすがに火星人という設定ではないと思うのだが）の姿をどのように描くのか、実に興味津々である。

ぜひとも読者の皆さんにも、本書を読み返しては十九世紀末のロンドンが廃墟《はいきょ》と化す様におののきつつ、二十一世紀初頭のアメリカ、いや全世界が大破壊の憂き目に遭うであろう映画の公開を楽しみに待っていただきたい。

二〇〇五年五月

宇宙戦争《うちゅうせんそう》

H・G・ウェルズ　小田麻紀《おだまき》＝訳

平成17年 5月25日　初版発行
令和6年 10月10日　5版発行

発行者●山下直久

発行●株式会社KADOKAWA
〒102-8177　東京都千代田区富士見2-13-3
電話　0570-002-301(ナビダイヤル)

角川文庫 13816

印刷所●株式会社KADOKAWA
製本所●株式会社KADOKAWA

表紙画●和田三造

●お問い合わせ
https://www.kadokawa.co.jp/（「お問い合わせ」へお進みください）
※内容によっては、お答えできない場合があります。
※サポートは日本国内のみとさせていただきます。
※Japanese text only

Printed in Japan
ISBN 978-4-04-270307-5　C0197

◆◇◇

角川文庫発刊に際して

角川源義

第二次世界大戦の敗北は、軍事力の敗北であった以上に、私たちの若い文化力の敗退であった。私たちの文化が戦争に対して如何に無力であり、単なるあだ花に過ぎなかったかを、私たちは身を以て体験し痛感した。西洋近代文化の摂取にとって、明治以後八十年の歳月は決して短かすぎたとは言えない。にもかかわらず、近代文化の伝統を確立し、自由な批判と柔軟な良識に富む文化層として自らを形成することに私たちは失敗して来た。そしてこれは、各層への文化の普及滲透を任務とする出版人の責任でもあった。

一九四五年以来、私たちは再び振出しに戻り、第一歩から踏み出すことを余儀なくされた。これは大きな不幸ではあるが、反面、これまでの混沌・未熟・歪曲の中にあった我が国の文化に秩序と確たる基礎を齎らすためには絶好の機会でもある。角川書店は、このような祖国の文化的危機にあたり、微力をも顧みず再建の礎石たるべき抱負と決意とをもって出発したが、ここに創立以来の念願を果すべく角川文庫を発刊する。これまで刊行されたあらゆる全集叢書文庫類の長所と短所とを検討し、古今東西の不朽の典籍を、良心的編集のもとに、廉価に、そして書架にふさわしい美本として、多くのひとびとに提供しようとする。しかし私たちは徒らに百科全書的な知識のジレッタントを作ることを目的とせず、あくまで祖国の文化に秩序と再建への道を示し、この文庫を角川書店の栄ある事業として、今後永久に継続発展せしめ、学芸と教養との殿堂として大成せんことを期したい。多くの読書子の愛情ある忠言と支持とによって、この希望と抱負とを完遂せしめられんことを願う。

一九四九年五月三日

角川文庫海外作品

ダークタワーⅠ
ガンスリンガー
スティーヴン・キング
風間賢二＝訳

すべてが奇妙に歪み、変転する世界。この世ならぬ異境で、最後の拳銃使いローランドは、宿敵である黒衣の男を追いつづけていた。途中で不思議な少年ジェイクと出会い、ともに旅を続けるのだが……。

ダークタワーⅡ
運命の三人 (上)(下)
スティーヴン・キング
風間賢二＝訳

〈暗黒の塔〉を目指し、孤独な旅を続けるローランド。浜辺に辿りついた彼は、夜ごと出現する異形の化け物に、拳銃使いには欠かせない右手の二本の指を食いちぎられる。そんな時、砂浜に奇妙なドアが出現した。

ダークタワーⅢ
荒地 (上)(下)
スティーヴン・キング
風間賢二＝訳

〈旅の仲間〉であるエディとスザンナを得たローランド。2人にガンスリンガーとしての教えを叩きこみながら、〈暗黒の塔〉への旅は続く。だが、見殺しにしたジェイク少年の面影がローランドを苦しめる……。

ダークタワーⅣ
魔道師と水晶球 (上)(下)
スティーヴン・キング
風間賢二＝訳

超高速で疾駆する列車内に閉じ込められたローランドたち。高度な知性を持つが、今や狂気に駆られた〈ブレイン〉との謎かけ合戦に勝たなければ命はない。絶体絶命の中、エディが繰り出した意外な手とは……？

ダークタワーⅤ
カーラの狼 (上)(下)
スティーヴン・キング
風間賢二＝訳

のどかなカーラの町に最悪の報せが届く。もうすぐ〈狼〉たちが、双子の片割れをさらいにやってくる――。おとなしく子どもを差し出すか、勝ち目のない戦いに挑むか。ローランドは町の人々とともに立ち上がる！

角川文庫海外作品

ダークタワー VI
スザンナの歌 (上)(下)
スティーヴン・キング
風間賢二＝訳

〈狼〉たちとの死闘の終結に安堵する間もなく、スザンナが忌まわしい水晶球とともに行方をくらませた。彼女の第4の人格ミーアは妖魔の子を身ごもっているが、そのことと関連しているのか？

ダークタワー VII
暗黒の塔 (上)(下)
スティーヴン・キング
風間賢二＝訳

絶望的な未来を変えるべく、別の時代、別の場所に転移し、命をかけて奮闘する仲間たち。だがスザンナの孤高の抵抗もむなしく、〝父殺し〟を宿命づけられた妖魔の子が、いままさに誕生しようとしていた……。

アルケミスト
夢を旅した少年
パウロ・コエーリョ
山川紘矢・山川亜希子＝訳

羊飼いの少年サンチャゴは、アンダルシアの平原からエジプトのピラミッドへ旅に出た。錬金術師の導きと様々な出会いの中で少年は人生の知恵を学んでゆく。世界中でベストセラーになった夢と勇気の物語。

星の巡礼
パウロ・コエーリョ
山川紘矢・山川亜希子＝訳

神秘の扉を目の前に最後の試験に失敗したパウロ。彼が奇跡の剣を手にする唯一の手段は「星の道」という巡礼路を旅することだった。自らの体験をもとに描かれた、スピリチュアリティに満ちたデビュー作。

ピエドラ川のほとりで私は泣いた
パウロ・コエーリョ
山川紘矢・山川亜希子＝訳

ピラールのもとに、ある日幼なじみの男性から手紙が届く。久々に再会した彼から愛を告白され戸惑うピラール。しかし修道士でヒーラーでもある彼と旅するうちに、彼女は真実の愛を発見する。

角川文庫海外作品

第五の山
パウロ・コエーリョ
山川紘矢・山川亜希子＝訳

混迷を極める紀元前9世紀のイスラエル。指物師として働くエリヤは子供の頃から天使の声を聞いていた。だが運命はエリヤのささやかな望みをかなえず、苦難と使命を与えた……。

ベロニカは死ぬことにした
パウロ・コエーリョ
江口研一＝訳

ある日、ベロニカは自殺を決意し、睡眠薬を大量に飲んだ。だが目覚めるとそこは精神病院の中。後遺症で残りわずかとなった人生を狂人たちと過ごすことになった彼女に奇跡が訪れる。

悪魔とプリン嬢
パウロ・コエーリョ
旦　敬介＝訳

「条件さえ整えば、地球上のすべての人間はよろこんで悪をなす」悪霊に取り憑かれた旅人が、山間の田舎町を訪れた。この恐るべき考えを試すために――。

11分間
パウロ・コエーリョ
旦　敬介＝訳

セックスなんて11分間の問題だ。脱いだり着たり意味のない会話を除いた〝正味〟は11分間。世界はたった11分間しかかからない、そんな何かを中心にまわっている――。

ザーヒル
パウロ・コエーリョ
旦　敬介＝訳

満ち足りた生活を捨てて突然姿を消した妻。彼女は誘拐されたのか、単に結婚生活に飽きたのか。答えを求め、欧州から中央アジアの砂漠へ、作家の魂の彷徨がはじまった。コエーリョの半自伝的小説。

角川文庫海外作品

ポルトベーロの魔女

パウロ・コエーリョ
武田千香＝訳

悪女なのか犠牲者なのか。詐欺師なのか伝道師なのか。実在の女性なのか空想の存在なのか――。謎めいた女性アテナの驚くべき半生をスピリチュアルに描く傑作小説。

ブリーダ

パウロ・コエーリョ
木下眞穂＝訳

アイルランドの女子大生ブリーダの、英知を求めるスピリチュアルな旅。恐怖を乗り越えることを教える男と、魔女になるための秘儀を伝授する女がブリーダを導く。愛と情熱とスピリチュアルな気づきに満ちた物語。

ヴァルキリーズ

パウロ・コエーリョ
山川紘矢・山川亜希子＝訳

『アルケミスト』の執筆後、守護天使と話すという課題を師から与えられたパウロは、天使に会う条件を知る〝ヴァルキリーズ〟という女性集団と過酷な旅を続けるが……『星の巡礼』の続編が山川夫妻訳で登場！

ザ・スパイ

パウロ・コエーリョ
木下眞穂＝訳

1917年10月15日パリ。二重スパイの罪で銃殺刑となった謎の女性マタ・ハリ。その美貌と妖艶な踊りで多くの男たちを虜にした彼女の波乱に満ちた人生を、世界的ベストセラー作家が鮮やかに描いた話題作！

不倫

パウロ・コエーリョ
木下眞穂＝訳

優しい夫に2人の子ども、ジャーナリストとしての仕事。誰もが羨む暮らしを送る一方で、孤独や不安に苛まれていたとき再会したかつての恋人……。背徳の関係さえも、真実の愛を学ぶチャンスだったのだ――。

角川文庫海外作品

新訳 ハムレット
シェイクスピア
河合祥一郎＝訳
デンマークの王子ハムレットは、突然父王を亡くした上、その悲しみの消えぬ間に、母・ガードルードが、新王となった叔父・クローディアスと再婚し、苦悩するが……画期的新訳。

新訳 ロミオとジュリエット
シェイクスピア
河合祥一郎＝訳
モンタギュー家の一人息子ロミオはある夜仇敵キャピュレット家の仮面舞踏会に忍び込み、一人の娘と劇的な恋に落ちるのだが……世界恋愛悲劇のスタンダードを原文のリズムにこだわり蘇らせた、新訳版。

新訳 ヴェニスの商人
シェイクスピア
河合祥一郎＝訳
アントーニオは友人のためにユダヤ商人シャイロックに借金を申し込む。「期限までに返せなかったらアントーニオの肉1ポンド」を要求するというのだが……人間の内面に肉薄する、シェイクスピアの最高傑作。

新訳 リチャード三世
シェイクスピア
河合祥一郎＝訳
醜悪な容姿と不自由な身体をもつリチャード。兄王の病死をきっかけに王位を奪い、すべての人間を嘲笑し返そうと屈折した野心を燃やす男の壮絶な人生を描く、シェイクスピア初期の傑作。

新訳 マクベス
シェイクスピア
河合祥一郎＝訳
武勇と忠義で王の信頼厚い、将軍マクベス。しかし荒野で出合った三人の魔女の予言は、マクベスの心の底に眠っていた野心を呼び覚ます。妻にもそそのかされたマクベスはついに王を暗殺するが……。

角川文庫海外作品

新訳 十二夜

シェイクスピア
河合祥一郎＝訳

オーシーノ公爵は伯爵家の女主人オリヴィアに思いを寄せるが、彼女は振り向いてくれない。それどころか、女性であることを隠し男装で公爵に仕えるヴァイオラになんと一目惚れしてしまい……。

新訳 夏の夜の夢

シェイクスピア
河合祥一郎＝訳

貴族の娘・ハーミアと恋人ライサンダー。そしてハーミアのことが好きなディミートリアスと彼に恋するヘレナ。妖精に惚れ薬を誤用された4人の若者の運命は？幻想的な月夜の晩に妖精と人間が織りなす傑作喜劇。

新訳 から騒ぎ

シェイクスピア
河合祥一郎＝訳

ドン・ペドロは策を練り友人クローディオとヒアローを婚約させた。続けて友人ベネディックとビアトリスもくっつけようとするが、思わぬ横やりが入る。思いこみの連続から繰り広げられる恋愛喜劇。新訳で登場。

新訳 まちがいの喜劇

シェイクスピア
河合祥一郎＝訳

アンティフォラスは生き別れた双子の弟を探しにエフェソスにやってきた。すると町の人々は、兄をもとからいる弟とすっかり勘違い。誤解が誤解を呼び、町は大混乱。そんなときとんでもない奇跡が起きる……。

新訳 オセロー

シェイクスピア
河合祥一郎＝訳

美しい貴族の娘デズデモーナを妻に迎えたヴェニスの黒人将軍オセロー。恨みを持つ旗手イアーゴーの巧みな策略により妻の姦通を疑い、信ずるべき者たちを手にかけてしまう。シェイクスピア四大悲劇の一作。

角川文庫海外作品

新訳 お気に召すまま
シェイクスピア
河合祥一郎＝訳

舞台はフランス。宮廷から追放され、男装して森に逃げる元公爵の娘ロザリンド。互いに一目惚れした青年オーランドーと森で再会するも目下男装中。正体を明かさないまま、二人の恋の駆け引きが始まる――。

新訳 アテネのタイモン
シェイクスピア
河合祥一郎＝訳

財産を気前よく友人や家来に与えるアテネの貴族タイモンは、膨れ上がった借金の返済に追われる。他の貴族に援助を求めるが、手の平を返したようにそっぽを向かれ、タイモンは森へ姿をくらましてしまい――。

新訳 リア王の悲劇
シェイクスピア
河合祥一郎＝訳

「これが最悪だ」と言えるうちはまだ最悪ではないのだ――。シェイクスピア四大悲劇で最も悲劇的な作品。最新研究に鑑み1623年のフォーリオ版の全訳に1608年のクォート版との異同等も収録する決定版！

ジャッカルの日
フレデリック・フォーサイス
篠原 慎＝訳

暗号名ジャッカル――ブロンド、長身、ひきしまった体軀のイギリス人。プロの暗殺屋であること以外、本名も年齢も不明。警戒網を破りパリへ……標的はドゴール。計画実行日〝ジャッカルの日〟は刻々と迫る！

ダ・ヴィンチ・コード(上)(中)(下)
ダン・ブラウン
越前敏弥＝訳

ルーヴル美術館のソニエール館長が館内のグランド・ギャラリーで異様な死体で発見された。殺害当夜、館長と会う約束をしていたハーヴァード大学教授ラングドンは、警察より捜査協力を求められる。

角川文庫海外作品

天使と悪魔 (上)(中)(下)
ダン・ブラウン
越前敏弥＝訳

ハーヴァード大の図像学者ラングドンはスイスの科学研究所長からある紋章について説明を求められる。それは十七世紀にガリレオが創設した科学者たちの秘密結社〈イルミナティ〉のものだった。

デセプション・ポイント (上)(下)
ダン・ブラウン
越前敏弥＝訳

国家偵察局員レイチェルの仕事は、大統領へ提出する機密情報の分析。大統領選の最中、レイチェルは大統領から直々に呼び出される。NASAが大発見をしたので、彼女の目で確かめてほしいというのだが……。

パズル・パレス (上)(下)
ダン・ブラウン
越前敏弥・熊谷千寿＝訳

史上最大の諜報機関にして、暗号学の最高峰・米国家安全保障局のスーパーコンピュータが狙われる。対テロ対策として開発されたが、全通信を傍受・解読できるこのコンピュータの存在は、国家機密だった……。

ロスト・シンボル (上)(中)(下)
ダン・ブラウン
越前敏弥＝訳

キリストの聖杯を巡る事件から数年後。ラングドンは旧友でフリーメイソン最高幹部ピーターから急遽講演を依頼される。会場に駆けつけた彼を待ち受けていたのは、切断されたピーターの右手首だった！

インフェルノ (上)(中)(下)
ダン・ブラウン
越前敏弥＝訳

フィレンツェの病院で目覚めたラングドン教授は、ここ数日の記憶がないことに動揺した。そこに何者かが襲いかかる。医師シエナと逃げ出したラングドンは、ダンテ『神曲』〈地獄篇〉に手がかりがあると気付くが。